변변찮은 마술강사와 금기교전 **15**

Akashic records
of bastard magic instructor

히츠지 타로 지음
미시마 쿠로네 일러스트
최승원 옮김

교전은 만물의 예지를 관장하고, 창조하며, 장악한다.
그러하기에 그것은
인류를 파멸로 인도하게 되리라——.

『멜갈리우스의 천공성』 저자 : 롤랑 엘트리아

Akashic records
of
bastard
magic
instructor

Character

Main

시스티나 피벨

고지식한 우등생. 위대한 마술사였던 조부의 꿈을 자기 힘으로 이뤄내기 위해 흔들림 없는 정열을 바치는 소녀.

글렌 레이더스

마술을 싫어하는 마술강사. 만사에 무책임하고 의욕. 제로. 마술사로서도 삼류라서 장점은 전혀 없는 셈. 그런 그의 진정한 모습은—?

루미아 틴젤

청초하고 마음씨 고운 소녀. 누구에게도 밝힐 수 없는 비밀을 가지고 있으며 친구인 시스티나와 함께 열심히 마술 공부에 매진하고 있다.

리엘 레이포드

글렌의 전 동료. 연금술로 고속 연성한 대검을 다룬다. 근접 전투에서 비교할 자가 없는 이색적인 마도사.

알베르트 프레이저

글렌의 전 동료. 제국 궁정 마도 사단 특무 분실 소속. 신기에 가까운 마술 저격이 특기인 꽹장한 실력의 마도사.

엘레노아 샤레트

알리시아의 직속 시녀장 겸 비서관. 하지만 그 정체는 하늘의 지혜연구회가 제국 정부로 보낸 밀정.

세리카 아르포네아

제국 마술 학원 교수. 글렌의 스승인 동시에 길러준 부모이기도 한 수수께끼가 많은 여성.

Academy

웬디 나블레스

글렌이 담당하는 반의 여학생. 지방 유력 명문 귀족 출신. 자부심이 강하고 권위적인 성격의 세상 물정 모르는 아가씨.

린 티티스

글렌이 담당하는 반의 여학생. 약간 내성적이고 체격도 작아서 귀여운 동물처럼 보이는 소녀. 자신감이 없어고 고민이 많다.

기블 위즈덤

글렌이 담당하는 반의 남학생. 시스티나 다음가는 우등생이지만 결코 주변과 어울리려 하지 않는 냉소주의자.

카슈 윙거

글렌이 담당하는 반의 남학생. 덩치가 크고 튼실한 체격. 성격이 밝고 글렌에게 호의적이다.

세실 클레이튼

글렌이 담당하는 반의 남학생. 조용한 독서가. 집중력이 높아서 마술 저격에 재능이 있다.

할리 아스트레이

제국 마술 학원의 베테랑 강사. 마술 명문 아스트레이 가문 출신. 전통적인 마술사와는 거리가 먼 글렌에게 공격적이다.

마술

Magic

룬어라고 불리는 마술 언어로 구성한 마술식으로 수많은 초자연 현상을 일으키는
이 세계의 마술사에게 지극히 『당연한』 기술.
영창하는 주문의 구절과 마디 수,
템포, 술자의 정신상태에 따라 자유자재로 형태를 바꾸는 것이 특징.

교전

Bible

천공의 성을 주제로 삼은 지극히 아동 취향인 옛날이야기로 세계에 널리 퍼져있다.
그러나 그 소실된 원본(교전)에는
이 세계에 관한 중대한 진실이 적혀있다고 전해지며, 그 수수께끼를 좇는 자에게는
어째선지 불행이 닥친다고 한다.

알자노 제국
마술학원

Arzano Imperial Magic Academy

약 4백 년 전, 당시의 여왕 알리시아 3세의 주도로 거액의 국비를 투입해서
설립한 국영 마술사 육성 전문학교.
오늘날 대륙에서 알자노 제국이 마도대국으로 명성을
떨치는 기반을 만든 학교이자, 늘 시대의 최첨단 마술을 배우는
최고봉의 교육 기관으로서 주변 국가에 널리 알려져 있다.
현재 제국의 고명한 마술사 대부분이 이 학원의 졸업생이다.

서장 흉조를 고하는 종소리

　종루의 종이 연주하는 장엄한 음색이 하늘을 드높이 흔들고 있었다.

　높다란 천장에는 쌍둥이 천사를 희화화한 스테인드글라스.

　그 성스러운 스테인드글라스를 통과해 땅을 비추는 눈부신 햇빛은 정숙하고 신비한 빛으로 승화되어 어두컴컴한 예배당 안에 따사롭게 내리쬐고 있었다.

　안쪽의 내진(內陣)에 있는 것은 호화로운 제단.

　그 주위에 있는 수많은 촛대에 붙은 촛불들은 숨결 같은 희미한 공기의 움직임에 따라 영묘(靈妙)한 음영을 자아냈다.

　아래층으로부터 고막을 두드리는 파이프오르간의 선율과 성가대의 청렴한 노랫소리.

　『주를 찬양하라』—아렐루야 영혼에 직접 스며드는 듯한 찬미가.

　이곳은 자유도시 밀라노. 틸리카 파리아 대성당의 제7예배당.

　지금 그 안쪽의 제단 앞에는 한 남자가 서 있었다.

　"……『거룩하시도다. 거룩하시도다. 이 모든 것은 주님의 영광을 위해』."

남자는 제단 위로 솟은 십자가를 향해 조용히 기도를 올렸다.

"『모든 것이 허락될지어다. 허나 모든 것이 이롭지만은 않으리라. 모든 것이 허락될지어다. 허나 모든 것이 우리를 위해 창조된 것은 아니로다』."

누군가를 향한 것이 아닌 말.

그것은 엘리사레스 신약 성경의 1절. 즉, 주님의 말씀이었다.

"『그러므로 모든 아이들아. 자신의 이득보다 타인의 이득을 추구하라. 왜냐하면……』."

그리고 남자는 프록코트를 나부끼며 제단에서 등을 돌린 후 중절모를 깊이 고쳐 쓰고 조용히 그 자리를 떠나려 했다.

"『이 세상, 하늘과 땅에 충만한 이 모든 것은— 모두 주님의 것이기에』."

마지막으로 성구를 읊고 차가운 미소를 지은 남자는 그렇게 예배당을 떠났다.

어떤 의미로는 성자(聖者)와 같은 숭고한 뜻을 등으로 드러내면서 떠나갔다.

단 한 번도 뒤돌아보는 일 없이…….

제1장 선택받은 자들

"으아아아아~! 귀찮아!"

드높고 쾌청한 하늘 위로 글렌의 한탄이 흩어졌다.

계단식 관객석이 넓은 타원형 경기장을 에워싼 이곳은, 알자노 제국 마술학원의 마술경기장.

지금은 관객이 거의 없어서 한산했지만 경기장 위에서는 여러 학생들이 일심불란하게 마술 훈련에 매진하고 있었다.

그들은 제국의 3대 마술학원에서 선발된 마술제전 제국 대표 선수단이었고, 지금은 마술제전 개최를 대비한 특별 합숙 훈련에서 마지막으로 컨디션을 조정하는 중이었다.

"그, 러, 니, 까! 왜! 내가! 이 녀석들의 총감독을 맡아야 하는 거냐고!"

글렌은 머리카락을 마구 쥐어뜯으며 계속 한탄했다.

"참 나, 윗대가리들은 대체 무슨 생각이지?!"

"아하하…… 다들 선생님께 기대하고 있는 거예요. 그야 선생님은 실적이 굉장하신걸요."

옆에서 그런 글렌을 달래고 있는 소녀는 다름 아닌 루미아.

햇빛을 반사하는 부드러운 금발을 쓸어 올린 그녀는 천사처럼 상냥한 얼굴로 쓴웃음을 지었다.

"마술경기제에서는 2반을 우승으로 이끄셨고, 맥심 선생님과의 생존전에서도 저희가 이기게 해주셨고."

"내 공 아니거드으으으으으으은?!"

"거기다 여왕 폐하를 암살자의 마수에서 구하거나, 페지테를 불꽃의 배로부터 지키거나, 스노리아를 멸망에서 구하기도 했으니…… 이미 선생님은 완전히 제국의 영웅이시라구요."

"전부 우연이었다고오오오오오오오~!"

"저도 제국 대표 선수단 소속 매니저의 일원으로서 열심히 도와드릴 테니…… 그러니 너무 그렇게 낙담하지 마세요. ……예?"

"으으~."

루미아가 그렇게까지 말하자 글렌은 마지못해 입을 다물 수밖에 없었다.

마술제전.

그것은 과거에 북 셀포드 대륙에서 정기적으로 열렸던 마술경기 대회다.

각 참가국에서 보낸 우수한 젊은 마술사 열 명으로 구성된 대표 선수단들이 마술적인 시련을 겨뤄가며 그중 최정상을 노리는 세계적인 행사였다.

북 셀포드 대륙의 주요국가인 알자노 제국과 레자리아 왕국의 관계가 매우 험악해진 까닭에 근년에는 계속 연기되고 있었지만, 이번에는 각국의 다양한 정치적인 이유로 인해 수십 년만에 개최가 결정된 셈이었다.

'······그래서 마술제전에 참가하는 제국 대표 선수단을 선발한 건 좋은데······ 왜 하필 총감독이 나냐고?! 어울리지 않는 것도 정도가 있지!'

듣자하니 정부의 상층부에서도 글렌을 추천하는 사람이 꽤 많았다고 한다.

하물며 그 여왕조차 바로 찬성했다는 소문도······.

자신에게는 무척 과분한 무대라고 생각하지만, 아무래도 위에서는 자신을 상당히 과대평가하고 있는 듯했다.

"아, 이제 곧 휴식 시간이니 전 대표 선수들이 마실 물을 떠올게요."

그렇게 말한 루미아가 부드럽게 웃으며 떠나갔다.

'후우~ 이제 슬슬 각오를 다지는 편이 좋으려나?'

글렌은 그런 그녀의 등을 응시하면서 한숨을 내쉬었다.

제국 대표 선수 선발회의 무한 루프를 벗어난 것이 벌써 2주 전.

총감독으로 발탁된 글렌은 대표 선수들의 실력 향상, 마술제전에서 치러질 종목의 예상과 대책, 타국 선수단의 연구 등······ 상상을 초월하는 격무에 시달리는 중이었다.

하지만 루미아는 그런 그를 위해 선수단의 매니저로 입후

보하더니 언제나 곁에서 바지런히 업무를 보조해주었다.

어쩌면 글렌보다 바쁜 게 아닐까 싶을 정도로 헌신적이었다.

'……이렇게까지 열심히 도와주는데 계속 투덜대기만 하는 건 솔직히 꼴사납잖아?'

글렌은 체념한 듯 다시 한 번 한숨을 내쉰 후 고개를 들었다.

"거기, 너! 또 늦었어! 아무튼 너흰 판단을 내리는 게 늦어!"

그러자 바로 선수단의 마술전투 인스트럭터로 발탁된 이브가 학생들을 지도하는 광경이 눈에 들어왔다.

"저 녀석도 어느새 완전히 적응했구만. ……참 나, 그 공적에 미친 냉혈 히스테리녀(女)가 말이지."

글렌은 붉게 타오르는 듯한 머리카락을 이리저리 흔들며 학생들을 적극적으로 지도하는 이브의 옆얼굴을 멍하니 바라보았다.

타인의 접근을 거부하는 듯한 차가운 분위기는 여전했지만, 열심히 가르치느라 달아오른 뺨과 학생들을 엄격하면서도 따스하게 지켜보는 눈과 살짝 미소 지은 입술은 그녀가 이브라는 점을 감안해도 충분히 매력적으로 보였다. 군 시절보다도 훨씬 생동감이 넘쳤다.

뭐, 그건 그렇다 치고…….

"뭐랄까…… 진짜 굉장한 멤버들이네…….""

글렌은 훈련에 매진하는 선수들을 차례차례 둘러보았다.

"자, 간다! 프랑시이이이이인!"

"오~호호호! 언제든지 오시죠!"

가장 먼저 눈에 들어온 것은 건너편 경기장에서 모의 마술전투 중인 콜레트와 프랑신이었다.

둘 다 성 릴리 마술여학원에서 뽑힌 대표 선수였다.

"하아아아아아아앗!"

먼저 콜레트가 땅을 박차며 섬전처럼 날카로운 펀치를 날렸다.

마치 야생의 감 같다고 해야 할까. 근접격투전 센스가 탁월한 그녀의 전투 스타일은 귀족의 소양으로 어릴 때부터 배운 고류(古流) 권투술을 메인으로 마투술(魔鬪術)이라 블랙 아츠 불리는 마술을 타격에 싣는 방식이었다.

신체 능력 강화 마술 실력 또한 매우 뛰어나다 보니 대표 선수단의 믿음직한 전위라 할 수 있으리라.

"으~음. 굉장하군. 현시점에선 그렇다 쳐도 장래에는 완전히 내 상위호환이겠어."

글렌이 프랑신을 몰아붙이는 콜레트를 감탄한 눈으로 바라본 순간—

"흥! 어설퍼요!"

"으윽?!"

프랑신이 눈앞에 귀화(鬼火)를 잇따라 즉시 소환해 콜레 월 오 위스프 트의 돌진을 방해했다.

그녀는 소환술. 그중에서도 특히 정령 소환이 특기였다. 눈의 정령이나 윌 오 위스프를 비롯해 계약을 마친 정령의 <ruby>스노우 화이트</ruby> 종류는 이미 학생이라 볼 수 없을 정도로 풍부했다.

"《거울을 들여다보는 나·비치는 것은 그대·우리는 표리일체로·진리를 목표로 삼은 자》!"

하지만 그중에서도 독보적인 것은 프랑신의 명에 따라 허공에 열린 문에서 강림한 하얀 천사였다.

말라흐. 술자의 영혼을 매개로 현현하는 마술 시종.

소환이 완료된 말라흐는 날개를 펼치며 날아오르더니 그대로 콜레트를 향해 레이피어를 세워들고 돌진했다.

"거 참…… 저건 학생이 익혀도 되는 마술이 아닌데 말이지."

글렌은 눈을 게슴츠레하게 뜨고 탄식했다.

요컨대 말라흐라는 건 술자 자신의 페르소나다. 그래서 대미지를 입을 경우에는 술자에게도 어느 정도 반영되지만, 그 대신 소환에 필요한 리스크와 코스트는 거의 제로에 가까웠다.

원래는 어떤 종류의 깨달음을 얻은 현자가 오랜 수행 끝에 개안하는 기술인 것이다.

게다가 콜레트의 블랙 아츠도 습득 난이도만 따지고 보면 그에 못지않은 기술.

그런 것들을 저런 어린 나이에 쓸 수 있다니…… 정말 무시무시한 재능이 아닐 수 없었다.

"뭐, 둘 다 흥분하면 주위가 보이지 않는 게 옥에 티지만."

퍼어어어어어어어어엉!

"우와아아아아앗?!"

"꺄아아아아아아아아아아아악!"

하지만 이윽고 두 사람은 사전에 경기장에 장애물로 설치해둔 마술 함정에(매직 트랩) 사이좋게 걸려 하늘로 날아갔다.

글렌은 어깨를 으쓱인 뒤 다른 학생을 찾아 시선을 돌렸다.

그러자 마침 나무, 바위, 벽, 절벽, 언덕 같은 다양한 장애물이 설치된 코스가 눈에 들어왔다.

"흐읍!"

보기만 해도 짜증나는 그 코스를 한 소녀가 가벼운 몸놀림으로 빠르게 돌파하는 중이었다.

앞서 두 소녀와 마찬가지로 성 릴리 출신의 대표 선수인 지니였다.

그녀는 신체 능력 강화 마술 덕분에 가벼워진 몸으로 날아드는 수많은 함정을 수리검으로 처리하면서 나아가고 있었다.

'……과연 닌자 마을 출신.'

마술 능력 자체는 그리 높은 편이 아니지만 예전부터 익힌 닌자의 기술을 마술로 보강하여 독자적인 스타일을 확립한 상태였다.

그녀를 평하자면 그야말로 선수단 최고의 트릭스터. 기척이나 모습을 감추는 은형술(隱形術), 적의 허를 찔러서 처리하는 암살술, 독물 지식, 잠입이나 열쇠 따기 같은 도적 기술도 매우 뛰어났다.

"마술에 의지하지 않는 기술인 인법…… 상황에 따라선 상대의 허를 찌를 수 있을지도 모르겠군."

글렌은 그렇게 대충 생각을 정리하며 다시 시선을 돌렸다.

"먼저 제가 가죠! 두 분은 제 움직임에 맞춰주시길!"

"흥, 어쩔 수 없군."

"……그러죠."

그곳에서는 세 학생이 인간의 평균 신장보다 두 배는 큰 훈련용 골렘과 대치 중이었다.

"《울부짖어라 풍령(風靈)》!《울부짖으며 외쳐라》!"

선두에 서서 주문을 영창한 건 알자노 제국 마술학원의 대표 선수인 리제였다.

흑마 【스턴 볼】을 세 번 동시 발동하자 세 발의 압축 공기탄이 호선을 그리며 골렘에 명중했다.

굉음과 진동이 대기를 뒤흔들고 골렘을 두들겨서 움직임이 둔해진 그때—.

"하아아아아아아아앗!"

리제는 레이피어를 들고 질풍처럼 돌진했다.

온 몸에 세찬 바람을 두르며 가속하는 마술, 흑마 【래피드 스트림】.

리제는 그 바람에 몸을 맡긴 채 레이피어를 휘둘렀다.

그러자 흑마 【웨폰 인챈트】로 고밀도 마력이 부여된 레이피어가 단단한 골렘의 몸을 두부처럼 관통하여 갈기갈기 찢어버렸다.

그 검술 또한 학생 수준을 뛰어넘은 완성도와 화려함을 자랑하고 있었다.

"과연 3학년 수석…… 저 녀석은 타고난 올라운더구만."

모든 방면에서 어중간한 것이 아닌 만능(萬能).

파워가 약간 부족하긴 해도 근접전투술과 마술전투 기량 양쪽 다 수준이 높았다.

습득한 주문도 공격 주문에서^{어설트 스펠} 법의 주문에^{힐러 스펠} 이르기까지 수와 종류가 매우 풍부했고, 응용력도 있으며, 상황 대응력과 사고의 유연함은 선수단 최고라 봐도 무방하리라.

"우오오오오오오오오오오오오오!"

그리고 그런 리제가 만든 빈틈을 노리고 바스타드 소드를 휘두른 건 자일이었다.

일반적인 마술사답지 않게 덩치가 크고 근육이 우락부락한 체격과 험상궂은 얼굴만 봐도 알 수 있듯, 그의 전투 스타일은 자기 강화계 마술을 주체로 삼은 타고난 전위 탱커 겸 파워 파이터였다.

자일의 검은 그대로 자신을 향해 짓쳐드는 골렘의 팔을 완전히 파괴하며 날려버렸다.

검술 자체는 투박한 아류(亞流)지만 강력한 파워가 부족한 점을 충분하고도 남을 정도로 보완하고 있었다.

기본 신체 능력은 선수단 중에서도 최고. 정신 방어력도 톱클래스.

덤으로 자기 방어계, 그중에서도 특히 백마【바디 업】과 흑마【트라이 레지스트】의 기량은 최고 수준이라 터프함에서는 선수단 그 누구도 따라올 자가 없었다.

"칫…… 귀찮게시리!"

그래서 저렇게 골렘이 육중한 팔로 날린 일격을 한 손으로 받아내는 정신 나간 짓도 가능한 것이리라.

그 어떤 궁지에 몰리더라도 그만은 마지막까지 두 다리로 서서 버텨줄 것이라는 믿음이 생기는 광경이었다.

"아니, 그보다…… 저 녀석, 진짜 정체가 뭐야? 정말로 평범한 불량 학생 맞아?"

글렌이 어이 없는 얼굴로 감탄하는 사이에도 상황은 움직였다.

"홍…… 준비가 끝났습니다. 두 분, 떨어져주시죠."

후방에서 전황을 살피던 소년이 안경을 고쳐 쓰고 담담한 목소리로 말했다.

2학년 2반에서 대표 선수로 뽑힌 기블이었다.

그의 신호와 동시에 리제와 자일이 재빠르게 뒤로 물러났다.

그 순간, 맹렬한 냉기와 함께 바닥에서 솟구친 얼음기둥들이 골렘의 발을 고슴도치로 만들며 움직임을 완전히 봉쇄했다.

"뒷일은 맡기죠."

기블은 이제 할 일은 다 했다는 듯 등을 돌렸다.

실제로 다리를 움직일 수 없는 골렘 따위는 리제와 자일의 적수가 될 수 없었고 머지않아 결판이 났다.

결과적으로 기블은 최소한의 소모로 이 전투 최대의 전과를 올린 셈이었다.

"나 참, 여전히 건방진 녀석이지만…… 제법이네."

글렌은 그런 기블을 보며 쓴웃음을 흘렸다.

이레귤러가 많은 제국 대표 선수단 중에서도 가장 정통파 마술사에 가까운 건 사실 그였다.

오늘 이때까지 끊임없이 노력한 덕분인지 마술 지식과 습득 주문 수는 톱클래스.

글렌의 가르침인 『마술사의 강함은 사용할 수 있는 패의 강함이 아니라, 그 패를 어떤 식으로 쓰느냐에 달렸다』를 우직하게 실천하는 두뇌파이기도 했다.

신체 능력은 아직 불안한 감이 있지만 궁지에 몰렸을 시에 냉정하게 상황을 뒤집을 수 있는 방법을 찾아낼 수 있는 건 다름 아닌 그가 아닐까 하는 생각이 들었다.

"지금 이브의 지도를 받는 중인 하인켈도 원거리 화력 지원 멤버로서는 학생 수준을 예전에 뛰어넘었고……."

이어서 글렌은 할리가 담임을 맡은 1반에서 선발된 학생인 하인켈을 힐끔 훔쳐보았다.

키가 크고 호리호리한 체형의 과묵한 소년인 그는 이브의 지도하에 불꽃 마술로 표적인 골렘을 터트리고 있었다. 아무래도 마력 제어 감각이 뛰어난 편인지 원거리에서의 광범위 어설트 스펠에 적성이 있어 보였다.

근거리 마술전투 기량도 높은 수준이라 만약의 상황에서도 방해가 되진 않으리라.

후방 지원 멤버로서는 더 바랄게 없는 믿음직한 선수였다.

"참 나, 이놈이고 저놈이고 굉장한 녀석들뿐이구만. …… 내가 나설 곳이 없잖아."

글렌은 이 대표선수단의 멤버들이라면 장래에는 자신의 실력을 크게 뛰어넘으리라 확신했다.

그런 그들의 견본이 되어야 할 교사 입장에서는 그저 쓴웃음만 나올 뿐이었다.

"하지만…… 그보다 훨씬 더 규격을 벗어난 녀석들도 있단 말씀이야."

그리고 글렌은 마지막까지 쳐다보고 싶지 않았던 방향으로 시선을 돌렸다.

그쪽 경기장에서는 현재 두 학생이 쉴 틈 없이 서로를 노리고 주문을 사용하는 중이었다.

"거기군요! 《위대한 바람이여》!"

한쪽은 크라이토스 마술학원의 대표 선수인 레빈.

"어설퍼!《질서 있으라》!《대기의 벽이여》!"

다른 한쪽은 이 제국 대표 선수단의 메인 위저드인 시스티나였다.

두 사람은 다른 선수들의 수준을 아득히 초월하는 마술 전투를 선보이고 있었다.

"역시! 제법이군요, 시스티나! 그 상태에서 완벽히 대응하다니!"

"아직 공격을 허용할 수는 없거든!"

"그럼 이건 어떻습니까!《뇌정(雷精)의 자전(紫電)이여》!"

"앗?! 아차! 그거, 더블 캐스팅이잖아?! 익힌 거야?! 어느 틈에!"

"예, 이브 선생님의 지도 덕분에……."

"큭, 어쩔 수 없지. 그럼 이쪽도 비장의 수를 써주겠……어!"

"……큭?! 바, 방금 그건 딜레이 부팅?! 설마 당신 이미 예창 주문을?!"

'저 건 또 뭐 냐 고 !'

글렌은 머리를 쥐어뜯으며 비명을 지르고 싶은 기분에 사로잡혔다.

주문의 수준 자체는【쇼크 볼트】같은 초급이지만 사용 방식은 완전히 차원이 달랐기 때문이다.

"야, 이 자식들아! 더블 캐스팅이나 스톡의 딜레이 부팅은 군에서도 극히 일부밖에 못 쓰는 초고등 기술이거든?! 그런 걸 학생 주제에 아무렇지 않게 막 써대지 말라고!"

그야말로 격이 다른 재능을 소유한 레빈.

그리고 그보다 훨씬 더 뛰어난 재능을 지닌 시스티나.

시대가 낳은 재능이라는 건 바로 이런 자들을 가리키는 말이리라.

"나 원 참……."

'이거 우리 팀이 간단히 우승해버리는 거 아냐?'

게슴츠레한 눈으로 그런 생각을 하던 글렌은 불현듯 뭔가를 떠올렸다.

"어? 그러고 보니 **그 녀석**은 어디로 갔지? 그 문제아는……."

그 순간이었다.

"저저저, 저 좀 살려주세요오~ 글렌 선생니이임~!"

뒤에서 한심스러운 비명이 가까워졌다.

'참 나, 또냐…….'

글렌이 한숨을 내쉬고 뒤를 돌아보자 예상했던 인물이 눈에 들어왔다.

"이젠 무리예요! 죽을 것 같아……. 이러다 죽겠다구요오~!"

그 문제아는 글렌의 품에 덥석 안겨들었다.

알자노 제국 마술학원의 교복을 입은 여학생이었다. 리본 색을 보아하니 시스티나보다 한 살 아래인 1학년이리라.

약간 색소가 옅은 핑크색 머리카락. 엘리사레스교(敎)에 열심인 신도인지 가슴 언저리에는 십자가가 달려 있었다.

품 안에 쏙 들어오는 화사하고 작은 체구.

어린 소녀 같은 풋풋함을 간직한 단정한 용모. 피부는 비단결처럼 희고 매끄러운 데다 뺨은 탱탱했으며 코는 작지만 오뚝했다. 그리고 커다란 눈은 마치 토끼처럼 동글동글하니 깜찍한 인상을 주었다.

그 소녀는 커다란 눈에 한 가득 눈물이 고인 상태로 마치 오랜만에 주인을 다시 만난 애완동물처럼 글렌에게 매달렸다.

"나 원 참…… 또~ 너냐. 마리아."

글렌은 소녀의 정수리를 지긋지긋한 눈초리로 내려다보았다.

소녀의 이름은 마리아 루텔.

아직 알자노 제국 마술학원의 1학년이면서도 대표 선수로 뽑힌 재녀로서, 탁월한 마력 용량을 보유한 데다 백마술에 관해선 학생의 실력을 아득히 뛰어넘은 수준이라 남몰래 많은 주목을 받고 있었다.

하지만 역시 아직 1학년이다 보니 체력과 전투 경험은 다른 대표 선수들에 비해 확연히 부족한 편이었다.

그래서 이 강화 합숙 훈련에서 그녀가 받은 과제는 기초 체력 훈련과 마술전투 기본 훈련 같은 지극히 단조로우면서도 혹독한 메뉴가 대부분이었다.

"그치만 진짜 죽겠는걸요! 이러다 죽는다구요! 신체 능력 강화를 유지한 상태로 경기장 백 바퀴라니! 저한테 죽으라는 거죠?! 너무해요오!"

그러다 보니 이런 식으로 글렌에게 사정사정하는 게 일상이었다.

"이젠 정신력도 체력도 한계예요. ……이걸 더 하느니 죽는 편이 낫겠어요. 차라리 죽고 싶다."

"참 나, 의욕이 없구만? 넌 대체 뭐 하러 대표 선수단에 지원한 거냐?"

"그치만, 그치마안~!"

"네가 농땡이를 피우면 이브한테 혼나는 건 나거든?! 불벼락 맞기 싫으면 얼른 돌아가! 그리고 죽어!"

"그, 그럴 수가아~!"

그러자 마리아는 글렌의 품을 벗어나더니 크게 좌절한 것처럼 바닥에 무릎을 꿇었다.

"연약한 소녀에게 이리도 냉정할 수가……. 흑흑…… 이게 줄곧 동경하던 영웅 교사의 정체라니…… 아아, 하늘도 참 무심하시지……."

그리고 눈을 감은 뒤 양손으로 십자가를 쥐고 무릎을 모으며 고개를 들었다.

"『주여, 주여, 어째서 절 버리셨나이까. 하다못해 내 영혼은 그분 곁으로 갈 수 있기를…… 진실로 그렇게 되기를 바라노라』."

"아 짜증 나아아아아아아아아아!"

마리아가 슬그머니 눈을 뜨고 이쪽을 힐끔힐끔 쳐다보는 걸 본 순간, 글렌은 절로 그렇게 외칠 수밖에 없었다.

"아, 주님께서 대답해주셨어요. 이런 연약한 소녀를 죽게 내버려둔 선생님은 지옥에 떨어지실 거예요."

"그래, 알겠다. 지옥에 떨어져주마. 그 전에 널 파묻고 나서."

"꺄아아아아아아아악?! 사, 사람 살려어어어어어!"

글렌이 몸을 바닥에 누르고 흙을 끼얹기 시작하자 마리아는 몸부림치면서 울부짖기 시작했다.

"아하하, 선생님. 그 정도만 해주시면 안 될까요?"

그러자 마침 커다란 주전자에 물을 가득 담은 루미아가 돌아왔다.

"마리아 양은 저래 보여도 엄청 성실하게 훈련하던걸요? 과제 이상으로 열심히…… 그리고 저기, 선생님도 아시잖아요?"

"아니, 뭐. 알긴 안다만…… 왠지 이 녀석이 하는 짓을 보고 있으면 속이 뒤집혀서."

"선생님도 참."

글렌이 뺨을 실룩거리자 루미아는 쿡 하고 웃음을 터트렸다.

"좀 이르지만 쉬는 게 어떨까요? 너무 무리하게 하는 것도 좀……."

"나 참, 어쩔 수 없구만. 알았다. 알았어. 슬슬 휴식 시간을 줘볼까……."

그 순간―.

"루미아 선배~! 사랑해요오~!"

마리아가 벌떡 일어나더니 환희에 물든 얼굴로 루미아의 양손을 덥석 움켜잡고 위아래로 붕붕 휘둘렀다.

"너, 아직 쌩쌩하잖아."

그런 마리아의 타산적인 반응에 글렌은 깊게 한숨을 내쉴 수밖에 없었다.

"힘드셨죠? 선생님, 여기 물 드세요."

"오, 땡큐!"

휴식 시간이 시작되자마자 대표 선수들에게 일일이 물을 나눠주던 루미아가 마지막으로 글렌에게 다가왔다.

물이 든 컵을 받은 글렌은 근처에 있는 벤치에 앉아 단숨에 마셨다.

사실 그 자신도 학생들을 지도하느라 목이 말라서 차가운 물이 무척 달콤하게 느껴졌다.

"후우~ 이제 좀 살겠군……."

"그런데…… 선수 분들은 어떤가요?"

루미아가 옆자리에 살며시 앉으면서 물었다.

"아, 응. 훈련 자체는 성공적이었던 거 같아."

경기장 여기저기서 쉬고 있는 학생들을 눈으로 훑으며 대답하던 글렌은 마침 멀리 있는 시스티나에게 시선을 슬쩍 고정했다.

"시스티! 시스티! 역시 시스티는 굉장해! 멋있었어!"

현재는 크라이토스 마술학원의 여학생인 엘렌이 뺨이 상기된 얼굴로 찰싹 달라붙어서 이것저것 도와주고 있었다. 루미아처럼 매니저로 참가한 그녀는 선수들의 자잘한 잡일을 맡아주고 있었다.

"자, 시스티. 물!"

"후훗, 고마워. 엘렌."

"널 위해 레몬 설탕 절임을 만들어왔어. 괜찮으면 먹어봐."

"아, 정말이네! 이게 피로 회복에 참 잘 듣는단 말이지. 만들어줘서 고마워."

사실 이제는 거의 시스티나의 전속 매니저나 다름없게 됐지만 말이다.

"시스티가 오후에도 전력을 다해 훈련할 수 있도록 내가 마사지해줄게!"

"뭐?! 안 해줘도 돼! 그렇지 않아도 미안한데……."

"사양하지 마. 내가 해주고 싶은 거니까. 그러니 자, 여기 누워서……."

"꺄악?! 얘, 얘가 진짜. 갑자기 밀면 어떡해……."

"아하하, 시작할게. 시스티……."

"힉?! 잠깐, 엘렌?! 어딜 만지는 거니?! 거, 거긴…… 아, 아앙!"

"아아, 시스티…… 역시 피부가 참 곱네……."

어째 시스티나에 대한 호감이 폭발해서 슬슬 위험한 영역에 도달할 것 같은 분위기였다.

"……뭐, 괜찮겠지."

지난 무한 루프 사건의 흑막이자 피해자이기도 했던 엘렌.

당시의 절망감에 사로잡혀서 반쯤 폐인이 됐던 모습에 비하면 훨씬 건전했다. 수천 번의 루프로 키운 절대적인 힘과 경험은 전부 잃어버렸지만 저런 식으로 웃을 수 있게 된 건 본인에게도 훨씬 행복한 일이리라.

시스티나의 부친 레너드의 도움으로 그녀를 학대했던 크라이토스 본가를 벗어나, 알자노 제국 마술학원에 장기 유학을 오는 것도 이미 결정된 사항이었다.

'뭐, 전부 좋은 방향으로 나아가고 있는 거겠지.'

"하아……하아…… 으음?! 아! 안 돼애…… 엘렌, 거긴…… 앗!"

"시스티…… 아아, 시스티……."

'……내 생각이 맞는 거겠지?! 괜찮은 거 맞지?!'

엎드려 누운 시스티나에게 애달프게 숨을 헐떡이며 요사스럽게 달라붙는 엘렌의 모습을 본 글렌은 당연히 기겁할 수밖에 없었다.

'저 기이할 정도로 높은 호감도는…… 엘렌 녀석, 혹시 루프 당시의 기억이 좀 남아있는 거 아냐?! 아니, 그보다 누가 좀 말리라고!'

뭐, 아직 여러모로 문제가 많은 것 같기는 하지만 말이다.

"으, 으음. 다른 나라의 수준은 잘 모르겠다만…… 이 녀석들이라면 세계를 무대로도 꽤 좋은 결과를 낼 수 있을 거라는 생각이 들어."

글렌은 솔직하게 대답하며 미소 지었다.

"다행이다! 후훗, 시스티랑 저 애들이 세계를 무대로 활약이라니…… 벌써부터 무척 기대되네요."

그러자 루미아는 마치 자기 일처럼 기뻐했다.

"너도 고맙다. 덕분에 여러모로 스케줄이 원활하게 풀린 것 같아."

"아니에요. 그냥 제가 하고 싶어서 하는 일인걸요."

글렌이 감사를 표하자 루미아는 수줍게 웃으며 먼 곳을 바라보았다.

"그게 더 대단한 거라고. 애초에 자기 일도 아닌데 힘이 되어주고 싶다니…… 보통 사람은 상상할 수도 없는 일이야."

글렌은 솔직하게 칭찬하고 하늘을 올려다보았다.

"대단한 애야, 넌."

"……."

그러자 루미아는 잠시 침묵했지만 이윽고 뭔가를 결심한 듯 입을 열었다.

"……저기, 선생님. 혹시, 제가 전에 했던 말 기억하세요?"

"어떤 거?"

"그게······ 「마술을 진정한 의미에서 인간의 힘으로 만들고 싶다」고 했던 거요."

그것은 글렌과 루미아가 이 도시에서 처음 만났을 당시의 그리운 기억이었다.

그때는 의욕 없는 계약직 강사였던 글렌이 주제에 어울리지도 않는 감명을 받고 마음가짐을 바꾸게 된 계기가 됐던 말.

하지만 지금이라면 그 말속에 숨겨졌던 진정한 뜻을 알 수 있었다.

"물론 과거에 절 구해준 『누군가』를 위해서 그런 꿈을 갖게 된 것도 맞아요. 하지만 사실 전 그저 『착한 아이』가 되고 싶었던 것뿐일지도 몰라요."

"······."

글렌은 무심코 입을 다물었다.

그렇다. 사실 루미아는 폐적된 알자노 제국의 왕녀, 즉. 왕족이었다.

이능력(異能力)을 가지고 태어났기에 정치적인 이유로 존재를 말소당할 수밖에 없었던 비운의 왕녀. 원래는 살아있는 것만으로도 주위에 폐를 끼칠 수밖에 없는 존재였다.

그래서 그녀는 『착한 아이』가 될 수밖에 없었다. 자신을 희생하면서까지 타인을 위하는, 누구나가 인정하는 『착한 아이』가 되어야만 했다.

본의가 아닌 타의로 『착한 아이』가 되어야만 했던 소녀,

그것이 바로 과거의 루미아였다.

"루미아. 그건……."

글렌이 반사적으로 반박하려 한 그때—.

"괜찮아요, 선생님. 저도 이젠 알아요. 그러니 걱정하지 마세요."

루미아는 윙크하며 장난스럽게 웃더니 입술 앞에 검지를 세웠다.

"확실히 전 억지로 『착한 아이』가 되려고 했지만…… 그래도 이유는 역시 그뿐만이 아니었다는 걸…… 시간이 좀 걸리긴 했어도, 이젠 확실히 알게 됐거든요."

"……루미아."

"그리고 선생님과 시스티, 리엘…… 그리고 마술학원의 모두 덕분에…… 저도 깨달았답니다. 다른 누군가를 위해 싸우고, 살아간다는 건…… 역시 굉장히 멋진 일이라는 걸요."

그 말을 끝으로 루미아는 바람에 부드럽게 나부끼는 머리카락을 쓸어 올리며 하늘을 올려다보았다.

그 옆얼굴이 글렌의 눈에는 어째선지 무척 어른스러워 보였다.

"선생님. 저도…… 누군가를 위해 살아가고 싶어요."

"……!"

"물론 그건 『착한 아이』가 되고 싶어서가 아니라…… 그게 저 자신뿐만 아니라 모두가 다 같이 행복해질 수 있는 멋진 삶의 방식이라는 생각이 들었기 때문이에요."

"……."

"아직 구체적인 방법은 잘 모르겠어요. 앞서 말씀드렸던 것처럼 마술을 진정한 의미에서 인간의 힘으로 만들어야 할지…… 아니면 다른 방법도 있을지. 지금 열심히 고민하는 중이에요. 하지만 그래도 역시…… 전 다른 누군가를 위해 살아가고 싶답니다."

글렌은 그런 루미아의 옆얼굴을 진지한 눈으로 지그시 바라보았다.

그러자 그녀는 갑자기 부끄러워졌는지 뺨을 확 붉히며 고개를 숙여버렸다.

"그게, 뭐랄까…… 갑자기 이런 말씀을 드려서 죄송해요. ……본론에서 한참 벗어난 것 같지만…… 지금은 그 방법을 찾기 위해 많은 걸 배우고 다양한 경험을 쌓고 싶어서…… 그러니까, 저기…… 지금 이러고 있는 것도 실은 그런 개인적인 이유 때문이었어요. ……물론 다른 누군가를 위해 제가 할 수 있는 일을 하고 싶은 것도 있지만……."

"……."

"그러니 선생님께선 절 너무 그렇게 칭찬해주시지 않아도 돼요. 사양하지 마시고 절 막 부려 먹어주세요. ……정말 열심히 할 테니까요. 그러니……."

루미아는 고개를 숙인 채 허둥지둥 말을 쏟아냈다.

"……변했네."

글렌은 부드럽게 웃으며 루미아의 머리를 우악스럽게 쓰다듬었다.

"예?"

"역시 넌 많이 변했어. ……전보다 수백 배는 더 멋진 여자가 된 것 같아."

"……예? 예에에에에?!"

"까놓고 말해 장래에 너랑 결혼할 놈을 저주해서 죽여버리고 싶을 정도야."

"예에?! 서, 선생님?! 그, 그, 그건 대체 무슨 뜻으로……!"

미소가 점점 사나워지는 글렌과 반대로, 루미아는 얼굴이 빨개진 채 동요를 감추지 못했다.

글렌은 다시 시선을 돌려 하늘을 올려다보았다.

'그래……. 역시 다들 변하기 마련이지…….'

루미아도, 시스티나도, 리엘도, 다른 학생들도…….

다들 미래를 향해 조금씩 변화하고 있다. 성장하고 있었다.

'그럼 난 어떻지……?'

확실히 전과 비교하면 긍정적이 되었다. 과거를 많이 떨쳐낼 수 있었다.

하지만 정의의 마법사에게 걸었던 꿈은 아직도 마음속 어딘가에 계속 응어리진 채 남아 있었다.

어쩌다 보니 많은 공적을 쌓아서 영웅이라 불리게 됐어도 그저 허무하기만 할 뿐.

자신은 딱히 영웅이 되고 싶었던 건 아니었다.

'어쩌면 난…… 본질적으로는 아무것도 변한 게 없는 걸지도 모르겠군.'

당장은 교사로서 할 일이 있으니 앞을 보고 나아갈 수 있지만 만약 교사가 아니게 되어도 그럴 수 있을지는 장담할 수 없었다.

'……세라…… 난…….'

글렌이 푸른 하늘 저 너머에서 그리운 누군가의 얼굴을 떠올린 순간—.

"선생니이~임!"

갑자기 귀를 찌르는 소프라노 보이스가 감상에 젖은 기분을 송두리째 날려버렸다.

"잠깐, 너…….."

기가 막힌 눈으로 시선을 돌리자 마리아의 얼굴이 보였다.

그녀는 글렌을 사이에 두고 루미아의 반대쪽에 앉더니 그의 어깨에 턱을 대고 허물없이 몸을 기댔다.

"정말이지~! 또 루미아 선배랑 꽁냥거리시는 거예요~?"

"누가 꽁냥거렸다는 거야. 누가."

"저하고도 좀 꽁냥거려달라구요~!"

"난 어린애한테는 관심 없다."

글렌은 쓴웃음을 짓는 루미아의 시선을 느끼며 깊은 한

숨을 내쉬었다.

어째선지 마리아 루텔은 처음부터 이상하게 글렌에 대한 호감도가 높았다. 둔감한 그도 대번에 눈치챌 수 있을 정도로…….

"아니, 그보다 넌 왜 나만 보면 이렇게 들러붙는 건데?"

그래서 이왕 이렇게 된 김에 물어보기로 했다.

"그야 당연하죠!"

마리아는 「에헴!」 하고 헛기침을 한 뒤 대답했다.

"선생님은 우리 학교의 영웅이시잖아요?! 몇 번이나 학교를 위기에서 구했던…… 그러니 저 같은 사춘기 소녀는 완전히 홀딱 빠져버려도 전혀 이상할 게 없다구요!"

"……그러십니까."

"여태까진 학년이 달라서 접점이 없다 보니…… 멀리서 동경하는 눈으로 바라볼 수밖에 없었지만…… 이젠 이렇게 접점이 생겨서 정말 기뻐요!"

"……그거 참 다행이네."

"사실 전 선생님과 가까워지고 싶어서 대표 선수가 되려고 갖은 노력을…… 꺄악~! 몰라몰라! 말해버렸어! 그런데도 선생님은 저한테는 쌀쌀맞게 대하시면서 루미아 선배하고만 꽁냥거리시고…… 치사해! 진짜 치사해!"

장난인지 진심인지는 모르겠지만 글렌은 도저히 이 1학년의 페이스를 따라갈 수가 없었다.

'요즘 애들은 다 이런가? ……도무지 이해할 수가 없네.'

"그쵸?! 그쵸?! 루미아 선배도 그렇게 생각하시죠?! 선생님은 저한테도 좀 더 다정하게 대해주셔야 한다구요!"

"아하하, 그럴지도. 선생님, 마리아 양도 좀 다정하게 대해주세요."

루미아는 쓴웃음을 지은 채 마리아의 편을 들어주었다.

언동에는 여러모로 문제가 많지만 워낙 밝고 붙임성 있는 성격이라 진심으로 매몰차게 대하는 건 무리였다. 글렌에게 이상할 정도로 호의를 드러내는 것도 그저 동경하는 사람과 친해지고 싶다는 순수한 마음에서 비롯된 것 같은 느낌이었다.

"으으~ 루미아 선배의 다정함이 마음속에 스며드는 것 같아요……."

실제로 마리아는 글렌뿐만 아니라 루미아도 잘 따랐다.

아니, 두 사람뿐만 아니라 그 누구를 상대로도 허물없이 대하는 괴물 같은 커뮤니케이션 능력의 소유자였던 것이다.

그러다 보니 은연중에도 선수단의 마스코트 같은 존재로 인식되고 있었다.

'뭐, 아무렴 어때. 이런 무드메이커도 한 명쯤 있는 편이 좋겠지.'

글렌이 마리아의 존재를 긍정적으로 받아들인 순간이었다.

"그러고 보니 선생님이랑 루미아 선배는 역시 사귀고 계신 건가요?"

별안간 당사자가 가차없이 대형 폭탄을 투하했다.

"어? 뭐? 뭐어어어어어어어어어?!"

루미아는 바로 새빨갛게 변해서 당황했다.

"……대체 왜 그렇게 되는 건데?"

글렌은 어처구니가 없는 목소리로 한숨을 내쉬었다.

"마, 마, 맞아요! 나 참, 그게 갑자기 무슨 소리니?! 마리아 양! 나, 나랑 선생님이 사귄다니…… 그럴 리가!"

루미아는 새빨갛게 물든 얼굴로 고개를 붕붕 저었다.

"그치만 두 분은 언제 어디서나 늘 함께 계시잖아요?!"

"그, 그건! 내가 매니저라 일 때문에 접점이 많은 것뿐……!"

"하아~ 역시 전부터 생각했지만, 선생님이랑 선배는 정말 잘 어울리시는 것 같아요. 선배가 이심전심으로 선생님의 마음을 헤아려주는 모습이…… 마치 진짜 부부 같았거든요!"

하지만 사랑을 동경하는 소녀인 마리아는 루미아의 변명을 귓등으로도 듣지 않았다. 달아오른 두 뺨을 양손으로 가린 채 자기 하고 싶은 말만 쏟아냈다.

"선생님과 시스티나 선배도 접점이 많지만, 시스티나 선배는 선생님의 연인이라기보단 전우라는 인상이 더 강해서……."

"저, 저기, 그러니까……."

"하지만 선생님이랑 루미아 선배는 그야말로 잉꼬부부! 더는 끼어들 틈도 없을 정도로 잘 어울리는 러브러브 커플이라구요!"

"그, 그런 게 아니라니까~!"

"하아…… 루미아 선배라면 제가 포기할 수밖에 없겠네요. 흑흑흑……."

"사람 말 좀 들어!"

마리아가 연기로 울었지만 루미아는 한층 더 당황해서 어쩔 줄 몰라 했다.

'어, 어라? 그러고 보니 루미아가 이런 성격이었나? 이런 장난쯤은 어른스럽게 흘려 넘기는 타입인 줄 알았는데…….'

역시 전과는 많이 달라진 모양이었다. 물론 남자인 글렌은 확실히 어떤 점이 변했는지 파악할 수 없었지만 말이다.

"야, 너희들. 그게 대체 무슨 생뚱맞은 소리야?"

"맞아요! 멋대로 선생님의 평생 반려를 결정하지 말아주세요!"

두 사람의 대화를 들었는지 콜레트와 프랑신, 성 릴리의 아가씨 콤비가 낯빛을 붉히며 다가왔다.

"또 시끄러운 녀석들이 납셨구만……."

"어머어머! 그렇게 제가 보고 싶으셨어요?! 선생님!"

"잘 들어. 선생님은 이미 내 신랑이 되기로 정해졌다고! 안 그래? 프랑신!"

"맞아요! 선생님이 제 반려가 될 분이라는 건 확정이자 명백한 사실인걸요!"

"훗, 그렇게 된 거다! 그러니 우리 눈에 흙이 들어가기 전에는 꿈도 꾸지 마!"

"그럼요!"

"……너희는 진~짜 남의 말은 귓등으로도 안 듣는구나. 전방위적으로."

글렌은 진심으로 피곤해지기 시작했다.

"그래도 선생님을 손에 넣고 싶다면……."

"먼저 저희부터 쓰러트려보시죠!"

아가씨 콤비는 그렇게 선언하며 마리아와 루미아를 위협했다.

"여, 역시 선생님이셔……. 『영웅호색』……. 살아있는 전설의 영웅인 선생님은 마치 망가진 수도꼭지처럼 초고밀도 인기남의 기운을 콸콸 내뿜고 있어서 그냥 가만히만 있어도 여자가 다가오는 궁극의 지골로 상태가……."

하지만 마리아는 겁을 먹기는커녕 어째선지 글렌에게 더더욱 심취되었다.

"아아, 앞으로 대체 얼마나 많은 여자가 선생님 때문에 눈물을 쏟게 될지……. 존경해야 할 영웅인 동시에 타도해야 할 여자의 적, 악귀나찰이었을 줄은! 오오, 주여!"

"야! 마리아, 너! 제발 그 입 좀 다물면 안 되겠냐?!"

"악귀멸살! 그런 고로 선배님들! 제안이 하나 있는데요!"

마리아는 글렌을 완전히 무시하고 절도 있게 손을 들었다.

"선배님들, 첩은 어떠세요?!"

"""뭐어?!"""

"다 같이 선생님의 첩이 되죠! 그러면 싸우지 않아도 해결될 거예요!"

어처구니가 없다 못해 석상이 되어버린 소녀들 앞에서 마리아는 글렌의 팔에 매달려 애교를 부렸다.

"저기, 선생님? 그때는…… 부디 절 말석에라도 넣어주시면 안 될까요? 욕심 하나도 안 부릴게요! 전 선배님들과 달리 이런 꼬맹이라 여자다운 매력이 없는 건 잘 알고 있으니 서열은 맨 꼴지라도 상관없어요! 그냥 가끔 절 귀여워해주시기만 해도 충분해요! 예? 예? 그럼 안 될까요?"

"안 되는 게 당연하지!"

"안 되는 게 당연하잖아!"

"안 되는 게 당연하죠!"

이 순간만큼은 세 사람의 마음이 하나로 단결되었다.

하지만 이윽고 상황은 엉뚱한 주장을 하는 마리아와 중구난방으로 반박하는 세 사람의 구도로 바뀌었다.

객관적으로 보면 대화의 주도권을 잡고 있는 건 마리아였고 다른 세 사람은 아주 신이 난 연하의 소녀에게 휘둘리고만 있을 뿐…….

마리아 루텔. 지금까지 글렌의 주위에는 없었던 타입의 소녀.

……어떤 의미로는 최강의 소녀이기도 했다.

"나 원 참, 또 개성 넘치는 녀석이 등장했구만……."

휴식시간임에도 훈련시간보다 더 흥분한 소녀들 앞에서
글렌은 힘없이 어깨를 늘어트릴 수밖에 없었다.

　"어쨌든 뭐……."

　"아, 안 돼앳! 엘렌! 히익?! 누, 누가 좀 도와……!"

　슬슬 불순 **동성** 교제의 영역에 거의 한 발쯤 걸친 시스터
나와 엘렌을 본 글렌은 그녀들을 막기 위해 자리를 박차고
일어났다.

　이러니저러니 해서 합숙 일정은 쏜살 같이 흘러갔고 각자
확실한 성과를 거두며 순조롭게 종료되었다.

　그렇게 어느덧 마술제전 개최일을 앞둔 알자노 제국 대표
선수단이 세계의 무대를 향해 날개를 펼칠 순간이 온 것이다.

제 2 장 신의 뜻

그곳은 마치 시간이 멈춘 듯한 조용한 공간이었다.

융단, 그림, 옷장 등 품격 있는 가구가 적당히 배치되고 사방이 책장으로 에워싸인 어두컴컴한 침실의 사이드 테이블 위에 놓인 촛대의 희미한 불빛이 안락의자에 앉은 여자의 모습을 비추었다.

이런 어둠 속에서도 선명하게 눈에 들어오는 풍성한 금발. 소름이 끼칠 정도로 단정한 마성(魔性)의 미모. 검은 고딕 드레스로 감싸인 요염한 육체.

세리카 아르포네아였다.

그녀는 스톨을 어깨에 걸친 채 묵묵히 책을 읽는 중이었다.

한편, 옆에 있는 천개(天蓋)가 달린 침대 위에는 한 소녀가 조용히 잠들어 있었다.

독서 중인 세리카와 잠든 소녀.

이 방은 그것만으로 완결된 완전한 조화가 이루어진 공간이었다.

하지만 이윽고 작은 노크 소리가 그 조화를 깨트렸다.

"들어갈게, 세리카."

침실 문을 열고 들어온 것은 글렌이었다. 여행 준비 중인지 옆구리에는 책과 옷가지 등을 끼고 있는 상태였다.

"전에도 말했지만, 난 내일부터 페지테에 없을 거야."

"응. 그 마술제전 때문이지? 훗, 잘 다녀와라. ……열심히 하고."

세리카는 책을 덮고 글렌을 흘겨보았다.

"그건 그렇고 대표 선수단의 총감독이라니…… 너도 참 출세했네? 이 엄마는 감격했단다."

"시꺼! 이딴 출세는 필요 없다고! 아무튼 너, 내가 없는 동안 여러모로 조심해! 지금 넌 그게…… 몸이 약해졌잖아?"

"이거 참…… 설마 아들내미가 이렇게 날 걱정하는 날이 올 줄이야. 나도 나이를 먹었나 보군……."

"바보! 그런 거 아니거든?! 네가 아니라, 네가 사고 쳤을 때 말려들 주변사람들을 걱정하는 거라고! 알아들었으면 얌전히 좀 지내!"

글렌은 여느 때처럼 허울 없는 대화를 나누다가 잠시 시선을 옆으로 돌렸다.

"그건 그렇고…… 이 녀석, 전혀 깰 생각을 안 하는구만?"

그의 시선이 향한 곳은 침대 위에서 조용히 잠든 소녀였다.

예전에 스노리아의 아베스타 산봉에서 백은룡과 싸운 후에 거둔 수수께끼의 소녀. 벌써 시간이 꽤 지났음에도 전혀 눈을 뜰 낌새가 보이지 않았다.

"뭐, 이쪽은 느긋하게 기다려볼 생각이야. 나도 마침 휴직 중이고."

하지만 세리카는 크게 개의치 않고 태연하게 대답했다.

"그건 그렇고…… 그 마술제전의 개최지는 자유도시 밀라노였던가?"

"응, 맞아. 그 유명한 밀라노야. 어떤 의미로는 해외여행이지. 부럽냐?"

글렌은 반쯤 장난으로 도발했다.

"밀라노라……. 그렇군. 밀라노란 말이지……."

하지만 어째선지 세리카는 뭔가를 되새기는 것처럼 혼잣말을 할 뿐이었다.

"응? 밀라노가 왜?"

"뭐? 너, 몰랐던 거냐? 밀라노는 예전에 내가……."

글렌이 의아해 하자 세리카가 입을 열었다.

"뭐, 아무렴 어때. 이젠 다 지난 일인걸."

하지만 곧 무슨 생각을 한 건지 입을 다물어버렸다.

"……음? 뭐가 뭔지 잘 모르겠다만, 아무튼 뒷일은 잘 부탁해."

"그래, 맡겨둬. 너도 모처럼의 해외여행이니 잘 즐기다 와."

"여행이 아닌데…… 뭐, 됐어. 선물이나 기대해."

글렌은 그 말을 끝으로 세리카의 방에서 나왔다.

다음날 이른 아침.

"으음~!"

세리카의 신축 저택에서 나온 글렌은 아침의 신선하고 차가운 공기를 폐에 힘껏 들이켜며 기지개를 켰다.

그리고 어둡고 한산한 페지테의 거리를 걷기 시작했다.

목적지는 페지테 교외에 있는 한 공원.

오늘은 밀라노로 떠나는 날이지만 집합 시각까지는 아직 충분히 여유가 있었다.

그런데도 글렌이 이런 이른 시간부터 그곳을 찾은 이유는…….

"하아……! 하아……! 헉……! 헉……!"

마리아는 공원 안을 달리고 있었다.

평소의 장난스러운 모습과는 정반대인 진지한 표정으로…….

괴로워 보이면서도 굳은 의지가 깃든 눈동자에서는 그녀의 진심을 엿볼 수 있었고, 이마에 맺힌 구슬 같은 땀방울은 햇빛을 반사해 반짝거렸다.

"헉……! 헉……! 하아……! 하아……!"

귀엽게 꾸미는 걸 좋아하는 평상시의 모습에서는 상상조차 할 수 없는 너저분한 몰골이었으나 그럼에도 지금의 마리아는 아름다웠다.

"67, 68, 69……."

근처에서는 루미아가 회중시계를 들고 기록을 재는 중이었다.

마리아는 마지막까지 긴장을 풀지 않고 백마【피지컬 부스트】로 강화된 신체 능력을 유지한 채 루미아의 앞을 쓰러지듯 통과했다.

"헉……! 헉……! 콜록! 쿨럭!"

루미아는 온몸에서 폭포수처럼 땀을 흘리며 앞으로 쓰러진 마리아를 향해 웃는 얼굴로 다가갔다.

"응, 굉장해. 마리아 양. 신기록이야. 선생님이 정하신 목표를 달성했어. 축하해."

"하아……하아…… 콜록! ……저, 정말요?! 해, 해냈다……. 드디어 해냈어요, 루미아 선배!"

그러자 마리아는 피로가 날아간 것처럼 바닥에서 벌떡 일어나더니 루미아의 손을 잡고 깡충깡충 뛰면서 기쁨을 표현했다.

"이건 전부 루미아 선배 덕분이에요! 지금까지 정말 감사했습니다!"

"아하하, 아니야. ……난 요령을 조금 알려준 것뿐인걸."

루미아는 쑥스러워했다.

사실 이래 보여도 마리아 루텔은 확실히 우수한 학생이었다.

1학년 수준이라 볼 수 없는 캐퍼시티와 마력 농도. 특히 백마술 계통이 특기이며 그 분야의 지식과 운용기술 또한 1

학년을 아득히 뛰어넘은 수준이었다.

'그리고 그 이상으로 노력가란 말이지…….'

글렌은 멀리서 그런 마리아의 모습을 바라보고 생각에 잠겼다.

그녀의 능력과 자세에서는 오랜 세월동안 목표를 위해 끊임없는 노력을 쌓아온 인간 특유의 기개가 느껴졌다.

'뭐랄까…… 남들 앞에서는 까불대지만, 실은 엄청 성실한 성격이라…… 아무리 귀찮게 굴어도 도저히 미워할 수 없다고 할까…….'

하지만 그런 마리아도 신체 능력 강화 마술은 아직 많이 서투른 편이라 지난 합숙 훈련에서는 그 부분의 보완을 가장 큰 과제로 삼았었다.

그러나 글렌이 쓰는 신체 능력 강화 마술은 그의 지나치게 변칙적인 전투 스타일에 맞춰서 조정된 것이다 보니 남에게 가르치기에는 적합하지 않았다.

'하지만 루미아는 나와 달리 깔끔한 데다 낭비가 없고 밸런스가 잘 잡힌 이상적인 신체 능력 강화 마술을 쓸 수 있어…….'

사실 신체 능력 강화 마술의 기량만 놓고 보면 그 시스티나조차 루미아의 한 수 아래였다. 물론 그 이상으로 전투 기술과 센스에서 압도적으로 차이가 나다 보니 시스티나를 상대로 실전에서 이길 수 있는 건 아니지만 말이다.

'마리아의 지도는 역시 루미아에게 맡기는 게 정답이었어.'

그런 루미아가 마리아의 마술을 깔끔하게 교정해준 덕분에 나중에 글렌이 가르치는 것도 편했다. 남은 건 몸을 제대로 움직이는 법을 반복 숙달시키는 것뿐이었기 때문이다.

글렌은 교육이 계획대로 잘 풀린 것에 만족하면서 두 사람을 향해 다가갔다.

"앗?! 글렌 선생님!"

그러자 마리아가 수건으로 얼굴의 땀을 닦더니 등줄기를 꼿꼿하게 세우며 태연한 얼굴로 인사했다.

"후~! 안녕, 후~! 하세, 후~! 요!"

하지만 아직 호흡이 거칠어서 속으로는 엄청 괴로울 것 같았다.

아무래도 마리아는 글렌 앞에서는 항상 폼을 잡고 싶은 모양이었다.

"……무리할 것 없어."

"좋은 아침이에요, 선생님."

게슴츠레한 눈으로 대답하는 글렌에게 루미아도 쓴웃음을 짓고 인사했다.

"아, 좋은 아침. ……아무래도 마리아에게 준 과제는 아슬아슬하게 달성한 것 같네."

"흐흥, 당연하죠! 전 하면 잘하는 애니까요! 자, 칭찬해주세요!"

"그래그래, 장하다. 루미아, 이 바보 녀석을 가르치느라 정말 고생 많았다."

"루미아 선배가 아니라 절 칭찬해달라구요오!"

글렌이 루미아의 머리를 쓰다듬어주자 마리아가 옆구리를 토닥토닥 때렸다.

"크윽~! 동경하는 선생님의 칭찬을 듣고 싶어서 진짜 열심히 노력했는데~! 그렇게 제가 미우세요?!"

"아~ 그래그래. 너무 참 애썼다~. 장하다 장해."(국어책 읽기)

"마음이 하나도 안 담겼어?!"

루미아는 그런 두 사람의 대화를 쿡쿡 웃으며 들었다. 왠지 여동생이 생긴 것 같은 기분이었다.

"그건 그렇고 선생님! 말씀대로 과제를 달성했어요! 그러니 약속대로 제 부탁을 하나 들어주시는 거 맞죠?! 예?"

그리고 눈을 반짝거리면서 글렌에게 바짝 다가왔다.

"어라~? 내가 그런 약속을 했건가?"

"했거든요?! 진짜 해도 너무한 거 아녜요!?"

다시 울상이 된 마리아가 글렌의 가슴을 토닥토닥 때렸다.

"아하하. 저기, 선생님. 장난은……."

"그래, 알고 있어. ……나 참, 설마 달성해버릴 줄은 예상 못 했는데 말이지. ……꽤 어려운 조건을 낸 거였는데……."

루미아가 쓴웃음을 짓고 재촉하자 글렌은 머리를 긁적이

며 귀찮은 듯 대답했다.

"그래서? 내가 뭘 하면 되는데? 말해두지만, 처음에 말했다시피 무리인 건 무리다?"

"알고 있다구요! 하지만 부탁을 드리는 건 지금이 아니에요! 유사시를 대비해서 아껴둘 거예요!"

"귀찮은 녀석."

마리아가 의기양양한 얼굴을 하자 글렌은 깊은 한숨을 내쉬었다.

"제가 어떤 부탁을 할지…… 후후, 기대하고 계세요!"

마리아는 작은 가슴을 펴고 있는 힘껏 의기양양한 얼굴을 했다.

"아, 그래. 아무튼 뭐, 너흰 얼른 돌아가. 오늘은 밀라노로 출발하는 날잖아?"

"예? 아아아아앗?! 그, 그랬었죠?! 으갸아아아?! 그러고 보니 저, 아직 출발 준비 하나도 안 했는데에에에에?!"

"……야."

기막혀 하는 글렌 앞에서 마리아는 황급히 달려가기 시작했다.

하지만 도중에 멈추더니 글렌을 돌아보며 고개를 꾸벅 숙인 후 절도 있게 경례했다.

"글렌 선생님! 루미아 선배! 오늘까지 지도해주셔서…… 정말, 정말 감사했습니다! 저, 마술제전에서 진짜 열심히 뛸

게요!"

그렇게 말하고 윙크한 마리아는 이번에야말로 한 번도 뒤돌아보지 않고 달려갔다.

"참 나."

글렌은 작아지는 그 뒷모습을 지켜보고 어깨를 으쓱였다.

이상하게도 기분이 나쁘진 않았다.

"후훗…… 저기요, 선생님. 마리아 양, 귀엽지 않나요?"

루미아도 쿡쿡 웃으며 물었다.

"……뭐, 태풍 같은 녀석이었지."

하지만 글렌은 가볍게 얼버무렸다.

"자, 루미아. 너도 일단 집으로 돌아가자. 데려다줄게."

"후훗, 감사합니다. 선생님."

글렌은 루미아를 데리고 피벨 저택으로 이동했다.

레자리아 왕국.

북 셀포드 대륙의 중앙 북부에 광대한 국토를 거느린 왕정국가다.

대륙 북서단에 있는 알자노 제국 측에서 보면 남북으로 길게 이어지는 『용의 등뼈』라 불리는 초고도 산맥 지대를 경계로 동쪽에 있고 국토 면적은 대략 3~4배.

세인트헬레스, 에노키아, 알프스타, 칼라트, 헝베리, 드라크로스, 이에리얼의 일곱 영지로 이루어졌으며 북방은 아한

대(亞寒帶), 남방은 온대 기후에 속하고 국교는 엘리사레스교 카논파(구교).

국가체제는 왕과 각 지방 영주의 관계가 통치권의 보호와 주군에 대한 충성 관계로 맺어진 전통적인 봉건제이지만, 실태는 전혀 다르다.

왕국민의 관혼상제에 깊이 침투해서 강고한 신앙 기반을 구축한 엘리사레스교 카논파, 속칭 『구교』. 그것을 통괄하는 성 엘리사레스 교회 교황청이 강대한 지지기반으로 왕실과 각 지방 영주의 정무를 감독 및 대행하는, 사실상의 중앙 집권적 종교국가에 해당했다.

그런 엘리사레스 교회 교황청의 안방인 교회령 이에리얼.

그곳의 수도이자 성도(聖都)인 파르넬리아의 중앙에는 세계 최대급 종교 건축물이자 교황청의 총본산인 성 필리포 대성당이 존재했다.

지금 그곳의 예배의사당에서는 교황청의 최고 결정기관인 추기경회(會)의 유력자들이 모여서 아침부터 평행선인 논의를 계속하고 있었다.

"난 반대다! 설마 당신은 정말로 이번 마술제전의 수뇌회담으로 그 제국과 화평을 맺을 셈이었나?!"

유력 추기경 중 한 명인 아치볼트 안비스 추기경이 테이블을 세차게 내리치며 외치자 주위의 추기경들도 저마다 입을 열기 시작했다.

"놈들은 타락한 이단자들이다! 악마의 앞잡이들이라고!"

"그래! 놈들의 잘못된 신앙을 바로잡지 않고 대등한 평화 조약을 맺는 건 그야말로 언어도단!"

그러자 아치볼트 일파와는 반대쪽에 앉은 파이스 카디스 주교급 추기경이 조용히 자리에서 일어났다.

그는 검소한 사제복을 입은 아름다운 남자였다.

윤기 있는 금발. 고전 조각상처럼 단정한 용모. 매끄러운 피부. 도저히 마흔을 넘은 남자라는 생각이 들지 않는 미장부였다.

"예, 그 말씀대로입니다."

파이스는 마치 성가를 부르는 것 같은 시원스러운 목소리로 말했다.

"이번 수뇌회담에서 왕국과 제국의 갈등을 끝내겠습니다. 앞으로는 구교와 신교를 구분지을 것 없이 서로 손을 잡고 협력하는 시대가 될 겁니다."

"말도 안 돼! 저 이단자들에게 벌을 내리는 것이야말로 주님의 뜻이건만!"

"네놈은 주님의 뜻을 거역하겠다는 건가?!"

바로 강경파 추기경들이 소란을 피우기 시작했다.

"『사악한 자에게는 주님께서 벌을 내리리라. 인간이 인간을 재단해서는 안 된다』."

그러자 파이스는 성서의 한 구절을 인용하여 냉정하게 반박했다.

"……저희는 주님이 아닙니다만? 그레이브 추기경."

"이 융화파의 애송이가!"

그 말을 기점으로 이번 회의는 수습할 수 없는 지경까지 이르렀다.

강경파의 사제와 추기경들은 새빨갛게 물든 얼굴로 교리 해석을 들먹이기 시작하며 국가 주요 정책을 논의하는 자리와는 전혀 어울리지 않는 추태를 부렸다.

하지만 파이스 주교급 추기경은 인내심을 가지고 그런 그들에게 호소했다.

"몇 번이나 말씀드리지만, 저희는 신앙을 중시한 나머지 오랜 세월에 걸쳐 무모한 쇄국, 국교단절, 종교 정화, 전쟁 정책을 지속한 탓에 이미 국가로서 완전히 막다른 곳에 몰린 상황입니다. 이미 레자리아 왕실과 영주들에게는 아무런 위엄도 통치 능력도 없고, 이 나라를 이끌 수 있는 건 우리 교황청뿐. 하지만 그것도 거의 한계에 가깝습니다. 그러하기에 앞으로의 시대는 신앙이 다른 타국와의 협조와 협력이 필요불가결. 그러기 위해서는 먼저……."

"시끄럽다, 닥쳐! 그딴 것보다 중요한 건 주님과 신앙에 몸을 바치는 것일진데!"

"그렇다! 그리고 그런 사소한 문제들은 제국을 합병해버리면 자연스럽게 해결될 터!"

"옳소! 그러려면 국민들에게 더 많은 『모금』을 거두어서 십자군의 재편을……."

'왜 그게 무리라는 걸 이해하지 못하는 걸까요? 이 꼰대들은…….'

파이스는 그 아름다운 얼굴에 짙은 피로를 드러내며 탄식했다.

확실히 왕국에는 제국의 세 배에 해당하는 영토와 인구가 있었다.

기본적으로 전쟁이란 물량 싸움. 단순하게 생각하면 절대로 질 수가 없는 전쟁이었다.

하지만 제국에는 우수한 지도자와 마도기술, 정예 군대, 세계를 견인하는 압도적인 경제력, 그리고 그 6영웅의 일원인 세리카 아르포네아가 존재했다.

'물론 이쪽에도 세리카에게 맞설 수 있는 그 **두 사람**이 있습니다만…… 전쟁의 추세는 고작 한두 명의 영웅에 의해 좌우되는 게 아니지요. 현재의 피폐해진 왕국과 나는 새도 떨어트리는 기세의 제국이 충돌한다면 양쪽 다 멀쩡하게 끝날 리가 없을 터……. 양패구상은 필연…….'

그래서였다.

파이스는 자신이 큰 은혜를 입은 레자리아 왕국을 구하기 위해 교황청 내부에서는 이단 중의 이단으로 취급되는 『융화파』를 표방하며 오늘날까지 비밀공작을 펼쳐왔다.

물밑에서 알자노 제국 여왕 알리시아와 연락을 주고받고 화평, 협력 노선의 길을 모색해왔다. 그 과정에서 무슨 일이 있어도 제국을 무력으로 합병하려는 강경파의 함정에 빠져 이단 심문을 받을 뻔하거나, 암살당할 뻔한 것도 한두 번이 아니었다.

'하지만 이제야…… 이제야 비로소 제 비원이 결실을 맺기 시작했군요.'

"여러분, 정숙해주시길."

그 순간, 의장석에 앉은 남자가 발언하자 소란스러웠던 회의장이 마치 찬물을 끼얹은 것처럼 조용해졌다.

목소리의 정체는 다른 이들보다 화려한 디자인의 사제복을 입은 노인이었다.

고령임에도 정정한 체격. 누가 봐도 인자해 보이는 표정. 오랜 세월에 걸쳐서 쌓은 덕(德)이 내면에서 자연스럽게 우러나오는 인물이었다.

"저는 파이스 카디스 추기경의 안을 지지하겠습니다. 굶주림보다 신앙을 우선하라는 어버이는 없습니다. 그리고 이 화평이 성립되더라도 우리의 숭고한 신앙에는 아무런 지장도 없을 겁니다. ……모든 것은 주님의 인도대로."

"……퓨, 퓨너럴 교황 성하?!"

그렇다. 이 인자해 보이는 노인이야말로 성 엘리사레스 교회 교황청의 최고지도자인 교황 퓨너럴 하우저.

지금으로부터 약 8년 전에 추기경의 자리에 오른 그는 탁월한 능력과 인덕으로 지지를 모아 4년 전의 교황선거에서 교황의 직위를 쟁취해낸 걸물이었다.

 사실 최근 파이스를 필두로 한 융화파의 약진은 모두 이 퓨너럴과 뜻을 함께한 덕분이었다.

 성 엘리사레스 교황청 안에서 교황의 권한과 영향력은 그야말로 절대적.

 그런 퓨너럴 교황이 융화파를 지지한 시점에서 이 회담의 결과는 이미 정해진 것이나 다름없었다.

 "……하하, 솔직히 가슴이 철렁하더군요."

 추기경회가 끝난 후, 파이스는 교황의 집무실에서 안도의 한숨을 내쉬었다.

 "제국과 여기까지 이야기가 진행됐는데 당일에 수뇌회담을 취소해버린다면…… 진심으로 웃어넘길 수 없는 심각한 상황이 벌어졌을 테니까요."

 "참으로 수고가 많으셨소, 파이스 카디스 추기경."

 퓨너럴은 그런 파이스의 노고를 치하했다.

 "이것도 전부 교황 성하의 덕분입니다."

 "아닙니다. 전 그저 뒤에서 미력하나마 힘을 보탰을 뿐. 근사한 차이라고는 해도 최종 투표에서 융화파가 승리를 거둔 건 전부 이때까지 그대가 힘써온 덕분. 평화를 바라는 그대의 의지가 비로소 결실을 거둔 것이겠지요."

"그렇다 한들 성하께서 저희를 지지해주시지 않았다면 여기까지 올 수 없었을 겁니다. 성하께서 강경파의 발언을 억눌러주신 덕분에 왕국과 제국은 이날까지 큰 충돌 없이 지낼 수 있었습니다. 4년 전의 교황선거에서 이긴 것이 아치볼트 추기경이 아니라 당신이라 정말 다행입니다."

"하하하, 그게 벌써 4년이나 됐군요. 아직 신참 추기경이었던 제가 교황이 됐을 당시에는 주위에서 그야말로 기적이었다며 자주 야유를 듣곤 했었지요."

퓨너럴은 당시를 떠올리고 온화하게 웃었다.

"하지만…… 방심은 금물입니다. 파이스 추기경."

"……예, 명심하고 있습니다."

하지만 곧 목소리를 근엄하게 낮추자 파이스는 조용히 고개를 끄덕였다.

퓨너럴은 그런 그에게 다시 한 번 확인했다.

"아치볼트 추기경은…… 제국의 무력 합병을 노리는 강경파의 대표이자, 가장 큰 권력을 가진 걸물이자, 강경파 최고의 두뇌파. 화평 반대파의 필두입니다. 여태까지 종교 정화 정책을 강력하게 추진하면서 수많은 성공을 거두었기에 교황청 안에서도 그를 지지하는 세력은 다수파이지요. 그뿐만 아니라 아직도 호시탐탐 교황의 자리를 노리는 야심가라 어두운 소문도 많습니다. 4년 전 전임 교황의 서거도 그가 뒤에서 관여했다는 소문이……."

"증거는 없지만 말입니다. 하지만 상황이 너무나도 공교로 웠지요."

"그러니 수뇌회담 당일에도 무슨 짓을 벌일지 알 수 없습니다. 파이스 추기경, 아무쪼록 주의하시길. 그대의 두 어깨에는 우리 레자리아 왕국의 미래가 걸려 있으니 말입니다."

"예, 명심하겠습니다."

"그리고…… 개인적으로 신경 쓰이는 점이 하나 더 있더군요."

퓨너럴은 파이스에게 보고서를 내밀었다.

"이건?"

"제국과의 수뇌회담과 동시에 개최되는 마술제전…… 제국 측 대표 선수단의 명단입니다."

"대표 선수단의? 그게 대체 이번 일과 무슨 관계가……."

의아한 얼굴로 명단에 기재된 이름을 확인하던 파이스는 한 이름이 눈에 들어온 순간, 경악한 표정으로 그 이름을 뚫어지게 응시했다.

"말도 안 돼! 어째서 **이 아이**가?! 퓨너럴 님, 이 아이는 분명……!"

"예, 비밀리에 조사해뒀습니다. 틀림없이 그대가 지금 머릿속으로 떠올린 그 아이입니다."

"……?!"

"우연. 평범하게 생각하면 우연이겠지만, 과연 이걸 우연으로 치부해도 될까요? 이 시기, 이 타이밍에 그 아이가 그 땅에 오는 것이 과연……."

"우연이라…… 믿고 싶습니다만……."

"예, 『우연』은 조금만 뒤에서 손을 쓰면 쉽게 『필연』이 될 수 있지요. 하물며 마도기술의 힘을 이용한다면…… 더더욱."

"그렇겠군요. ……아무래도 경계가 필요할 것 같습니다."

퓨너럴과 파이스의 표정이 심각해졌다.

"퓨너럴 성하. 이제부터는 항상 최악의 상황을 가정하고 움직여야 할 것 같습니다. 이것이 만약 우연이 아니라면…… 누군가의 의도가 개입한 상황이라면…… 왕국과 제국의 협상 결렬 정도로 끝날 문제가 아닐 테니까요."

"……어쩌면 **세상이 멸망**할지도 모르겠군요."

"……."

둘은 굳게 입을 다물었다.

"……퓨너럴 성하."

"예, 알고 있습니다. **그 둘**을 보내도록 하지요."

"우리 교회의 비장의 패 ^{라스트 카드}…… 될 수 있으면 이런 시기에 굳이 제국을 자극하고 싶지는 않습니다만…… 어쩔 수 없군요. 아무튼 은밀함과 신속함이 필요한 상황이니만큼 아무쪼록 그들의 투입으로 원만하게 해결될 수 있기를……."

그리고 앞으로의 대응을 논하는 파이스와 퓨너럴의 대화는 날이 샐 때까지 계속되었다.

같은 시각.

"흥. 가당치도 않군."

호화스러운 사제복을 입은 남자가 자신의 집무실에서 짜증스럽게 말을 내뱉었다.

결코 파이스 못지않은 미모의 남자다.

파이스와 마찬가지로 도저히 마흔을 넘었다는 생각이 들지 않을 정도의 젊은 용모였지만, 온화한 인상의 파이스와 달리 눈초리가 날카로운 데다 표정도 험악한 공격적인 인상이었다. 심지어 지금은 약간 창백한 안색이 병적인 퇴폐미까지 자아내고 있었다.

아치볼트 추기경.

이 자가 바로 성 엘리사레스 교황청 강경파의 필두였다.

"그 비천한 이단자 놈들과 손을 잡겠다니 파이스 추기경도, 퓨너럴 성하도 제정신이 아니군. 역시 내가 4년 전의 교황선거에서 이겨야 했건만……."

지금 와서 돌이켜봐도 씁쓸함만 남는 굴욕적인 기억이었다.

4년 전의 교황선거 당시의 아치볼트는 방해되는 인물들을 은밀히 『배제』함으로써 완벽한 승리, 그야말로 압승을 확신하고 있었다.

하지만 결과는 근소한 차이의 패배였다. 그것도 아직 신참 추기경에 불과했던 퓨너럴에게…….

지금도 그는 자신이 진 이유를 도무지 이해할 수 없었다. 마치 위대한 주님의 뜻이 작용한 것 같은, 그야말로 기적이나 다름없는 결과였기 때문이다.

　"뭐, 됐다. 지나간 일 따윈 아무래도 좋아. ……엘레노아. 거기 있나?"

　아치볼트가 그렇게 말한 순간—.

　"예, 여기에."

　어느새 방 한켠에 마치 어둠을 두르고 있는 것 같은 여자가 서 있었다.

　검은 상복을 입은 20대 가량의 여자였다. 그 눈동자에 깃든 것은 한없이 어둡게 굽이치는 어둠.

　그 자리에 존재하는 것만으로도 주위의 어둠이 한층 더 깊어지는 것 같은 그 여자의 이름은 엘레노아 샤레트. 하늘의 지혜 연구회 내진(內陣) 제2단 《지위》^{어뎁터스 오더}에 해당하는 인물이었다.

　"상황은?"

　"……예정대로 **그녀**는 제국의 대표 선수로 선발됐습니다."

　그 대답을 들은 아치볼트는 처절한 미소를 지었다.

　"크크크, 자네들의 마도기술은 참으로 두렵기 그지없군. 설마 정말로 성공할 줄이야."

　"예, 실은 저도 놀랐답니다."

　엘레노아는 감탄한 목소리로 말했다.

"**그분**은 사전에 **그녀**에게 어떤 마술적인 암시를 걸어두셨거든요. 그녀는 그 암시에 따라 본인의 의지로 실력을 쌓고, 본인의 의지로 마술제전의 무대 위에 서게 된 셈이죠. 우리 조직에는 그야말로 무시무시한 힘을 지닌 수많은 마술사들이 존재하지만, 한 개인의 인생을 좌우할 정도의 마도기술을 행사할 수 있는 건 대도사님을 제외하면 그분뿐일 거예요."

그리고 엘레노아는 자조하듯 입가를 일그러뜨리는 동시에 기쁨을 드러냈다.

"전 만에 하나라도 그녀가 탈락했을 경우를 대비해서 그녀를 그 땅으로 유도할 방법을 몇 개나 준비했는데⋯⋯ 결국 그분이 말씀하신 대로 전부 헛수고로 끝나버렸네요."

"그렇군. 이게 바로 하늘의 지혜 연구회의 힘인가. 자네가 말하는 **그분**이라는 인물을 나도 꼭 한 번쯤 만나보고 싶군."

하지만 엘레노아는 어깨를 떨면서 의미심장하게 웃는 아치볼트에게 경고를 던졌다.

"하지만⋯⋯ 지금까지는 순조로웠지만, 방심은 금물입니다. 마침내 퓨너럴 성하가 **그 둘**을 움직였으니까요."

"흥⋯⋯ 라스트 카드 말인가."

아치볼트는 눈꼬리를 치켜뜨고 대답했다.

"아마 이 상황을 우연이라 치부하지 않고 최악의 사태를 대비해 손을 쓴 거겠죠. 그 둘을 정면 대결로 막을 수 있는 건 그나마 세리카 아르포네아 정도뿐일 테니까요. 이렇게 말하는 저도…… 그 둘과 정면으로 싸우는 건 될 수 있으면 사양하고 싶네요."

"흥…… 파이스와 퓨너럴, 그 배신자 놈들. 교회에 대적하는 이단자놈들은 대체 어디까지……."

아치볼트는 짜증스럽게 혼잣말을 내뱉은 후 이렇게 말했다.

"……하지만 이 몸이 설마 그놈들의 움직임을 예상하지 못했을 것 같나?"

"그렇다는 건?"

"당연히 대책을 세워뒀지. 라스트 카드는 결코 우리의 위협이 될 수 없다. 오히려 반대로…… 이쪽의 라스트 카드가 될 터."

"……정말 믿음직스러운 대답이군요, 아치볼트 예하."

자신감이 넘치는 아치볼트의 발언에 엘레노아는 희미하게 미소 지었다.

"당신의 비원이 이루어지길 기도해드리죠. 우리 하늘의 지혜 연구회는 대도사님의 뜻에 따라 성 엘리사레스 교회 강경파 여러분을 전면적으로 지원해드리겠습니다."

"흥……."

아치볼트는 그런 엘레노아를 차갑게 흘겨보며 속으로 혀를 찼다.

'뭐가 지원이냐. 이 사악한 이단자 놈들. 주님의 적. 당장에라도 화형에 처해버리고 싶건만.'

하지만 하늘의 지혜 연구회의 협력이 없었으면 그녀의 존재를 미처 놓칠 뻔한 것도 사실이었다.

아치볼트의 야망을 이루려면 반드시 필요한 **그녀**를⋯⋯.

'어차피 네놈들은 내가 그녀를 손에 넣은 후에 날 마음대로 조종할 심산이겠지만⋯⋯ 과연 그렇게 될까? 결국 마지막에 승리하는 건 바로 이 몸이다.'

아치볼트는 오직 그것을 위해 인생을 바쳐왔다.

레자리아 왕실과 제후들은 이미 그의 꼭두각시나 다름없었다.

이제 방해되는 건 파이스와 퓨너럴뿐. 하지만 그들도 가까운 시일 내에 배제할 수 있으리라.

가장 큰 문제점이었던 전력도 그녀만 손에 들어오면 오히려 거스름돈이 남을 정도였다.

'이 세상은 완전히 타락했어. 진정한 신앙, 진정한 신의 존재를 전혀 알지 못해. 그러니 내가 계몽해주마. 그《신앙 병기》의 힘으로⋯⋯.'

아치볼트는 입가를 불길하게 일그러트리고 히죽 웃었다.

'먼저 제국의 썩어빠진 이단자 놈들을 섬멸한 후, 제국을 무력 합병. 두 종파로 갈라진 교회를 하나로 통일한 다음에는 엘리사레스 통일교황의 자리에 내가 앉는 거다. 그리고 그렇게 얻은 국력을 기반으로 전 세계의 신앙을《신앙 병기》로 정화. 전 세계의 모든 국가를 우리 성 엘리사레스 교황청이 지배하고 올바른 신앙으로 관리, 운영하는 거다. 그래.

바로 내가 이 세상의 모든 인간을 올바른 가르침으로 이끄
는 구세주가 되는 거다…….'
  그런 야망을 품은 아치볼트는 공손하게 방을 나가는 엘레
노아의 등을 가만히 응시했다.

  ―마술제전.
  세계 평화를 바라는 행사의 이면에서는 지금도 이토록 많
은 이들의 의도가 교차하고 있었다.

제 3 장 모이는 강자들

북 셀포드 대륙에는 다양한 국가가 존재한다.

그중에서도 대륙 남동부에서는 자치권을 가진 다양한 문화, 정치 형태의 도시국가가 난립했고, 그들은 현재『세리아 동맹』이라는 하나의 연합 국가 체제를 형성하고 있었다.

그런 자유도시 국가 연맹인『세리아 동맹』안에서도 유독 큰 힘을 가진 것이 바로 이번 마술제전의 개최지인 자유도시 밀라노였다.

알자노 제국의 남동쪽, 레자리아 왕국에서는 남서쪽에 위치한 이 도시는 역사적으로 북 셀포드 대륙의 동서 교역을 맡은 주요 중계점으로서 번영을 누려왔다.

또한『용의 등뼈』를 경계로 인접한 알자노 제국과 레자리아 왕국을 간접적으로 중계하는 정치적인 완충 지대이자, 신교와 구교가 동시에 자리를 잡은 종교 완충 지대이기도 했다.

그래서 전통적으로 마술제전은 늘 이 자유도시 밀라노에서 개최되고 있었다.

"선생님은 왜 마술제전이 이 밀라노에서 열리는지 아세요?!"

이것은 군에서 내준 신봉(神鳳)을 타고 사흘간의 하늘 여행을 마친 제국 대표 선수단이 밀라노에 입성한 순간, 시스티나가 흥분한 얼굴로 꺼낸 첫말이었다.

"그야 2백……."

"정말이지! 그 정도도 모르시는 거예요?! 2백 년 전에 일어난 마도대전의 최종 결전지였기 때문이잖아요!"

글렌은 대답하려 했지만 완전히 흥분한 시스티나의 귀에는 그 목소리가 전혀 들리지 않은 모양이었다.

"당시에는 알자노 제국도, 레자리아 왕국도, 세리아 동맹도, 동방의 여러 나라들도…… 대륙의 모든 국가들이 합심해서 사신(邪神)의 강림이라는 세계 멸망의 위기에 맞서 싸웠으니…… 평화의 제전인 마술제전의 개최지로 선정된 건 당연한 귀결이었다구요! 이건 상식이거든요!?"

"요즘 내 주위엔 사람 말을 안 듣는 녀석들이 왜 이리 많은 거지?"

글렌은 지친 얼굴로 한숨을 내쉴 수밖에 없었다.

"루미아! 엘렌! 저기 좀 봐! 여기가 바로 그 밀라노야! 예술의 세계적인 발신지라 불리는 그 밀라노라구! 꺄~ 감격이야!"

글렌은 아주 신이 난 시스티나를 무시하고 주위를 둘러보았다.

자유도시 밀라노. 이곳은 동서의 문화 교류지인 동시에

시 자체가 나서서 예술가들의 활동을 장려하고 보호하기 때문인지 전체적으로 무척 화려하고 세련된 분위기를 자아내고 있었다.

도시를 구성하는 건물들에는 최신 건축양식이 도입된 데다 다양한 형태의 현란한 아케이드#1가 난립하고 있어서 보기만 해도 눈이 즐거울 지경이었다.

눈부시게 아름다운 천사상과 성모상이 여기저기에 세워진 큰길을 오가는 통행인들의 의상도 무척 세련된 인상이었다. 거리에는 피아노와 바이올린 소리가 연신 울려 퍼졌고 길가에는 젊은 화가들이 캔버스를 세운 채 그림을 그리는 모습들이 보였다.

북쪽의 루터스강과 연결된 아름다운 수로는 마치 핏줄처럼 도시 전체에 퍼져 있었고 그 위에서는 작은 배들이 지나가고 있었다. 그런 수로들을 가로지르는 석교(石橋)에도 하나같이 종교적인 장엄한 조각들이 새겨져 있었기에, 그것들을 일일이 찾아다니며 구경만 하는 것으로 하루가 훌쩍 지나가 버릴 정도였다.

오랜만에 개최되는 마술제전에 대한 기대감으로 해외에서 온 관광객들이 넘쳐나서 거리는 활기가 가득했다.

"괴, 굉장하네요……. 세상에 이런 아름다운 도시도 있었다니……."

#1 아케이드 줄기둥에 의해 지탱되는 아치군(群)과 그것이 조성하는 개방된 통로 공간

"아, 응……. 성 릴리의 학생가는 비교조차 안 되겠어……."

"……분하지만, 제도(帝都)도 이 정도까진 아닌데 말이지."

프랑신과 콜레트와 기블을 비롯한 대표 선수단 멤버들은 그런 공전절후(空前絕後)의 광경 앞에서 완전히 주눅이 들어 있었다.

신교와 구교의 종교 완충지대이기 때문에 이상할 정도로 성당이나 사원이 많은 것도 이 밀라노의 특징이었다. 저명한 건축가들이 저마다 솜씨를 뽐내며 세운 바로크 양식 종교 건축물은 하나 같이 화려하고 장엄한 분위기를 자랑했고, 만약 성당 순회를 목적으로 이 도시를 찾는다면 거의 한 달은 필요할 정도로 숫자도 어마어마했다.

시스티나를 비롯한 제국 대표 선수단은 모두 그런 난생처음 보는 거리의 모습과 위용에 압도된 채 멍하니 눈을 깜빡거렸다.

'……두드러기가 돋을 것 같은 동네구만.'

사실 종교와 예술에 전혀 관심이 없는 글렌에게는 눈에 거슬리기만 할 뿐이었지만 말이다.

"그건 그렇고 글렌 선생. 그거 아냐?"

속으로 그런 생각을 하고 있자니 누군가가 뒤에서 어깨를 두드렸다.

알자노 제국 마술학원의 마도고고학 교수인 포젤 루포이 엘트리아였다.

"뭘?"

"이 도시는 세계유수의 예술도시인 동시에 유적도시이기도 하다는 사실을."

포젤은 여느 때와 다름없는 찌푸린 표정으로 도시 한켠을 가리켰다.

그곳에는 검은색의 기묘한 비석이 세워져 있었다.

그뿐만 아니라 주위를 자세히 살펴보면 비석과 모노리스 같은 고대 유물들이 부자연스럽게 점재해 있었다.

"이 도시의 지하에는 제국과는 약간 기원이 다른 수많은 고대 문명이 잠들어 있어. 지하도나 지하묘지를 파헤치면 곧바로 유적을 찾을 수 있지."

"흐음?"

"……그런 고로 여기서부터 개별 행동이다. 뒷일은 잘 부탁하마, 글렌 선생."

글렌은 그 말을 남기고 자연스럽게 떠나려 하는 포젤의 목깃을 낚아챘다.

"어딜 가시려고?"

"이거 놔. 내가 대체 무엇 때문에 여기까지 따라온 건지 알기나 해?"

"감독인 날 서포트하기 위해서잖아?! 너, 얼마 전에 르 킬 조각상을 슬쩍한 걸 들키는 바람에 문제가 된 걸 그걸로 퉁쳐주기로 했잖아?!"

"이 몸이 위에서 시키는 말을 고분고분하게 따를 줄 알았나? 좀 상식적으로 생각해봐!"

"아, 진짜 쥐패버리고 싶어어어어어어어어어어!"

"안심해. 네가 부탁한 그 수기의 해독은 동시병행해서 진행할 테니까."

"안심할 수 있겠냐!"

"그런 고로 난 이 도시의 유적들을 조사해볼 거다. 그럼 난 이만."

포젤은 일방적으로 그런 말을 남기더니 리엘 이상의 순발력을 발휘해 비석 쪽으로 맹렬히 달려갔다.

"우오오오오오오오! 이, 이 비석은 설마 바로 그……?! 우효오오옷~! 흥분되는구만!"

'알리시아 3세의 수기를 정말 저 녀석한테 맡겨도 괜찮았던 걸까……?'

일단은 사본이긴 해도 갑자기 무지막지하게 불안해지기 시작했다.

"흥, 저런 쓰레기 따윈 그냥 좋을 대로 하게 내버려둬."

그러자 옆에 있던 이브가 혼자 팔짱을 낀 채 눈살을 찌푸렸다.

"선수단은 나랑 당신만 있어도 충분해. 오히려 이건 저 마술학원의 산업폐기물을 유기해버릴 좋은 기회야."

"너…… 저 녀석이 어지간히 싫은가 보다?"

"그나마 당신이 나아보일 정도로. 그보다 서둘러. 마술제 전 개회식은 날이 저문 후에 시작되니까 그 전에 예약한 호 텔에 체크인을 해야 해."

이브는 퉁명스럽게 머리카락을 쓸어 올리고 먼저 걸어갔다.

글렌이 한숨을 내쉬며 그 뒤를 따라가자 선수들도 슬슬 움직이기 시작했다.

"아, 선생님. 저기 좀 보세요. 저게 그 틸리카 파리아 대성 당이에요."

잠시 후 루미아가 옆에서 먼 곳을 가리켰다.

글렌이 그쪽으로 시선을 돌리자 도시 중심부에 있는, 마 치 하늘에 닿을 것처럼 높은 거대한 종교 건축물이 눈에 들 어왔다.

틸리카 파리아 대성당. 밀라노에서 가장 규모가 큰 성당이 었다.

"그래. 저기서 이번 수뇌회담이…… 여왕 폐하와 교황이 회담을 나눈다더군. 이번 회담이 성사되면 앞으로 적어도 10년은 확실한 평화가 보장되겠지. 그런 만큼 폐하께서도 지금쯤 많이 긴장하고 계실지도……."

"어머니……."

루미아는 가슴 위로 손을 맞잡으며 대성당을 바라보았다.

이미 밀라노의 제국영사관에 있을 어머니, 알리시아 7세 를 떠올리면서 마치 그녀의 고독한 싸움에 무운을 비는 것처럼…….

"……괜찮아."

그러자 글렌은 안심하라는 듯 루미아의 머리에 손을 얹어주었다.

"내 입으로 말하긴 좀 그렇지만, 폐하께선 정말 대단한 분이셔. ……분명 다 잘 될 거야."

"……고맙습니다, 선생님."

루미아는 글렌의 배려에 미소로 화답했다.

두 사람 사이에 그렇게 따스한 분위기가 감돌기 시작한 순간이었다.

"선~생~님~! 루~미~아~선~배~!"

누군가가 억지로 비집고 끼어들더니 두 사람의 팔을 한쪽씩 잡고 매달렸다.

"또~ 둘이서만 꽁냥대시는 거예요? 아무리 부부라지만, 치사하다구요! 저도 좀 껴주세요오!"

"마리아?! 야! 이거 놔! 무겁다고!"

"그건 그렇고…… 자유도시 밀라노는 역시 굉장한 곳이네요! 저 틸리카 파리아 대성당뿐 아니라 성 포리스 성당! 상가리아 사원! 저쪽에는 포리아 교회도 있고 그쪽에는…… 아아, 정말 감개무량하네요! 전부 보러 다니고 싶어요!"

마리아는 두 사람의 팔을 단단히 붙든 채 감격한 얼굴로 성호를 그었다.

"저기요, 선생님! 루미아 선배! 저랑 나중에 같이 구경하러 다니지 않으실래요?! 열심히 기도하면 분명 효험이 있을 거라구요! 예?!"

"야, 우린 놀러온 게 아니거든?!"

"아야야야야! 죄송해요! 용서해주세요! 머, 머리가아~!"

"아, 아하하하……."

글렌이 머리를 꽉 움켜잡고 힘을 주자 울면서 몸부림치는 마리아를 루미아는 쓴웃음을 지은 채 지켜보았다.

잠시 후 글렌 일행은 호텔에 도착했다.

마술제전 운영 위원회에서 국가별로 배정해준 덕분에 현재는 제국에서 건물을 통째로 전세 낸 상태였다.

다시 말해, 이곳이 바로 개최 기간 동안 그들의 거점이 되는 셈이었다.

"굉장하군……. 요전에 묵었던 샤토 스노리아랑 비교해도 손색이 없겠어……."

호텔을 올려다본 글렌은 기겁한 얼굴로 신음을 흘렸다.

밀라노에서도 가장 비싼 땅을 차지한 이 귀족 저택 같은 호화로운 건물의 위용이 그만큼 압도적으로 다가왔기 때문이다.

"원래 유복한 밀라노 관광객들을 대상으로 지은 고급 공영 호텔이라나 봐."

"뭐? 그, 그런 걸 우리가 정말 전세 냈다는 거야?"

이브가 새침한 목소리로 대답하자 글렌은 소시민답게 바로 위축되기 시작했다.

"지, 진짜 한 명당 방을 하나씩 써도 된다고? 노, 농담이나 장난이 아니라 진짜로? 애, 애초에 나처럼 가난하고 비천한 평민이 이런 고급스러운 곳에서 묵는 건……."

"바보. 우린 제국 대표 선수단…… 제국의 대표잖아? 요컨대 『국빈』이라구? 그러니 이 정도 대우를 받는 건 당연해."

하지만 이브는 지극히 자연스러운 태도로 호텔 출입구를 향해 걸어갔다.

"그런데 말야~ 여기, 3성 호텔이라는 것치고는 좀 별로인 것 같지 않아?"

"그러게요. 혹시 저희를 얕잡아보는 걸까요?!"

"아하하, 어쩔 수 없잖아. 이러니저러니 해도 우린 아직 학생인걸."

"난 시스티랑 같은 방을 쓸 수만 있다면 어디든 상관없어!"

"아~ 그건 그렇고 참 청소하기 힘들어 보이는 건물이네요. ……직원분들께 애도를."

콜레트, 프랑신, 시스티나, 엘렌, 지니도 전혀 개의치 않고 이브의 뒤를 따랐다.

"훗, 악취미적인 천박한 호텔이군요. 뭐, 하긴 촌구석 벼락부자 도시에 뭘 기대하겠느냐만……."

"그 점은 저도 동의해요. 이런 취향은 이제 좀 식상하달지…… 개인적으론 좀 더 차분하고 실용적인 디자인이 좋은데 말이죠."

"호오? 리제, 너하고는 말이 좀 통하는 것 같군."

"……."

리제와 레빈이 그런 대화를 나누며 걸어갔고 하인켈은 말없이 두 사람의 뒤를 따랐다.

다들 글렌과는 전혀 반응이 달랐다.

'자, 잠깐만요. 제 말 좀 들어보세요, 사모님들. ……우리 애들, 부르주아가 너무 많은 거 아닌가요?'

글렌은 왠지 모를 소외감을 느꼈다.

"……."

"……."

그러다 문득 뒤를 돌아보자 남겨진 기블과 자일이 눈에 들어왔다.

한쪽은 평민 출신의 고학생, 다른 한쪽은 몰락한 약소 귀족의 삼남. 그야 그들의 경제사정으로 이런 곳에서 묵는 건 처음일 테니 이마에 비지땀을 흘린 채 굳어버리는 것도 무리는 아니리라.

글렌은 납득한 듯 고개를 연신 끄덕인 후, 두 사람 사이를 비집고 끼어들더니 어깨동무를 하며 태양 같은 미소로 엄지를 척 세웠다.

"동지!"

"……마음은 알겠는데 이 손 좀 치워주시죠."

"처 맞고 싶은 거냐, 이 바보 강사."

"자자~ 다 아니까 어서 가자고! 짜식들아!"

그리고 노골적으로 싫어하는 기블. 자일과 어깨동무를 한 채 기쁜 얼굴로 호텔을 향해 의기양양 걸음을 옮겼다.

"선생님도 참."

루미아는 쓴웃음을 짓고 그런 셋의 뒤를 따라갔다.

"으으~ 루미아 선배~ 저희, 정말 이런 곳에서 묵어도 괜찮은 걸까요?"

그런 루미아의 손을 마리아가 쭈뼛거리며 잡고 있었다.

아무래도 그녀 역시 서민파인 모양이었다.

"아하하, 신경 쓰지 마. 우린 정식으로 초대를 받았는걸."

"으으~ 그건 알지마안…… 페지테의 수도원에서 하숙 중인 제 입장에선 역시 왠지 부담스럽다구요오……."

"수도원에서 하숙? 응? 넌……."

루미아가 마리아의 가정 환경을 물으려 한 순간—

"이봐아아아! 루미아~! 마리아~! 너희도 빨리 오라고~! 우리랑 같이 말이다! **우리랑!**"

"『우리』를 강조하지 말아주시죠……."

"……짜증 나."

글렌이 자신들을 부르는 목소리를 듣고 쿡 웃음을 터트

렸다.

"일단 가자, 마리아."

"아, 예에……."

그리고 소란스러운 세 남자를 향해 달려갔다.

일행은 호텔에 체크인한 뒤 수로의 곤돌라와 마차를 타고 도시 북서부로 이동했다.

그렇게 잠시 후 그들 앞에 나타난 것은 알자노 제국 마술학원의 마술 경기장은 비교조차 되지 않는 규모의 호사스러운 석조 원형 경기장이었다.

세리카 엘리에테 대경기장.

자유도시 밀라노가 자랑하는 이 대경기장은 예로부터 마술제전의 개최지로서 수많은 젊은 마술사들이 실력을 겨뤄온 유서 깊은 장소이기도 했다.

전승에 의하면 2백 년 전의 마도대전에서 마지막까지 살아남은 두 영웅과 사신이 최종 결전을 벌인 곳에 세운 거라든가 뭐라든가.

'나 원 참…… 이 명칭의 유래는 혹시……?'

글렌은 멍하니 그런 생각을 하며 내빈용 출구를 통해 대경기장 안으로 진입했다.

그리고 각종 절차를 마친 일행은 대기실로 안내받았다.

넓은 방 안에는 이미 각국 선수들과 감독들이 모여 있었다.

아무래도 주최측에서 이제 곧 시작될 개회식의 사전 설명과 질문할 시간을 마련해준 듯했다.

그리고 공간 전체에 살갗이 따끔거릴 정도로 긴장한 분위기가 팽배했다.

아무튼 자국 팀의 멤버 외에는 전부 세계의 정점을 노리는 라이벌들뿐, 저마다 조국의 위신을 걸고 이 자리에 선 이상 무리도 아니리라.

"하암~ 거 참, 다들 너무 진지한 거 아냐?"

그런 와중에도 글렌은 하품을 하더니 머리를 긁적이며 긴장감 없는 목소리로 투덜댔다.

"정말이지…… 선생님은 이런 상황에서도 여전하시네요."

"후후, 정말 부러워요."

"어떤 의미로는 이 자리에 있는 그 누구보다 거물이시군요."

그러자 시스티나, 리제, 기블이 쓴웃음을 지었다.

"믿음직스럽기 그지없네요. 쟤들처럼 긴장해서 꼴사나운 모습을 보이는 것보단 훨씬 낫죠."

"……흥."

그리고 레빈과 자일은 기가 막힌 얼굴로 한쪽을 돌아보았다.

"하, 하나 같이 강해보이네요……! 이, 이게 바로 세계의 수준?!"

"프, 프랑신! 이 바보! 쪼, 쫄지 말라구! 참고로 난 요만큼도 안 쫄았거든?! 진짜로!"

"후우~ 오늘따라 아가씨들답지 않으시네요……. 여자이기를 포기한 듯한 평소의 뻔뻔스러움은 대체 어디로 간 건가요? 자, 진정하고 심호흡부터 해보시죠. 흡흡 후~."

그곳에서는 완전히 위축되어버린 프랑신과 콜레트를 여느 때와 다름없는 표정의 지니가 달래고 있었다.

그런 제국 대표 선수들의 의상은 평소에 입는 교복이 아니라 검은색과 흰색 베이스의 실용적인 코트형 로브였다. 아무래도 이것이 마술제전의 전통적인 제국식 예복인 모양이었다.

"하지만…… 할아버님께서도 과거에 이 코트를 입고 싸우셨던 거겠지."

시스티나는 감개무량한 얼굴로 자신이 입은 코트를 내려다보았다.

"후훗, 시스티. 무척 잘 어울려."

"맞아요! 시스티나 선배의 예쁜 금발이랑 엄청 잘 어울리는걸요! 전 이성애자지만, 선배한테라면 안겨도 괜찮겠다 싶을 정도로요!"

"아하하, 고마워. 루미아, 마리아."

"안 돼! 마리아 양! 시스티를 나한테서 빼앗아가려고?! 그런 건 절대로 안 돼!"

"저기…… 엘렌? 반응이 너무 과장스러운 거 아니니……?"

'거 참, 어디서나 시끄러운 녀석들일세…….'

하품을 하며 일행이 아닌 척 시치미를 뗀 글렌은 빈틈없이 주위를 살폈다.

나라별로 뭉쳐 있는 타국의 선수단을 힐끔힐끔 훔쳐보았다.

그들도 주위의 실력을 파악하려는 듯 마치 전장에 선 군인들처럼 시선만으로 주위를 살피는 중이었다.

'그건 그렇고…… 이게 바로 세계라는 건가.'

글렌은 내심 간담이 철렁했다.

각국의 예복을 차려입은 젊은 마술사들.

이렇게 멀리서 영적인 시선으로 살짝 살펴보기만 해도 하나 같이 무시무시한 재능을 감추고 있는 걸 알 수 있었다.

'저 특징적인 붉은 로브는 세리아 동맹의 대마술 길드 학교의 예복인가? 저 노출도가 심한 복장과 문신은…… 분명 남동부에 있는 밀림국가 주술대학의 예복일 테고……. 저쪽의 저 하얀 로브는 드루이드구만. ……으음, 아마 국명이?'

마치 마술사들의 국제 견본 시장 같은 광경이었다.

'이번 마술제전에 참가하는 건 북대륙의 주요 8개국. 가장 규모가 컸을 때는 15개국이 참가한 적도 있다던데…… 따지고 보면 여기 있는 녀석들은 아직 빙산의 일각이라는 거겠지.'

뭐랄까, 새삼스럽게 세상이 참 넓다는 실감이 들었다.

'으음…… 이 녀석들이라면 별 문제없이 우승해버리는 게 아닐까하고 쉽게 생각했었는데…… 이만큼 수준이 높으면 오히려 1회전에서 맥 빠지게 탈락해버릴지도…….'

글렌이 그렇게 조바심을 느낀 순간—.

"……괜찮으니까 안심해."

옆에 서 있던 이브가 팔짱을 낀 채 다른 곳을 쳐다보며 말을 걸었다.

"쟤들은 반드시 통해. 적어도 당신이 걱정하는 것처럼 꼴사납게 지는 일은 절대로 없을 거야. 조금은 당신이 가르친 애들을 믿어봐."

"……!"

마치 자신의 마음속을 꿰뚫어본 듯한 발언에 놀란 글렌은 아연실색한 얼굴로 이브를 바라보았다.

"뭐, 뭔데? 무슨 할 말이라도 있어?"

"아니, 그냥…… 너, 진짜 이브 맞지?"

"뭐어?!"

"요즘 들어서 진심으로 지금의 너랑 예전의 냉혹한 히스테리 노처녀가 하나도 안 겹쳐 보여서……."

"지금 말 다했어?!"

이브가 글렌의 멱살을 잡았고 두 사람은 평소처럼 말다툼을 시작했다.

"당신이 알자노 제국의 메인 위저드 님이신가요?"

그런 가운데, 한 소녀가 시스티나에게 유창한 공용어로 말을 걸었다.

윤기 있는 흑발과 검은 눈동자가 인상적인 소녀였다.

시스티나가 책에서 얻은 지식에 의하면 소녀가 입은 특징적인 옷은 코소데(小袖), 사시코(差袴), 카리기누(狩衣)라는 명칭의 동방의 음양사라 불리는 마술사들의 정복이었다.

"전 사쿠야 코노하라고 해요. 일륜국(日輪國) 출신이랍니다. 이번에는 천제음양료(天帝陰陽寮)의 대표이자 메인 위저드로 참가했어요. 앞으로 잘 부탁드립니다."

사쿠야는 우아하고 정중한 태도로 인사했다.

그쪽에서는 상당히 좋은 집안의 영애이리라. 문화는 다르지만 상류층다운 분위기가 자연스럽게 배어나오고 있었다.

"으음…… 저는 시스티나 피벨이라고 해요. ……저기, 사쿠야 양? 어떻게 제가 메인 위저드라는 걸 아신 건가요?"

"그야 너만 『격』이 다르니까 그렇지."

이번에는 소년의 장난스러운 목소리가 뒤에서 들렸다.

그쪽으로 고개를 돌리자 머리에 터번을 쓰고 온 몸을 망토로 가린 검은색 피부의 이국적인 미소년이 부드러운 미소를 지은 채 서 있었다.

"당신은……?"

"자기소개가 늦었군. 난 아디르 알하자드. 하라사…… 아, 너희는 아마 사막의 나라라고 부르는 점성천문탑 출신의 메인 위저드야."

"사쿠야 양과 아디르 씨……."

갑작스러운 접근에 시스티나는 당혹스러움을 감출 수 없었다.

그러자 두 사람은 이쪽의 경계심을 풀려는 듯 부드러운 목소리로 말했다.

"마술제전은 따지고 보면 결국 메인 위저드간의 싸움……이라고 해도 과언이 아니에요. 물론 당연히 그뿐만은 아니지만요."

"그러니 앞으로 우리가 조국의 위신을 걸고 경쟁할 상대가 어느 나라의 어떤 녀석인지…… 알아두고 싶은 게 인지상정이겠지?"

"확실히 저희는 정점을 노리는 라이벌이지만…… 그저 싸우기만 하고 끝내는 건 좀 아쉽잖아요?"

"아무튼 모처럼 잡은 기회니까 말야."

이 순간, 시스티나는 직감적으로 느꼈다.

'이 둘…… 강해.'

내면에 감춰진 강대한 마력, 이 긴장된 분위기 속에서도 적과의 교류를 가지려는 여유, 담력, 흔들림 없는 자신감은 강자의 그것이었다.

물론 그 실력은 미지수라 자신의 힘이 이들에게 통할지, 이길 수 있을지는 실제로 싸워보지 않으면 알 수 없을 것 같았다.

'이게 바로…… 세계! 과거에 할아버님께서 보셨던 광경!'

고양감과 전율을 느낀 시스티나는 그녀답지 않은 표정으로 자신만만하게 웃었다.

"듣고 보니 그러네요. 모처럼의 기회이니 잠시 대화라도……."

이 분위기에 몸을 맡긴 채 적극적으로 친목을 도모하려는 그때였다.

"흥…… 더러운 이교도 놈들."

불쾌한 목소리가 등을 찔렀다.

뒤를 돌아보자 안색이 창백하고 지나치게 마른 소년이 이쪽을 노려보고 있었다.

뒤로 묶은 머리카락. 모멸과 혐오감이 담긴 어두운 눈. 목에 건 십자가. 옆구리에 낀 성서. 스탠드 칼라 스타일의 검은 사제복을 입은 저 모습은…….

'파르넬리아 통일신학교의 학생?! 즉, 알자노 제국의 적국인 레자리아 왕국의 대표!'

그 순간, 시스티나의 표정에 다른 의미의 긴장감이 스쳐 지나갔다.

"이거 참, 네가 멋대로 교의를 만들어서 지고신의 체면에 먹칠을 한 배교(背敎)국 알자노의 인간인가……. 예상대로 악랄함을 감출 수 없는 얼굴을 하고 있군. 이 자리에서 처단당하지 않은 행운을 주님께 감사하도록."

"뭐……?!"

느닷없이 심한 모욕을 받은 시스티나는 어안이 벙벙할 수밖에 없었다.

'큭! 참자, 참아……. 알고 있었잖아? 구교의 신도 일부가 이런 편집적인 인간들이라는 것쯤은…….'

타종교에 지나치게 배타적이고 폐쇄적인 이런 태도는 유독 레자리아 왕국민에게서 두드러지게 보이는 모습이었다.

참고로 제국에서는 이런 자들을 가리킬 때 경멸을 담아 『광신도』라고 부른다.

"뭐, 이교도는 이교도끼리 잘 지내보라고. 아아, 이런 악마의 앞잡이들 사이에서 기다려야 한다니 기분 참 더럽군."

시스티나가 반박하지 않고 입을 다물자 사제복의 소년은 신이 나서 계속 심한 말을 쏟아냈다.

당연히 주위의 분위기가 험악해진 순간이었다.

"나 원 참, 왜 너희들 구교의 사람들은 타종교를 잡아먹지 못해서 안달인 걸까?"

아디르가 참다못해 나섰다.

"우리 신께선 워낙 자비롭고 덕망이 높으셔서 타종교에도 관대하신데 말야."

"뭐? 잘못된 신을 섬기는 인두겁을 쓴 악마 놈들을 배려할 필요 따윈 없다."

"……**잘못된 신**……이라고?"

하지만 사제복의 소년은 그의 역린을 건드리고 말았다.

"이봐…… 우리의 신, 엘 라도에 대한 모욕만은 절대로 용서할 수 없다만?"

아디르는 묘하게 차분한 태도로 허리춤에 찬 도의 손잡이를 잡았다.

"……**구교**라고 모욕한 건 네가 먼저다. 이 더러운 이교도 놈."

사제복의 소년도 성서를 펼쳤다.

그 순간, 세계 최고 수준을 다투는 젊은 마술사들다운 강대한 살기와 압력이 주위로 흘러넘치며 어느점까지 떨어졌다.

진심으로 서로를 죽일 생각이었다. 조금 있으면 이 둘은 진심으로 사투를 벌이리라.

지금까지 수많은 수라장을 헤쳐나온 시스티나는 직감적으로 그렇게 느낄 수 있었다.

'시스티나 양!'

'응, 말리자!'

시선만으로 대화를 나눈 사쿠야가 부적을 꺼내고 시스티나가 주문 영창을 시작하려는 바로 그때였다.

"그만하십시오."

어느새 나타난 사제가 두 소년의 팔을 움켜잡고 있었다.

"……나 원 참."

그러자 글렌이 다리에서 힘을 풀었고 이브도 위로 세워든 오른팔을 천천히 내렸다.

'어?! 이 사람…… 대체 어느 틈에?! 기척 따윈 전혀 못 느꼈는데?!'

시스티나는 대체 무슨 영문인지 몰라 그저 동요할 수밖에 없었다.

"마르코프. 마술제전은 평화의 제전입니다. 그런 곳에서 이런 사적인 대결은 그야말로 주객전도. 「자신을 사랑하는 것처럼 이웃을 사랑하라」는 주님의 말씀을 잊은 겁니까?"

"……파이스 추기경 예하!"

사제복의 소년 마르코프는 마치 비난하는 듯한 눈으로 추기경이라 부른 인물을 노려보았다.

'파이스…… 이번 제국과 왕국의 수뇌회담에 참가한 왕국 측 인물이 왜 이런 곳에?'

그런 글렌의 의문을 알 리 없는 파이스는 아디르를 향해 깊이 고개를 숙였다.

"……아무래도 이쪽에서 무례를 저지른 것 같군요. 정말로 미안합니다."

"아, 아뇨. ……저야말로…… 갑자기 머리에 피가 몰려서…… 죄송합니다."

주위가 소란스러워졌다.

그만큼 터무니없는 광경이었기 때문이다. 그 엘리사레스 구교의 추기경쯤 되는 인물이 타종교의 신도에게, 그것도 어린애를 상대로 고개를 숙이다니.

(야, 야, 이브…… 방금 봤어?)

(으, 응…… 세상에…….)

글렌과 이브조차 아연실색할 수밖에 없었다.

"예하?! 어째서! 어째서 당신께서 저런 어리석고 저열한 이교도들에게 고개를 숙이시는 겁니까! 우리 주님의 정의는……!"

마르코프는 그런 추기경을 규탄했다.

"닥치십시오."

하지만 파이스가 단호하게 말을 끊자 분한 얼굴로 입을 다물었다.

그리고 파이스는 아직도 소란스러운 주위를 둘러보며 온화한 표정으로 말했다.

"자, 그럼 재능 넘치는 젊은 마술사 여러분. 이번 마술제전에 참가하기 위해 먼 길을 와주신 점, 진심으로 감사드립니다. 전 여러분의 활약과 건투가, 앞으로의 세계를 한층 더 나은 방향으로 이끄는 초석이 되기를 바라고 있습니다. 아무튼……"

이렇게 파이스의 어른스러운 대응으로 분위기가 진정되고 개회식에 관한 설명과 질문 시간이 시작되었다.

'참 나, 사람 놀라게 하기는……. 구교 쪽에도 정상적인 녀석이 있어서 다행이야.'

글렌이 이마에 밴 식은땀을 훔친 순간—.

"어, 어라……? 저 사람은……."

약간 떨어진 곳에 있던 마리아가 중얼거린 혼잣말이 귀에 들어왔다.

슬쩍 돌아보니 그녀는 파이스를 멍한 얼굴로 빤히 바라보고 있었다.

"⋯⋯."

마음이 딴 곳에 가 있는 표정으로, 하염없이⋯⋯.

이렇게 사전 준비가 끝난 후 머지않아 마술제전의 개회식이 시작되었다.

타원형 경기장을 에워싼 관객석에는 전 세계에서 모인 관광객들이 활기와 열기에 잠긴 얼굴로 빼곡하게 앉아 있었다. 하늘 위에서는 끊임없이 성대한 폭죽이 터지고 있었으며, 그 소리조차 지워버릴 정도의 큰 환호성 또한 연신 울려 퍼지고 있었다.

아무튼 수십 년만의 마술제전이다.

오랜만의 개최라 규모 자체는 전보다 축소되었지만 기대감은 오히려 훨씬 더 고조된 모양이었다.

이윽고 경기장에서 행사가 시작되었다.

수백 명을 넘는 댄서와 서커스 단원들이 잇따라 자신들이 갈고 닦은 기술을 뽐냈다.

그리고 이어서 퍼레이드와 함께 각국의 대표 선수단이 입장하자 대회장의 환호성이 한층 더 커졌다.

멀리서 위축된 모습의 시스티나 일행이 눈에 들어왔다.

난생처음 경험하는 큰 무대라 몹시 긴장한 기색의 프랑신이 발을 헛딛어 콜레트와 함께 넘어졌고 주위에서 웃음소리가 터졌다.

그런 작은 해프닝도 있었지만 각국 대표 선수들은 관객들에게 얼굴을 보여주는 것처럼 경기장을 한 바퀴 돈 후 중앙에 정렬했다.

이윽고 마술제전 조직위원회 회장, 자유도시 밀라노의 시장, 각국의 내빈들에 의한 개회 선언과 연설이 시작되었다.

그런 와중에 놀랍게도 알자노 제국의 알리시아 7세와 레자리아 왕국 성 엘리사레스교의 교황인 퓨너럴 하우저가 대중 앞에서 악수하는 퍼포먼스까지 있었다.

당연하다면 당연하지만 그런 도저히 믿을 수 없는 광경 앞에서 모두는 시대의 변화를 체감하고 넋을 잃을 수밖에 없었다.

"후우~ 뭐, 아무튼 무사히 열려서 다행이네. ……개최하기도 전에 선수들의 난투 소동으로 중지되지 않아서 정말로 다행이야……."

글렌은 열광하는 사람들로 붐비는 관객석 한켠에서 어깨를 축 늘어트리고 멍하니 개회식의 진행을 지켜보았다.

그런 그의 왼쪽에 앉은 루미아도 그제야 한숨 돌린 얼굴로 멀리서 엄숙하게 연설을 진행 중인 어머니, 알리시아 7세의 모습을 바라보고 있었다.

지금은 단둘뿐이었다.

이브와 엘렌은 아직 처리할 일들이 남아 있어서 개별 행동 중이었다.

루미아는 예상치 못한 타이밍에 글렌과 단둘이 있을 수 있게 된 행운에 감사하며 개회식을 감상했다.

"성공적으로 끝났으면…… 좋겠네요."

"그러게."

알리시아 7세를 비롯한 여러 관계자들이 한정된 기간, 한정된 자본으로 이날 이 순간을 위해 얼마나 심혈을 기울여왔는지는 정치와 거리가 먼 글렌조차 눈치챌 수 있을 정도였다.

모든 것은 평화를 위해. 사랑하는 알자노의 국민들을 위해.

'역시 제국을 이끌 수 있는 건 당신뿐입니다. 폐하…….'

글렌이 그렇게 절감한 순간이었다.

"저기…… 옆자리가 비었는데 앉아도 될까요?"

갑자기 오른쪽에서 누군가가 말을 걸어왔다.

고개를 들자 하얀색 법의로 온 몸을 가린 수녀가 서 있었다.

눈 밑까지 후드로 덮여서 정확한 외모는 알 수 없었으나 절세의 미소녀라는 것만큼은 알 수 있었다.

'……응? 옆자리가 비었다고?'

글렌이 눈을 깜빡이며 옆으로 시선을 돌리자 확실히 아무도 없었다.

'……엥? 어째서? 이렇게 사람이 붐비는데 왜 이 자리만

비어있는 거지? 애초에 조금 전까지만 해도 누가 있지 않았
었나?'

하지만 당장 자리가 빈 건 사실이었다.

"……전 상관 없습다. 앉으시죠."

"후훗, 감사합니다."

그러자 수녀는 정중하게 고개를 숙인 후 자리에 앉았다.

"그건 그렇고 참 성대하고 훌륭한 행사네요. 분명 이 행사
가 앞으로 왕국과 제국이 쌓아갈 평화의 밑바탕이 되겠죠?"

수녀는 행사를 감상하면서 글렌에게 물었다.

"뭐…… 그렇겠죠. 지금까지 많은 일들이 있었지만, 이젠
다 지난 일이니까요. 역시 평화가 최고죠."

글렌은 별 생각 없이 무난하게 대답했다.

"예, 정말…… 역겹기 짝이 없어요."

하지만 수녀는 갑자기 목소리를 낮추더니 전혀 예상치 못
한 말을 꺼냈다.

"……!"

"주님의 말씀을 자기 입맛대로 해석하고 부패한 신앙을 섬
기는 돈의 망자들…… 욕망에 눈이 먼 악마의 앞잡이. 그런
자들과 협력이라니…… 하물며 함께 평화를 쌓는다니……
그런 건 절대로 불가능하다고 생각하지 않나요?"

"……너……?"

"이제 슬슬 회개하라는 뜻으로 한 말이에요. 당신들, 제국

의 썩어빠진 이단자들에게."

수녀가 단죄의 말을 입에 담자 글렌과 루미아는 긴장할 수밖에 없었다.

"아아, 하지만 하늘에 계신 위대한 주님은 자비로우시답니다. 당신들 같은 이단자들도 관대하게 용서해주시겠죠. 하지만……."

스륵…….

수녀는 후드를 벗었다.

그러자 하늘에서 후광이 비추는 듯한 신성한 금발이 어둠을 불태우며 모습을 드러냈다.

후드 아래에 숨어있던 건 글렌와 비슷한 나이의 소녀였다.

절대영도의 얼음처럼 시리게 빛나는 푸른 두 눈동자.

마치 천사처럼 신성하고 투명할 뿐만 아니라 차갑기까지 한 미모의 옆얼굴.

"가령 주님께서 용서하신다고 해도…… 난 너희들, 이단자들을 용서할 수 없어. 그래, 성 엘리사레스 교회 성당기사단 소속 제13 성벌 실행부대의 이 루나 프레아가 말이지."

소녀가 자신의 이름을 밝힌 그때—

그저 가만히 앉아있을 뿐인데도 어마어마한 살기와 살의가 글렌의 전신을 난도질했고 그의 영혼이 비명을 질렀다.

살기만으로 사람을 죽일 수 있을 법한 인지를 초월한 위압감이었다.

'라, 라스트 크루세이더스라고?!'

글렌도 소문으로 들은 적이 있었다.

성 엘리사레스 교회 교황청 성당기사단이 자랑하는 최강 최악의 라스트 카드.

교회에 대적하는 이단자, 악마, 불사자를 모조리 살육하는 절멸기관.

그 인간을 초월한 압도적인 무위는 제국 궁정 마도사단 특무분실을 능가한다는 소문도 있을 정도였다.

'그런 인간이 대체 왜 이런 곳에……?!'

"서, 선생님?!"

"넌 뒤로 물러나, 루미아!"

그리고 무엇보다 바로 이 자리에서 「너희들을 죽이겠다」고 선언하는 듯한 살기와 전의에서 전투를 피할 수 없으리라 직감한 글렌은 빠르게 일어나며 권총을 뽑았다.

그의 생애에 몇 번 없을 기록적인 속도의 동작이었다.

"느려. 그리고 약해."

하지만 루나는 대체 어느 틈에 뽑은 건지 총을 쥔 글렌의 손을 검으로 겨누고 있었다.

현란한 장식의 스웹트 힐트와 크로스 가드가 달린 세검이었다.

도신에서 발산되는 신성한 법력광(法力光)만 봐도 이름 있는 성검이라는 걸 알 수 있었다.

만약 그녀가 진심이었다면 지금쯤 글렌은 확실히 손이 잘렸으리라.

"앗?!"

"후우…… 역시 고작 이 정도야? 아니면 특무분실의 실력에 대한 소문이 과장됐던 건가?"

루나는 경멸하는 눈으로 글렌을 바라보았다.

"난 말야. 이번 임무에 나서기 전에 당신에 대한 정보를 사전에 조사했어."

"……뭐?"

"당신은…… 인간 주제에 경이적인 전과를 올려왔다며? 군에 있을 때도, 교사가 된 후에도 평범한 사람이라면 절망하고 좌절할 수밖에 없는 상황에서 승리를 거두고 주위를 지켜왔어. ……절체절명의 상황에서의 대역전이라는 관점에서 보면 당신은 그 알베르트 프레이저조차 능가할 정도야. 평범한 인간이자 범부에 불과한 당신이 말이지. ……정말 불쾌하기 짝이 없어."

"……?"

그 언동에서 이교도나 적국의 인간에 대한 혐오감과 다른 종류의 감정이 섞이기 시작한 것을 알아챈 글렌은 속으로 의아함을 느낄 수밖에 없었다.

"하지만 역시 확신했어. 당신은 결국 범부에 불과해. 전 제국 궁정 마도사단 특무분실 소속 집행관 넘버 0《광대》글렌

레이더스. 당신이 지금까지 거둔 전과는 그저 우연, 그저 운이었을 뿐…… 응, 반드시 그래야만 해. 내 말, 이해하겠어?"

루나는 얼음처럼 냉혹하게 웃으며 글렌을 흘겨보았다.

왜 이렇게까지 자신에게 공격적인지는 모르겠으나 그래도 한 가지 알게 된 건 있었다.

'이 여자는……'

강하다. 그렇게밖에 달리 표현할 말이 없었다.

그 강함의 종류는 예전에 싸웠던 특무분실의 바보 트리오와 질적으로 달랐다.

단순히, 근본적으로 강하다. 이 소녀는 그런 괴물인 것이다.

이 인간의 규격을 초월한 듯한 무위는 마치 마장성(魔將星)을 방불케 했다.

"말해두지만, 고함을 질러도 소용없어."

그리고 대체 무슨 짓을 한 건지 주위의 아무도 이 일촉즉발의 상황을 전혀 눈치채지 못했다.

마치 이 세 사람만 시야에 들어오지 않는 것처럼…….

'인식 조작 결계인가?! 하지만 이런 강력한 건 거의 《마(魔)의 오른손》 자이드 수준인데……!'

글렌은 전율, 그저 전율에 몸을 떨 수밖에 없었다.

그 순간—.

"미안하지만, 거기 너도 움직이지 마."

갑자기 제삼자의 목소리가 들리자 글렌은 간이 떨어질 정도로 놀랄 수밖에 없었다.

루미아는 이 비상사태에 글렌을 도우려고 주문 영창을 준비하고 있었다.

하지만 어느 틈에 뒤에서 나타난 청년이 그것을 제지했다.

전부 다 타서 재가 되어버린 듯한 회색 머리카락. 핏기가 없는 창백한 피부. 새카만 코트로 전신을 검게 물들인 청년은 루미아의 뒤통수에 검지를 겨누고 있었다.

"~~~?! ~~~!"

대체 어떤 술식이 적용된 건지 루미아는 고작 그것만으로도 마치 가위에 눌린 것처럼 꼼짝도 할 수 없었고 말도 나오지 않았다.

"어머, 체이스. 잘했어! 과연 내 파트너!"

루나는 그 청년을 향해 기쁘게 미소 지었다.

'이, 이 남자는?! 말도 안 돼! 농담이지?!'

절망감에 사로잡힌 글렌은 아찔한 현기증을 느끼고 아연실색할 수밖에 없었다.

수 없이 많은 수라장을 헤쳐온 그의 직감이 판단하기에 청년의 실력은 루나와 거의 호각이었기 때문이다.

규격 외의 괴물이 동시에 둘이나 눈앞에 출현하자, 글렌은 마치 뱀 앞에 선 개구리가 된 것 같은 끔찍한 기분에 사로잡혔다.

그야말로 전혀 승산이 보이지 않는 공전절후의 괴물들이

었다.

"큭……! 대체 무슨 목적이지? 우리에게 무슨 용건이냐……!"

그런 절체절명의 궁지 속에서 글렌은 폭포수처럼 비지땀을 흘리며 겨우 그렇게 물을 수밖에 없었다.

"어머, 미안. 내가 너무 겁을 줬나 보네?"

그러자 루나가 차갑게 웃었다.

"나에게 당신의 목을 날리는 건 미사에서 빵을 자르는 것처럼 쉬운 일이야. 하지만 우린 아무리 당신들이 구제할 여지가 없는 이단자들이라고 해서 지금 당장 어떻게 할 생각은 없어. ……관대한 주님의 자비에 감사하렴?"

글렌은 분한 얼굴로 혀를 찼다.

하지만 이런 상황에서는 도저히 반박할 수가 없었다.

"우린…… 당신에게 『부탁』이 있어서 온 거야. 제국 대표 선수단의 총감독인 당신에게."

아무래도 이쪽의 사정은 훤히 알고 있는 듯했다.

"……부탁……이라고?"

"응. ……내일부터 마술제전의 시합이 시작되잖아?"

"그게 어쨌다는 거지?!"

"당신들, 제국 선수단은…… **사퇴해주면 안될까?**"

영문을 알 수 없는 요구에 글렌은 어안이 벙벙했다.

"뭐라고?"

"솔직히 좀 곤란하거든. ……당신들이 시합에서 이기는 건."

루나는 한없이 냉혹한 미소로 글렌을 위협했다.

"너, 이 자식……! 웃기, 지 말라고……!"

"어머? 이렇게까지 했는데도 아직도 말대답을 할 수 있는 거야? 약해빠진 주제에 의외로 기골이 있네? 하지만……."

그리고 아주 약간 의외라는 듯 눈을 깜빡이더니 움직이지 못하는 글렌의 귓가에 입술을 가까이 하고 속삭였다.

"뒤에 있는 건…… 당신의 귀여운 제자지? ……그런 제자가 망가져도 괜찮겠어?"

"너어……!"

"하나만 알려줄게. 거기 있는 체이스는 저런 귀여운 여자애의 몸을 난도질하고 피를 빠는 걸 좋아하는 변태야. 어때? 그런 건 싫지? ……뭐, 난 걸레 같은 이단자들이 몇이나 죽든 상관없지만. 후후후……."

"이, 이 자식……?!"

공포와 절망감에 사로잡혔던 글렌의 영혼이 분노로 맹렬하게 끓어오르며 격정을 터트렸다.

하지만 그럼에도 벗어날 수 없는 상황에 이를 악문 그때—

퍼어엉!

갑작스러운 불꽃이 그들을 집어삼켰다.

하지만 글렌과 루미아와 관객들은 화상 하나 입지 않았다.

관객들이 놀라서 주위를 두리번거리기 시작했다.

'이 밉살스러울 정도로 완벽하게 제어된 불꽃은……!'

"글렌, 준비해! 내가 엄호할 테니까!"

이브였다. 관객석 너머의 통로에서 나타난 그녀가 이쪽을 내려다보고 있었다.

그리고 루나와 체이스라 불린 검정 일색의 청년은 어느새 글렌의 위쪽에 있는 이브의 맞은편 20미트라 전방으로 이동해 있었다.

"흐응? 저 빨강머리는…… 제국에도 있었잖아? **조금** 싸울 줄 아는 녀석이."

그리고 루나는 여유 있는 태도로 이브와 글렌을 향해 성검을 겨누었다.

"좋아. 놀아줄게. 당신들, 평화에 물든 나약한 제국인들에게 격의 차이를 보여주겠어……."

글렌, 이브, 루미아의 표정이 긴장된 순간—.

"아니, 루나. 물러나자."

체이스가 루나를 제지했다.

"결계가 못 버텨. 저 여성의 불꽃으로 결계에 심하게 금이 갔어. ……이대로 더 싸우다간 관객들이 눈치챌 거야."

"……알았어. ……흥, 정말 빈틈이 없는 여자네."

그러자 루나는 불만스러운 표정이었지만 고분고분하게 검을 거두었다.

"일단 경고는 했어. 감독 씨. 만약 사퇴하지 않으면 당신들에게 불행이 찾아올 거라고 예언할게. ……그럼 우린 이만."

그리고 그 말을 남긴 채 체이스가 발밑에 전개한 늪 같은 그림자 속으로 잠겨서 사라졌다.

"……후우~!"

두 사람의 기척이 완전히 사라진 것을 확인한 글렌이 크게 숨을 토해내는 동시에, 그제야 되살아난 경기장 안의 소음들이 그의 온몸을 가차 없이 두드리기 시작했다.

"선생님! 괘, 괜찮으세요?!"

"글렌, 방금 저들은 대체 누구야? 아무리 봐도 범상치 않은 인물들이었는데……."

그리고 안색이 창백한 루미아와 험악한 표정의 이브가 다가왔다.

"……나중에 설명할게. 뭐, 한 가지 확실한 건……."

글렌은 다시 총을 허리춤 뒤에 꽂은 후 복잡한 얼굴로 경기장을 내려다보았다.

이제 막 식전 절차가 끝나고 수많은 주자들이 성지(聖地) 아르케나에서 릴레이로 옮겨온 성화(聖火)가 경기장 북쪽에 배치된 거대한 제단에 도착하려 하고 있었다.

개회식의 클라이맥스였다.

"……또 골치 아픈 사건이 벌어진 셈이지. 오랫동안 대립해온 제국과 왕국…… 마침내 성립된 평화 회담과 동시에 개최된 이번 마술제전…… 무슨 이유인지 그 이면에서 우리를 방해하려는 교회의 이단심문관인 라스트 카드들…… 죄다 하나 같이 수상하기 짝이 없어."

"……라스트 카드? 설마……!"

이브가 숨을 삼키자 글렌은 확신이 깃든 목소리로 내뱉었다.

"그래, 이 마술제전에서…… 틀림없이 뭔가가 일어날 거야."

하지만 그 말은 제단으로 옮겨진 성화가 주위를 밝게 비추는 동시에 폭발한, 오늘 최대의 환호성에 집어삼켜진 채 사라지고 말았다.

파란과 격동의 마술제전이 막을 올린 순간이었다.

제 4 장 어지럽게 얽히는 속셈

"어때?! 나 잘했지?"

자유도시 밀라노의 인적 없는 어두컴컴한 뒷골목에서 루나는 파트너인 체이스를 향해 자신만만하게 가슴을 펴 보였다.

"이만큼 강하게 나가면 제국의 나약한 수전노들도 얕잡아 보지 못하겠지? 어때? 응? 어땠어?!"

조금 전의 냉혹한 광신도의 얼굴과는 완전히 딴판인 천진난만한 반응이었다.

"뭐, 이래저래 하고 싶은 말은 많아도 필요한 조치였다는 건 인정해. 하지만……."

체이스는 갸름한 얼굴에 떨떠름한 표정을 떠올리며 말했다.

"글렌 레이더스에게 왜 그런 식으로 시비를 건 거지? 이번 일과는 전혀 관계 없는 일이잖아?"

루나가 입을 다물어버리자 체이스는 담담한 목소리로 말을 이었다.

"혹시 **그 일** 때문에 열등감을 느끼고 있는 거야? 신경 쓰지 마. 그건 존중받을 만한 결단이었어. 그는 그고 너는 너야. 그에게 대항심을 불태울 필요는 없다고."

"그런 거 아니야! 그저 개인적으로 그 남자가 마음에 들지 않았을 뿐이라구!"

"엄청나게 의식하고 있잖아……."

체이스는 씁쓸한 얼굴로 루나를 흘겨보았다.

"그리고 누가 여자의 몸을 난도질하고 피를 빼는 걸 좋아하는 변태라는 거야? 진짜 너무하네."

"……으, 그치만…… 어떤 의미로는 사실인걸……."

"후우~ 대체 뭔 소리를 하는 건지."

체이스는 못 말리겠다는 듯 한숨을 내쉬었다.

"그건 그렇고…… 과연 사퇴해줄까? 어떻게 생각해, 체이스?"

"무리일걸."

루나의 질문에 체이스는 담담하게 대답했다.

"이번 마술제전은 수많은 이들의 노력으로 간신히 성립된 행사야. 사정이 어쨌든 여기서 제국 선수단이 사퇴하면 각국의 인상은 최악이 되겠지. 왕국과 제국의 회담에도 영향이 갈 거야. 그러니 그들은 국가의 위신을 걸고 물러날 수 없어. 만약 사망자가 나오더라도 참가를 강행할 수밖에 없는 셈이지."

"……하긴 그렇, 겠지……."

그러자 루나는 고뇌하는 표정으로 중얼거렸다.

"그럼…… 난 정말로 제국 대표단의 저 아이들을…… 아무런 죄도 없는 아이들을……."

"……루나. 정말 괜찮겠어?"

체이스는 조용하게 질문을 던졌다.

"네가 하려는 건 퓨너럴 성하의 칙명에 반하는 짓이야. 진상이 밝혀지면 이단 심문을 받게 되겠지. 교황 성하, 파이스 님이라도 널 감싸줄 수 없게 될 거고, 아치볼트 추기경은 명백히 너에게 죄를 전부 떠넘기고 버리는 패로 쓸 작정이야. ……그런데도 정말 괜찮겠어?"

그러자 루나는 잠시 입을 다물었지만 곧 작은 목소리로 대답했다.

"어쩔 수 없잖아. 설령 이단 인증을 받게 된다 해도…… 전쟁의 불씨가 된다고 해도…… 난…… 당신을 버릴 수 없어."

"……"

"……그저 이번에는 퓨너럴 성하와 파이스 님보다 아치볼트 추기경이 한 수 위였을 뿐. 나는 거미줄에 걸린 멍청한 나비였을 뿐이야."

그런 루나의 비장한 결의를 들은 체이스는 입을 다물 수밖에 없었다.

"어째서지……? 난 왜 늘 이런 식인 거냐구. ……이런 상황을 겪지 않으려고…… 이 힘을 손에 넣었는데……!"

루나는 잠시 번민한 후—

"……딱히…… 억지로 내 사정에 어울려줄 필요는 없어, 체이스."

이윽고 체념한 듯 체이스를 향해 힘없이 웃었다.

"사실은…… 날 막고 싶은 거지?"

"……."

"당신은 정말로 강한 사람인걸. 당신이 내 입장이라면 분명 그렇게 했을 거야……."

"섭섭한 소리하지 마. ……함께 있어줄게, 마지막까지."

하지만 체이스는 이제 와서 무슨 소리냐는 듯 말했다.

"확실히 지금의 난 널 막을 수 없어. **난 네 명령에 거스를 수 없는**…… 존재니까. 그리고 네가 죽으면 나도 끝이야. 그러니 차라리 마지막까지 너와 함께 하겠어."

"……."

"이제부터 우리가 저지른 일로 수많은 사람이 죽게 되겠지. 전 세계의 모두가 널 욕할 거야. 그러니 하다못해 나라도 네 곁에 있어줄게. ……그리고 너와 함께 지옥에 떨어져 주겠어."

"……고마워, 체이스……."

루나의 목소리에 습기가 어리기 시작했다.

아무도 모르는 어딘가의 달빛 아래에서 두 사람은 그런 언약을 나누고 있었다.

그리고 다음날.

개회식의 열기가 식지 않은 채 마침내 마술제전의 시합이 시작되었다.

마술제전의 시합은 특수 토너먼트 방식이다.

시합마다 제비뽑기로 대전할 팀을 정하고 이긴 팀만 다음으로 올라갈 수 있다.

이번 참가국은 총 8개국이므로 총 세 시합만 이기면 우승을 거머쥘 수 있었다.

기본은 메인 위저드 하나와 서브 위저드 아홉, 총 열 명이 한 팀을 짜서 겨루는 형식이다. 서브 위저드는 시합에서 몇 명이 탈락하든 상관없지만 메인 위저드만은 반드시 시합에 나와야 한다.

즉, 메인 위저드가 탈락하면 그 팀은 자동적으로 패배하게 되는 셈이다.

시합 내용과 규칙은 시합마다 랜덤으로 정해지기 때문에 대책을 세우는 건 거의 불가능했다.

기껏해야 과거의 시합 데이터를 참조해서 경향을 예측하는 수밖에 없었다.

하지만 그렇다고 주최 측에 불평등함을 호소하는 참가자는 아무도 없었다. 원래 마술사간의 싸움이라는 건 서로가 평등한 상황에서 벌어지는 경우가 압도적으로 적기 마련이었으므로······.

예를 들면 이번 행사의 첫 시합은 경기장의 환경 제어 마도기능으로 형성된 거대 밀림을 무대로, 습지에서 무한정

출현하는 골렘과 싸워서 서로의 격파 수를 겨루는 내용이 었다.

서로에 대한 공격도 인정되는 가혹한 규칙이기에 각 팀은 골렘 격파에 주력할지, 아니면 먼저 숫자상의 우위에 서기 위해 대전 상대부터 공격할지를 선택해야 하는 고도의 상황 판단 능력이 필요했다.

참가 팀은 남동부의 밀림국가 알마네스의 주술대학 팀과 동방 일륜국의 천제음양료 팀이었다.

무대가 밀림인 만큼 처음에는 누구나 지리적인 이점이 있는 알마네스의 승리를 예측했다.

실제로도 초반에는 매직 트랩 주술을 다용하는 전략을 구사한 알마네스 측이 압도적으로 유리해 보였다.

하지만 일륜국의 메인 위저드인 사쿠야 코노하가 쓴 식신 사역술과 색적술이 알마네스의 그 공세를 하나둘씩 차단해 버렸고, 머지않아 그녀의 식신 사역술이 경기장의 골렘들까지 지배하기 시작하자 상황은 완전히 역전되고 말았다.

물론 골렘에는 당연히 제삼자의 지배를 막는 보안 술식이 걸려 있었지만, 그것이 뚫린 시점에서 알마네스 측에 승산은 없었고 시합은 곧 일륜국의 승리로 끝났다.

그리고 이어진 두 번째 시합.

참가 팀은 레자리아 왕국의 파르넬리아 통일 신학교 팀과 세리아 동맹 대마술 길드의 초등과 팀이었다.

시합 내용은 일종의 땅따먹기 게임이었다. 환경 제어 마도 기능이 경기장에 형성한 의사적인 도시를 무대로 각지에 존재하는 수많은 거점을 더 많이 확보한 쪽이 이기는 방식이다.

각 거점에는 소형 골렘이 방어 병력으로 배치되었고 당연히 상대 팀이 점령한 거점을 뺏는 것도 가능했다.

따라서 각 팀에는 주로 점수가 높은 대신 함락 난이도가 높은 거점부터 공격할지, 아니면 점수가 낮은 대신 함락 난이도가 낮은 거점을 다수 확보할지를 선택해야 하는 고도의 상황 판단 능력이 필요했다.

아무튼 처음에는 혼전에 빠진 것처럼 보였던 시합은, 막상 뚜껑을 열자 관객들 그 누구도 예측하지 못한 놀라운 결말을 맞이하고 말았다.

파르넬리아 통일 신학교가 압승을 거둔 것이다.

그들의 수준이 전체적으로 높기도 했지만 그중에서도 메인 위저드인 마르코프 드라구노프는 그야말로 격이 달랐다.

법술(法術)이라 불리는 성 엘리사레스 구교의 비전(祕傳) 마술을 구사하는 그는 세리아 동맹의 팀 전원을 정면에서 격파해가며 대부분의 거점을 제압해버리는 위업을 달성하기까지 했다.

이런 식으로 바로 눈앞에서 세계의 다양하고도 신비로운 수많은 마술들과 아무도 예측할 수 없는 시합이 펼쳐지자, 세리카 엘리에테 대경기장에 모인 관객들의 흥분은 그야말로 천정부지로 치솟을 수밖에 없었다.

첫날에 예정된 시합은 그런 열광의 도가니 속에서 막을 내렸다

시합이 전부 끝난 후 알자노 제국 대표 선수단이 모여 앉은 관객석.

"대단해…… 다들, 정말 대단하잖아……."

시합을 끝까지 지켜본 시스티나는 눈을 깜빡이면서 즐거움과 기쁨이 뒤섞인 얼굴로 중얼거렸다.

"이게 바로 세계구나……. 할아버님께선 이런 사람들과 실력을 겨루셨던 거야……."

"예. 듣던 것보다 훨씬 더 수준이 높네요. ……후후, 저답지 않게 왠지 가슴이 두근거리는걸요. 내일 오후에 있을 저희의 첫 시합은 과연 어떨지…… 정말 무척 기대가 되네요."

리제는 전율로 몸을 떠는 시스티나에게 쿨한 태도로 대답했다.

"아와, 아와와와…… 혹시 저희……."

"여, 여기 있을 수준도 못 되는 거 아냐? 태어나서 죄송합니다……."

"후우~ 정말이지. ……걱정하지 마시래두요. 아가씨들도 제대로 실력 발휘만 하면 틀림없이 통할 테니까요. 지금까지의 노력을 좀 믿어보세요. 정말이지, 답답하게 굴긴."

지니는 창백하게 질린 얼굴로 눈물을 글썽이며 부들부들 떠는 프랑신과 콜레트를 빈정거리는 말투로 다독했다.

"그건 그렇고…… 제길, 격이 다른 인간은 어디에나 있는 법인가 보군……."

"예, 그러게요."

기블이 지긋지긋하다는 듯 신음을 흘렸으나 레빈은 즐거운 목소리로 대답했다.

"마르코프…… 훗, 만약 싸우게 된다면 즐거운 승부가 될 것 같군요."

"난 마르코프보다 저 사쿠야 코노하가 더 성가실 것 같아. 저 상황 판단력과 대응력을…… 어떻게 대처해야 좋을지……."

"흥. 쫑알쫑알 시끄럽군. 즉, 덤벼드는 적을 모조리 때려눕히면 될 뿐이잖아."

레빈과 기블의 감상을 자일이 일축했다.

"괜찮아, 얘들아! 이쪽에는 시스티가 있는걸! 재수없고 거만한 레빈보다 훨~씬 더 믿음직하고, 강하고, 귀엽고, 멋진 시스티가 있는걸!"

"에, 엘렌…… 당신, 요즘 성격이 좀 변한 거 아닙니까?"

시스티나와 팔짱을 끼고 자랑스럽게 웃는 사촌의 모습에 레빈은 굳은 표정으로 뺨을 실룩일 수밖에 없었다.

일행은 그 후에도 화기애애한 분위기로 오늘 시합에 대한 감상을 주고받았다.

원체 개성이 강한 멤버들이었지만 강화 합숙 훈련, 그리고 세계에서 만난 강적들을 앞에 두고 서서히 한 팀으로 뭉치기 시작한 모양이었다.

"그건 그렇고! 선생님은 대체 어딜 가신 거야?!"

그리고 글렌이 자리를 비운 걸 그제야 눈치챈 시스티나가 분통을 터트렸다.

"총감독이 다른 팀의 시합을 관전하지도 않다니, 말도 안 돼! 역시 감독이라는 자각이 부족하신 거야! 대체 어딜 싸돌아다니고 있는 건지!"

"글렌은 지금 어떤 사람과 면회 중이야."

그런 식으로 화를 내고 있자 팔짱을 낀 채 관객석에 편히 앉은 이브가 담담한 목소리로 끼어들었다.

"실은 문제가 좀 생겼거든. 지금은 그걸 해결하려고 매니저인 루미아와 함께 움직이고 있는 중이란다."

"이브 씨?"

"그러니 너무 그렇게 헐뜯지는 마렴. 결코 농땡이를 피우고 있는 건 아니니까. 경애하는 스승을 좀 믿어보는 게 어떻겠니? 시스티나."

전혀 예상치 못한 인물이 글렌을 변호하자 시스티나는 충격을 받은 나머지 멍한 얼굴로 고개를 끄덕일 수밖에 없었다.

"겨?! 그, 그런 거 아니거든요?! 하, 하지만…… 그런 사정이 있다면…… 어쩔 수 없죠, 뭐."

뺨이 빨개진 시스티나는 마지못한 태도로 수긍했다.

"그런데 문제라니…… 대체 무슨 문제죠? 괜찮은 건가요?"

"……."

이브는 잠깐 공백을 둔 후 입을 열었다.

"……흐음, 상황에 따라선 당신에게도 제대로 사정을 밝히고 협력을 받아야할지도 몰라. 하지만…… 지금은 신경 쓰지 마. 지금 해야 할 일에만 전념하렴."

"아, 예……."

제2의 스승이나 다름없는 이브의 말이니 그대로 받아들이기로 했다.

"자, 얘들아! 시합은 이제 다 끝났어! 그러니 이제부터 내일 시합에 지장이 가지 않을 정도로만 가볍게 훈련하자! 그만 일어나!"

그리고 시스티나는 아직도 긴장감 없이 대화를 나누는 학생들을 재촉했다. 아무래도 이번 일로 학생들의 리더라는 인식이 어느 정도 자리 잡힌 모양이었다.

"엘렌, 부탁이 있는데 경기장 사용 허가 좀 받아주면 안될까?"

"응, 알았어. 시스티."

"그리고 마리아. 오늘 시합을 보고 생각한 건데 백마술이 특기인 너한테 상담할 문제가……."

하지만 거기서 시스티나는 깨달았다.

"응? 마리아는? 분명 조금 전까지만 해도 같이 시합을 보고 있었을 텐데……."

"결론부터 말씀드리자면……."

그 여성은 자리에서 일어나 결연한 의지가 담긴 목소리로 선언했다.

"……그 어떤 위협이 있더라도 마술제전에서 제국 대표 선수단이 사퇴하는 건 알자노 제국 여왕인 이 알리시아 7세가 허락할 수 없습니다."

"…………."

"어, 어머니……."

그 여성, 알리시아 7세의 대답을 들은 글렌과 루미아는 조용히 입을 다물었다.

이곳은 자유도시 밀라노에 있는 알자노 제국 영사관.

글렌은 지금 비밀리에 알자노 제국의 여왕인 알리시아 7세와 접견 중이었다.

"이번 제국과 왕국의 수뇌회담은 오랜 세월에 걸친 양국의 갈등을 해소하고 평화의 초석을 다지기 위한 중요한 회담…… 제국은 이날 이때를 위해 막대한 예산과 시간을 소모해왔습니다. 실패는 만에 하나라도 용납될 수 없어요."

"……."

"하지만 수뇌회담에 참가하는 우리뿐만 아니라 상대 쪽에도 이런 정책에 반대하는 세력이 다수 존재하지요. 실제로 회담의 성공여부는 아직 불투명해요. 오히려 양국의 반대파들은 회담을 망칠 빈틈을 찾고 있어요. 그런 아슬아슬한 상황인데 일부러 저쪽에게 「이 평화의 제전에서 제국은 대표단을 사퇴시켰다」, 「사실 제국은 처음부터 회담을 성공시킬 생각이 없었다」…… 같은 빌미를 줄 수는 없답니다."

"…………."

글렌은 담담한 목소리로 냉정하게 말하는 알리시아 7세의 손을 내려다보았다.

핏기가 가실 정도로 굳게 쥔 그 손은 희미하게 떨리고 있었다.

"이번 회담이 성공하면 적어도 향후 10년간은 전쟁이 없는 완전한 평화를 우리 제국의 국민들에게 보장해줄 수 있어요. 그러니 전 알자노 제국의 여왕으로서 당신들, 제국 대표 선수단에게 이렇게 명령하겠습니다. 『설령 그 어떤 위험이 있더라도 참가하라』고요."

하지만 냉철한 위정자로서의 가면을 쓰고 있었던 알리시아 7세는 거기까지 말한 순간, 갑자기 고뇌에 잠긴 얼굴로 표정을 일그러트리더니 한숨을 내쉬며 힘없이 자리에 앉았다.

"……저는…… 분명 지옥에 떨어지겠지요."

"그, 그렇지는……!"

루미아가 황급히 부정하려 했으나 알리시아 7세는 힘없이 고개를 저었다.

"아니요. 알고 있답니다. 전 어머니로서도…… 인간으로서도 실격이에요. 하지만…… 그래도 저에겐 해야만 하는 일이 있답니다. ……그것이 설령 그릇된 일이라 해도."

"……나라를 지켜야 하는 여왕으로선 그게 옳은 거죠."

그러자 그때까지 조용히 듣고만 있던 글렌이 입을 열었다.

새삼스럽지만 다시 한 번 어떤 사실을 깨달았기 때문이다.

평소에 자신들이 아무 고민도 없이 당연한 것처럼 보내는 일상, 당연한 것처럼 누리는 평화로운 시간은 전부 눈앞의 이 여성이 피를 토하는 듯한 심경으로 고뇌하며 몸 바쳐 싸워온 덕분이라는 것을…….

이런 식으로 언제 전쟁이 터질지 모르는 긴장된 상황 속에서도 여왕은 긴 세월동안 자신의 몸과 정신과 영혼을 마모시켜가며 제국을 지켜왔다는 것을…….

"전 역시 우리의 여왕 폐하가 당신이라서 다행이라고 생각합니다."

"맞아요, 어머니……."

"글렌…… 엘미아나…… 미안합니다. 그리고 고마워요……."

그런 글렌과 루미아의 위로에 알리시아는 힘없이 미소 지었다. 그리고 다음 순간, 의연하게 일어나 단호한 목소리로 말했다.

"제 호위병력 일부를 대표 선수단 쪽으로 돌리겠습니다.

그러니 무슨 일이 있어도 선수들을 지켜주세요, 글렌."

하지만 그 순간—.

"그건 아무래도 좀 문제가 있을 것 같다만, 알리시아?"

이상할 정도로 풍채가 좋은 노인이 호들갑스러운 목소리로 끼어들었다.

"황송하오나, 폐하. 반대파가 이번 회담을 망칠 가장 확실한 방법은 『폐하』의 암살입니다. 그렇지 않아도 저희는 레자리아 왕국을 자극하지 않기 위해 수행인원을 줄인 상태니까요."

자칫 소녀로 착각할 정도로 선이 고운 미소년이 뒷말을 이었다.

"이 이상의 전력 저하는 역시…… 아무래도 좀……."

노인은 난감한 얼굴로 머리를 긁적였다.

"…………"

그리고 방 한켠에서는 맹금류 같은 날카로운 눈빛의 청년이 이쪽을 지켜보고 있었다.

마도사 예복을 입은 이 세 명은 제국 궁정 마도사단 특무분실 소속의 《은둔자》 버나드, 《법황》 크리스토프, 《별》 알베르트였다.

이번에 알리시아를 가장 가까운 곳에서 호위하는 자들이기도 했다.

글렌, 루미아, 여왕의 회견은 극비리에 성사된 것이라서 현재 이 방 안에 있는 건 이 여섯 명뿐이었다.

"······아이들을 위험에 처하게 해놓고 저만 안전한 곳에 있을 수는 없습니다."

하지만 버나드와 크리스토프의 반대에도 알리시아는 당당하게 주장한 후—

"그리고······ 전 당신들을 믿고 있으니까요."

그들을 바라보며 따스하게 미소 지었다.

"이거 참······ 어쩔 수 없구만. 그럼 우리가 더 열심히 하는 수밖에 없겠군."

"황송합니다, 폐하. 이 몸을 바쳐서라도 지켜드리겠습니다."

"······반드시."

버나드, 크리스토프, 알베르트가 저마다 대답했다.

"그건 그렇고 글렌. 넌 또 꽤 성가신 놈들에게 걸린 것 같군."

그리고 알베르트는 글렌을 날카롭게 응시하며 말했다.

"라스트 크루세이더스······ 적으로서는 더할 나위 없는 최악의 상대야."

그가 적을 이 정도까지 높이 평가하는 것을 처음 본 루미아는 놀라서 입을 열었다.

"저기, 알베르트 씨······ 그 둘이 그렇게 굉장한 사람들인가요?"

"예, 그렇습니다. 엘미아나 왕녀 전하."

그러자 알베르트 대신 크리스토프가 공손한 태도로 설명했다.

"라스트 크루세이더스…… 성 엘리사레스 교황청이 자랑하는 성당기사단 중에서도 최강의 처형부대입니다. ……고작 두 명으로 구성된 부대이긴 하지만요."

"두 명, 이요……?"

"예. 고작 둘 뿐인데도 수백, 수천으로 구성된 다른 부대를 제치고 그렇게 불릴 정도니까 그 힘은 미루어 짐작할 수 있겠지요."

"제길, 장난하는 것도 아니고…… 이쪽에서 교황청에 항의하는 건 어때?"

그러자 글렌은 짜증스러운 얼굴로 지극히 정당한 의견을 제시했다.

"그 정신 나간 놈들이 이런 큰 행사 중에 대놓고 시비를 걸어왔으니…… 이건 완전히 100퍼센트 저쪽의 책임문제잖아? 누가 봐도 이건……."

"그건 무리다."

하지만 알베르트가 냉정하게 말을 끊었다.

"그게 가능하다면 고생할 필요는 없겠지. 그러나 애초에 교황청의 성당기사단에 라스트 크루세이더스라는 부대는 존재하지 않아."

"뭐라고?! 그게 대체 무슨 소리야! 실제로……."

"아직 눈치채지 못한 거냐? 『13』은…… 신의 아이가 십자가형을 받도록 몰아넣은 배신자, 열세 번째 사도 유다의 숫

라스트 넘버

자다. 엘리사레스교에서 가장 기피하는 숫자지. 정의를 실현하는 성당기사단에 사악한 『13』을 붙인 부대 따윈 존재할리 없어. 그러니…… 존재하지 않는 13인 셈이다."

"그래서 존재해서는 안 되는 부대라고 불리는 건가……."

글렌은 벌레를 씹은 듯한 얼굴로 신음을 흘렸다.

"그래. 항의해봤자 저쪽에선 모른다, 그런 자들은 존재하지 않는다며 발뺌할 뿐이다. ……놈들을 사로잡아서 결정적인 증거를 확보하지 않는 한은……."

"전제조건부터 글러 먹었잖아!"

글렌은 머리를 감싸 쥐었다.

"야, 크리스토프…… 하다못해 라스트 크루세이드의 멤버…… 루나와 체이스에 대한 정보를 알 수 없을까? 출신이라든가 능력이라든가."

"무리예요."

크리스토프는 공중에 배열한 보석으로 만든 마술법진을 응시하면서 대답했다.

마술로 만든 간이적인 마도연산기였다.

"영맥을 통해 제도의 정보국에 긴급히 접속해봤습니다. 성엘리사레스 교황청 성당 기사단에서 루나 프레아, 체이스 포스터의 이름은 확인할 수 있었습니다만…… 그게……."

"그게 뭐."

"기록상으로는 둘 다 전사(戰死)한 상태거든요. ……그것도 **4년 전**에."

"4년 전이라면…… 현 교황 퓨너럴이 교황선거에서 기적적인 승리를 거두었을 무렵인가."

"그런 건 아무래도 상관없는데…… 전사했다고?! 뭐야 그게! 걔들, 팔팔하게 살아있었거든?!"

"그리고 또 한 가지 신경 쓰이는 점이 있었습니다. 체이스 포스터는 성당 기사 중에서도 이름을 떨친 실력자 중의 실력자…… 다시 말해, 에이스급이었던 모양이에요."

"그야 그렇겠지. 강자의 풍격을 아주 풀풀 풍기더만. 절대로 싸우고 싶지 않은 상대였어."

"하지만 그게 끝이 아니라…… 정보에 따르면 루나 프레아는 성당 기사로서는 삼류…… 까놓고 말해 낙제 기사였다고 하네요."

"……잠깐만. 아무리 생각해도 그건 데이터가 잘못된 건데? 이젠 정보실 녀석들도 못 믿겠군. 그런 약해빠진 녀석이 어떻게 라스트 크루세이더스를 자칭하는 건데? 아니, 루나가 약해? 실제로 직접 만나 보라지! 아주 살기로 사람도 죽일 수 있겠더만!"

"……죄송합니다. 아무튼 현시점에서 얻을 수 있는 정보는 이것뿐이었어요."

그렇게 분위기가 무거워지자 알리시아가 입을 열었다.

"다시 본론으로 돌아가죠. 라스트 크루세이더스가 대체

왜 제국 선수단에 사퇴를 요구한 건지는 아직 알 수 없습니다. 일단 곧이곧대로 해석하면 왕국의 화평 반대파가 제국 선수단을 사퇴시켜서, 상황을 그들에게 유리한 쪽으로 끌고 가려는 거라고 볼 수도 있겠지만, 아무래도 그건 이유치고는 좀 부족한 감이 있는 것도 사실이에요."

"그게 그렇단 말이지…… 목적이 그것뿐이라면 훨씬 더 효과적인 방법이 많을 텐데…… 으음……."

"거기다 성당 기사단…… 소문의 그 이단 절멸기관이 경고만 하고 순순히 물러난 것도 이상하네요. 적을 발견하면 때와 장소를 가릴 것 없이 즉시 처단하는 것이야말로 천 년 동안 변치 않은 그들의 교리일 텐데 말이지요."

"저기…… 저희가 참가하면 곤란하다는 것도 좀 이상하지 않나요? 혹시 이번 마술제전에 나오길 원하지 않는 인물이 제국 선수단 안에 있는 건……."

"그럼 그건 또 누군데? 그 경우에 가장 수상한 건 루미아, 너일 텐데…… 넌 선수도 아닐 뿐더러 애초에 놈들은 너한테 아무런 관심도 없어 보였다고."

알리시아, 버나드, 크리스토프, 루미아, 글렌이 차례대로 의견을 꺼냈으나 전부 결정타가 없는 추측의 영역을 벗어나지 못했다.

"어찌 됐든 지금 알 수 있는 건 아무것도 없습니다. 아무튼 지금 가장 중요한 건 제국과 왕국의 수뇌회담이 무사히 종료될 때까지 제국 대표 선수단을 지키는 것이겠지요."

알리시아는 이제까지의 대화를 정리하며 글렌을 향해 말했다.

"글렌, 군에서 퇴역한 당신에게 이런 부탁을 하는 건 정말 염치도 없고…… 이런 부탁을 할 자격도 없다는 건 저도 잘 알고 있지만…… 부디 학생들을, 제국의 미래를 짊어질 젊은이들을 지켜주세요. ……이렇게 부탁드립니다."

그리고 세계에서도 손꼽히는 대국의 수장인 그녀는 평민에 불과한 일개 교사에게 깊이 고개를 숙였다.

"으헉?! 폐하께서 저 같은 아랫것한테 고개를 숙이시다뇨!"

글렌은 황급히 고개를 붕붕 저을 수밖에 없었다.

"걱정하지 마십쇼! 알겠으니까요! 그러니 폐하께선 폐하의 전장에서 싸워주십쇼! 전 제 전장에서 열심히 싸울 테니까요!"

"글렌……."

"그리고…… 거시적으로 보면 폐하의 승리가 학생들의 미래를 지키는 일이 될 겁니다! 그러니 결과적으로 상부상조하는 셈이죠! 뭐, 골치 아픈 일에 휘말리는 건 이제 거의 일상이나 마찬가지니 저도 익숙해졌습니다! 하하하!"

"……고마워요. 당신이 있어서 정말 다행이에요……."

글렌의 대답을 들은 알리시아는 그제야 정말로 진심에서 우러나온 따스한 미소를 지을 수 있었다.

"……엘미아나, 이리로."

"예. 왜요? 어머니."

루미아를 곁으로 부른 알리시아는 그녀에게 귓속말을 건넸다.

"그를…… 글렌을 잘 부탁해요."

"……!"

"당신의 이능력(異能力)은 그가 강대한 적과 맞설 때 큰 힘이 되어주겠죠. 가족의 연을 끊은 친딸에게 이런 부탁을 하는 전 역시 부모로서 실격이겠지만…… 그래도 아무쪼록 그의 힘이 되어주세요."

"아, 예! 알겠습니다! 맡겨만 주세요! 폐하!"

루미아는 기운 넘치는 목소리로 힘차게 대답했다.

"엘미아나…… 전 당신이 제 딸이라는 게…… 정말 자랑스럽답니다."

그런 루미아를 자애로운 눈으로 바라보던 알리시아는 갑자기 목소리톤을 바꾼 후―.

"……그건 그렇고 엘미아나. 글렌과 진도는 어디까지 나갔나요?"

"예?"

"후훗, 그는 여자의 마음에 둔감하니까…… 당신이 대놓고 유혹해서 덮쳐버리는 정도가 딱 좋지 않을까요? 먼저 기정사실을 만들어버리면 당신의 승리라구요."

장난스럽게 웃으며 터무니없는 폭탄을 투하했다.

"어, 어어어, 어머니?! 그, 그게 무슨……!"

루미아는 바로 새빨갛게 달아오르며 허둥댈 수밖에 없었다.

"……응? 왜 그래? 루미아, 폐하께서 뭐라고 하셨길래……."

"아, 아, 아무것도! 아무것도 아니에요! 아하, 아하하하!"

한편으로는 버나드, 크리스토프, 알베르트가 그런 흐뭇한 광경을 따스한 얼굴로 지켜보고 있었다.

여왕과의 회담은 그렇게 종료되었고 글렌과 루미아는 알베르트의 뒤를 따라 영사관의 출구를 향해 걷고 있었다.

"그건 그렇고 리엘은 잘 지내?"

글렌은 한동안 얼굴을 보지 못한 동생 같은 소녀의 화제를 꺼냈다.

"요즘 군에선 재편이니 뭐니로 이래저래 바쁘잖아? 리엘이 위의 호출을 받고 복귀한 지도 꽤 됐는데……."

"그래, 잘 지내고 있다. 아마 곧 왕녀의 호위 임무로 복귀할 수 있겠지. ……아마도."

하지만 알베르트는 사무적인 태도로 담담하게 대답했다.

둘의 관계는 그 사건 이후에도 변함이 없었다.

"참 나…… 네가 이쪽으로 오면, 그딴 정신 나간 광신도들에게도 본때를 보여줄 수 있을 텐데……."

"글렌. 미안하다만……."

"나도 알아. 넌 네 임무에 전념해. 이쪽은 우리가 알아서

할 테니까. ……뭐, 최근엔 그 히스테리 노처녀도 좀 믿을
만해졌으니…….”

글렌은 어깨를 으쓱였다.

“그건 그렇고 너희도 참 고생이 많네. 여왕 폐하의 호위……
뭐, 실력만 놓고 보면 타당하겠지만 말야. 하지만 요즘 너희만
너무 부려먹는 거 아냐? 특무분실의 다른 멤버는 어쩌고.”

“…………”

그러자 알베르트는 잠시 입을 다문 후 목소리를 낮춰서
대답했다.

“요즘 제국 상부에는 폐하의 적의 많아.”

“……적?”

예상치 못한 불온한 단어가 튀어나오자 글렌은 눈살을 찌
푸렸다.

“그래. 전에도 말했지만, 제국도 반석은 아니야. 누가 아
군이고 누가 적인지 모르는 상황…… 폐하께서 완전히 신뢰
하실 수 있는 인재는 한정되어 있지.”

“말도 안 돼. 적? 폐하의? 지금 위에선 대체 무슨 일이 벌
어지고 있는 거야? 폐하의 적이라는 게 대체 누구……!”

약간 거칠어진 목소리로 알베르트를 추궁하려 한 그때였다.

“……?!”

글렌은 통로 맞은편에서 이쪽을 향해 천천히 걸어오는 붉
은 머리 남자의 존재를 깨달았다.

탄탄한 몸 위에 군복을 걸친 4, 50대의 남자였다. 빈틈없는 걸음걸이, 얼굴에 새겨진 긴 상처, 가슴 언저리에 달린 수많은 훈장이 역전의 강자 같은 분위기를 숨김없이 주위로 드러내고 있었다.

'저건 분명……'

군 시절의 기억과 일치했다.

여왕부 국군대신 겸 국군청 통합 참모 본부장 아젤 르 이그나이트 경.

제국군의 우두머리이자, 이브의 친아버지였다.

'……저 인간도 온 거였어?'

알베르트, 루미아와 함께 벽 쪽으로 붙은 글렌은 예의상 고개를 숙이며 이그나이트 경이 지나가는 것을 기다렸다.

하지만 그 순간, 이그나이트 경은 이렇게 말했다.

"흥, 누군가 했더니…… 고작 여자 하나 때문에 달아난 얼간이였나."

"……?!"

글렌이 고개를 숙인 채 굳어버렸지만 이그나이트 경은 무시하고 그대로 지나갔다.

"서, 선생님……?"

루미아가 걱정스러운 얼굴로 안색을 살폈으나 글렌은 창백한 얼굴로 몸을 떨고만 있었다.

그리고 소리가 날 정도로 이를 악문 순간—

"……신경 쓰지 마라. 가자."

알베르트가 가볍게 어깨를 두드렸고 덕분에 그제야 겨우 몸을 움직일 수가 있었다.

"……아, 응. 그래야지……."

긴장된 분위기가 풀리자 글렌은 다시 알베르트의 뒤를 따라 걸음을 옮겼다.

"그럼 너희도 잘 해봐, 알베르트."

"그래."

영사관 밖에서 글렌과 루미아는 알베르트와 작별 인사를 나누었다.

"우리도 될 수 있는 한 즉시 대응할 수 있도록 준비는 해 두지. 너도 아무쪼록 긴장을 풀지 마. 여긴 제국령이 아니다. ……무슨 일이 생겨도 이상하지 않아."

"……명심해두마. 그럼 우린 이만."

"오늘은 감사했습니다, 알베르트 씨."

그렇게 글렌과 루미아가 등을 돌린 순간이었다.

"……글렌."

뜻밖에도 알베르트가 글렌을 불러세웠다.

"왜?"

글렌이 뒤를 돌아보자 알베르트는 웬일로 잠시 망설이듯 말을 고르다가 입을 열었다.

"……여왕 폐하의 일로…… 너에게 해두고 싶은 이야기가 있다."

"여왕 폐하……? 생뚱맞게 그게 무슨……?"

"제국 왕실의…… 나아가서는 알자노 제국의 근간과도 관계가 있는 사안이야. 솔직히 여러모로 의심스러운 내용이다만…… 네 견해를 듣고 싶군."

"뭐어? 그, 그게 무슨 소리야……?"

알베르트답지 않은 에두른 말투에 글렌은 의아함을 느꼈다.

"하지만 지금은 피차 여유가 없군. ……그러니 이번 일이 끝나면 시간 좀 내다오."

"으, 으음…… 난 딱히 상관없다만…… 대체 뭐길래?"

하지만 알베르트는 그 질문에 대답하지 않고 떠나갔다.

"그건 그렇고 제국의 근간? 뭔가 좀 거창하지 않아?"

글렌은 루미아와 함께 호텔로 돌아가며 그런 대화를 나누었다.

"저 녀석, 혹시 요즘 오컬트 계통 찌라시라도 읽는 건가? 의외로 농담이 통하지 않는 녀석이니……."

"으음…… 제가 보기엔 알베르트 씨가 그러실 리는 없을 것 같은데요……."

"아니, 실은 이게 꼭 그렇지만도 않거든? 저 녀석은 바보 같을 정도로 성실한 성격이니까 말야! 아무튼 저 바보는 내가 군에 있을 때 버나드 영감탱이한테 속아서……."

글렌이 빈정거리듯 웃으며 옛이야기를 꺼내려 한 그때—.

"어?"

루미아가 눈을 깜빡이며 그 자리에 멈춰 섰다.

"응? 왜 그래? 루미아."

"그, 그게…… 저쪽에……."

글렌은 루미아가 가리킨 곳으로 시선을 돌렸다.

"컥?! 마리아?!"

마리아가 주위를 두리번거리며 인파를 빠르게 헤쳐 나가고 있었다.

"저, 저 바보가 혼자서 대체 어딜 싸돌아다니는 거야! 분명 최대한 단체행동을 하라고 말했건만……!"

"선생님, 쫓아가죠!"

이렇게 해서 글렌과 루미아는 무슨 이유에선지 혼자서 거리를 돌아다니는 마리아를 쫓기 위해 달리기 시작했다.

원래 활기가 넘치기로 유명하지만, 이번 마술제전 개최로 관광객이 어마어마하게 몰린 자유도시 밀라노에서 마리아를 추적하는 건 무척 어려운 일이었다.

몇 번이나 인파에 가로막히는 통에 마리아와의 거리를 좀처럼 좁힐 수 없었다.

하지만 마리아는 원체 체격이 작은 덕분인지 수월하게 인파를 헤치며 나아가고 있었다. 이미 목적지가 정해져 있는 건지 그 움직임에는 망설임이 없었다.

큰 소리로 이름을 불러 봐도 소음 때문에 그녀의 귀에는 닿지 않았다.

"어쩌죠? 선생님."

"칫…… 당장은 모습을 놓치지 않도록 주의하는 수밖에 없겠어."

글렌과 루미아는 필사적으로 마리아의 뒤를 쫓았고…… 그렇게 애쓴 보람이 있었는지 곧 두 사람은 마리아가 한 성당 안으로 들어가는 모습을 놓치지 않을 수 있었다.

"음…… 저곳은 분명……."

"성 폴리스 성당이네."

"……그, 그리고 보니 성당을 구경하러 다니고 싶다고 했었죠."

하지만 글렌은 고개를 갸웃거렸다.

"……이상하네. 분명 성당이라면 여기까지 오는 도중에도 두세 곳쯤 있었을 텐데."

아무튼 걷기만 해도 발에 채일 정도로 많은 성당이 존재하는 곳이 바로 이 밀라노였기 때문이다.

"그런데 왜 성 폴리스 성당까지 온 거지? 저긴 분명……."

뭐, 여기서 고민해봤자 소용없으리라.

두 사람은 일단 마리아를 확보하기 위해 성 폴리스 성당 안으로 진입했다.

활기가 넘치고 번잡스러운 바깥과는 반대로 성당 안은 고요하고 깔끔했다.

주위는 온통 성화(聖畵)와 스테인드글라스가 넘쳐서 약간 어두운 성당 안을 걷고 있기만 해도 신앙심이 약한 글렌조차 절로 엄숙한 기분이 들 정도였다.

글렌과 루미아는 벽에 같은 간격으로 달린 황금 촛대에서 넘실거리는 촛불을 따라 붉은 융단이 깔린 복도를 일직선으로 걸어갔다.

측랑의 교차점을 지나서 더 안쪽에 있는 내진 쪽으로 들어가자 마침내 예배당이 보였다.

그곳에 있는 성스러운 인장이 새겨진 제단 앞에는 그들이 찾던 인물이 있었다.

"······하늘에 계신 우리 주님. 바라옵건대 그 성명이 칭송받으며 주님의 자비가 우리뿐만 아니라 온 나라를 감싸기를······."

글렌은 한순간 눈앞에 있는 인물이 대체 누구인지 알아볼 수 없었다.

마리아, 틀림없이 마리아였음에도 말이다.

"주여. 오오, 주여. 그대의 위광을 내려주옵소서. 그 뜻이 하늘에서 행해지는 바와 같이 땅에서도 행해지기를 바랍나이다. 우리를 그 영원한 빛으로 비추어주옵소서. 오늘도 건

강하고 활기차게 지낼 수 있도록 인도해주시옵소서……"

바닥에 무릎을 꿇고 손을 맞잡은 채 고개를 숙이고 기도를 바치는 그 모습은 평소의 명랑 쾌활하고 장난기 넘치는 소녀의 모습과 전혀 겹쳐 보이지 않았기 때문이다.

"주여, 가여기 여기옵소서. 전지전능한 주여, 우리를 가여이 여기옵소서. 우리의 죄를 사해주옵소서. 우리가 바라는 것뿐만 아니라 그대가 바라는 것을 행해 이웃을 사랑하며 사는 기쁨을 우리에게서 찾아주옵소서……"

부드러운 빛이 천장의 스테인드글라스를 통해 기도하는 마리아를 비추고 있었다.

마치 인생 전부를 신앙에 바친 성녀와 같은 그 모습에 압도당한 글렌과 루미아는 그저 그 모습을 가만히 지켜볼 수밖에 없었다.

"그리고 바라옵건대…… 제 기도가 그대에게 닿을 수 있기를…… 파란."

머지않아 기도를 마친 마리아는 가슴 앞에서 두 번 십자가를 그었다.

"……후우."

그리고 잠시 입을 다물다가 만족한 얼굴로 숨을 내쉰 후 예배당을 떠나기 위해 등을 돌렸다.

"…………"

그러자 당연히 글렌과 눈이 마주칠 수밖에 없었다.

"아, 아아아아아아아아아아아아아아아앗~?!"

그 순간, 그녀는 조금 전까지의 경건한 분위기와는 완전히 딴판인 모습으로 비명을 질렀다.

"서, 서, 서, 선생님?! 루미아 선배?! 어떻게 여길?!"

"그건 우리가 할 말이다만."

"호, 호호호, 혹시 보셨어요?! 보신 건가요?!"

"응, 봤지. 아주 똑똑히. 마리아…… 넌 실은……."

"자, 장난이었거든요?! 선생님께는 경건한 수녀 캐릭터가 잘 먹힐 것 같아서요! 어떤가요?! 가슴이 떨리셨나요?! 아하, 아하하!"

"성 폴리스 성당은 구교…… 엘리사레스교 카논파의 성당이지."

"와~! 와~! 와아~! 그랬었군요! 저는 전~혀 몰랐어요! 성당이라고 해도 전부 비슷하게 생겼으니까요오오오오!"

"일주일에 한 번, 적당히 기도만 하면 끝인 제국 국교회…… 신교와 달리 구교는 하루에 반드시 두 번 예배를 올려야 해. 그러니 남들한테는 비밀로 하고 혼자 다닐 만도 하겠지."

"아니, 그게, 저, 저는……."

"파란의 억양, 기도 후에 두 번 긋는 십자가…… 더는 의심할 여지가 없어. 너, 구교 신도지? ……그것도 아주 독실한."

"으, 으으으……으으으으으으……."

더는 얼버무릴 수 없겠다고 깨달은 건지 마리아는 얼굴을 가린 채 힘없이 고개를 떨구고 말았다.

"……참 나, 딱히 숨길 이유가 어디 있다고. 확실히 수가 적긴 해도 알자노 제국에도 구교 신도는 있잖아? 제국 국교회는 타종파에 관대하니까 말야."

글렌, 마리아, 루미아는 예배당에 있는 긴 의자에 나란히 앉아서 대화를 나누었다.

"으…… 그게…… 아무래도 귀여움과는 좀 거리가 있잖아요. ……모처럼 세련된 도시 여자가 돼보려고 했는데…… 실은 제국에선 그다지 평판이 좋지 않은 종파의 촌티 나는 독실한 신도는요. ……선생님도 환멸하셨죠?"

"아니?"

마리아의 걱정을 글렌은 한 마디로 일축했다.

"네가 목표로 삼은 귀여운 여자가 되는 것보다 신에게 올리는 기도가 더 중요한 거잖아? 딱히 신앙을 버릴 필요는 없어. 본인이 자기 마음을 배신해서 어쩔 건데? 넌 너야. 좀 더 가슴을 펴고 당당하게 굴어."

글렌은 속으로는 이런 말을 할 자격이 없다고 생각하면서도 그렇게 조언했다.

"서, 선생님……."

"내 주위에는 자주 「말은 도구이며 성서는 도구함」이라는 말을 인용하는 녀석이 있다만…… 요컨대 신교든 구교든 착한 사람이 있으면 나쁜 사람도 있기 마련이야. 그럼 종교나 성서가 문제가 아니라 그걸 믿는 인간 그 자체가 문제라는 뜻이겠지. ……안 그래?"

"으, 훌쩍…… 감사합니다. 선생님. ……역시 전 어릴 때부터 해온 기도와 신앙은 도저히 버릴 수가 없어서……."

"뭐, 그래도 허락도 없이 혼자 싸돌아다니는 건 참아줬으면 싶다만."

"그건 죄송해요! 기피 당할까봐 밝힐 수가 없었는걸요!"

마리아는 이제야 겨우 평소처럼 대답하기 시작했다.

"그건 그렇고…… 어릴 때부터라면 역시 마리아 양의 가족 분들도 모두 카논파인 거니?"

"……아뇨, 사실…… 전 버려진 아이거든요."

루미아의 질문에 마리아는 쓸쓸한 미소를 짓고 대답했다.

"버려진 아이?"

"아, 예. 더 자세히 말씀드리자면…… 사실 전 알자노 제국 출신이 아니라 레자리아 왕국 출신이에요. 국적은 바꿨지만요."

놀랍게도 마리아는 레자리아인이었나 보다.

"제가 아주 어렸을 때…… 전 이유를 알 수 없는 사정으로 집에서 쫓겨났어요. 그리고 먼 이국의 땅…… 알자노 제국에 보내진 후로는 줄곧 구교의 수도원에서……."

"……아…… 미안, 마리아 양. 설마 그런 줄도 모르고……."

"괜찮아요. 옛날 일이기도 하고 이젠 극복했거든요."

루미아가 미안한 얼굴로 시선을 내리깔았으나 마리아는 오히려 힘차게 웃어보였다.

"제 친가는 교회라…… 조금 전처럼 아버지와 같이 자주 기도를 드리곤 했어요. 다정했던 아버지…… 이젠 얼굴도 기억나지 않고…… 결국 절 버린 사람이지만…… 그때 저에게 보여줬던 다정함이 거짓이었다고는 생각할 수 없고…… 그렇게 생각하기도 싫었거든요."

"그러니…… 이 기도는 아버지를 떠올릴 수 있는 소중한 의식이라…… 이것만은 도저히 버릴 수가 없었어요. 아하하, 이상하죠? 버림받은 주제에."

"마리아 양. 저기…… 고향은……?"

"안타깝지만, 정말 어렸을 때라…… 정확히 어딘지도 기억이 안 나고 단서도 없는 데다…… 아무래도 위치가 레자리아 왕국이잖아요? 요즘 같은 정세에 섣불리 찾아가는 건 위험하니…… 고향으로 돌아가는 건 이미 거의 포기했어요."

이 천진난만하고 명랑 쾌활한 소녀에게 설마 이런 어두운 과거가 있을 줄 몰랐던 글렌은 그저 가만히 듣고 있을 수밖에 없었다.

"그래서! 전 이번 마술제전에 나가려고 엄청 노력했던 거예요!"

하지만 마리아는 오히려 더 기운차게 일어나며 외쳤다.

"마술제전에는 전 세계의 사람이 모이잖아요?! 물론 레자리아 왕국에서도요! 그럼…… 어쩌면 아버지도 보러 와주셨을지도 몰라요!"

"마리아 양……."

"제가 마술제전에서 열심히 뛰면…… 어쩌면 아버지가 절 보실지도…… 어쩌면 아버지와 다시 만날 수 있을지도…… 어쩌면……."

그렇게 열변을 토하던 마리아는 갑자기 장난스럽게 웃었다.

"아하하, 전부 가정뿐이네요. 역시 어린애 같죠? 그래도 전……."

"그렇지 않아!"

하지만 루미아는 단호하게 외쳤다.

그리고 예배당 안에 울려 퍼지는 목소리에 눈을 깜빡거리는 마리아의 손을 잡고 말했다.

"분명……분명 너희 아버지도 널 보고 계실 거야."

"루미아 선배……."

"그야 널 보기만 해도 알겠는걸. 너희 아버지는…… 틀림없이 널 사랑하셨을 거라는걸. 널 버린 건…… 분명 어쩔 수 없는 사정이 생겼기 때문일 거야. ……그러니 네 기도는 분명 아버지께 닿았을 거야. 난 분명 어딘가에서 널 지켜보고 계실 거라고 믿어."

루미아의 말에는 왠지 모를 확신이 담겨 있었다.

'……루미아. 그래, 그야 그렇겠지. 넌…….'

그런 루미아의 모습을 지켜보며 글렌은 이렇게 생각했다.

이 둘은 많이 닮았다고.

"고마……워요, 루미아 선배……."

잠시 넋을 잃었던 마리아는 이윽고 구원받은 얼굴로 기쁘게 미소 지었다.

"선배가 그렇게 말씀해주시니 전…… 좋아! 내일 시합에서 저, 진짜 열심히 할 게요! 지켜봐주세요! 루미아 선배! 선생님!"

"응, 응원할게. 마리아."

"그런데 따지고 보면 우리 팀의 발목을 잡을 가능성이 가장 큰 건 너 아니냐?"

"너무해요! 이럴 땐 상황과 분위기를 고려한 대답을 해주시라구요!"

마리아는 울상이 돼서 글렌의 어깨를 토닥토닥 때리기 시작했다.

글렌은 쓴웃음을 흘리고 다시 한 번 결심했다.

'그래…… 하얀 고양이, 여왕 폐하, 마리아…… 아니, 이들뿐만이 아니야. 이 마술제전과 관련된 모든 사람이 누구에게도 양보할 수 없는 뭔가를 걸고 도전하고 있어…….'

물론 그것은 저마다 다르겠지만 틀림없이 숭고한 것이었다.

신에게 바치는 순수한 기도와 흡사한 빛. 결코 더럽혀서는 안 되는 신성불가침의 영역.

'……반드시 전부 성공으로 마쳐야 해. 어딘가의 바보 같은

놈들이 꾸미는 시시한 음모로 더럽혀지는 것만은 절대로 용납할 수 없어…….'

글렌은 주먹을 굳게 쥐며 제단 위의 십자가를 올려다보았다.

'난…… 그 녀석들의 몸뿐만 아니라…… 마음 그 자체를 지켜주고 싶어. ……분명 그게 교사로서 지금 내가 해야 할 일이겠지…….'

무신론자이지만 이 순간만큼은 마치 신에게 기도를 바치는 것처럼 경건하게 맹세했다.

"……저도 도울게요, 선생님."

그러자 어느새 곁으로 다가온 루미아가 그에게만 들릴 법한 작은 목소리로 말했다.

"고맙다."

그렇게 짧게 대답한 글렌은 이윽고 루미아와 함께 여전히 기운 넘치는 마리아의 손에 이끌려서 성당을 나왔다.

새로운 결의와 각오를 가슴에 품은 채…….

—참고로 멋대로 혼자 돌아다닌 벌로 나중에 이브와 시스티나에게 호되게 설교를 들은 후, 시합 전날답지 않은 지옥의 특훈을 받게 된 마리아가 울면서「살려줘, 죽을 것 같아, 집에 가고 싶어, 이제 마술제전 따윈 지긋지긋해~」라고 후회하게 되지만…… 이건 굳이 언급할 필요가 없으리라.

제5장 타오르는 첫 경기

다음 날.

마침내 알자노 제국 대표 선수단은 시합 날을 맞이했다.

첫 시합 상대는 사막의 나라 하라사. 점성천문탑의 학사생인 아디르 알하자드가 메인 위저드를 맡은 팀이었다.

세리카 엘리에테 대경기장의 관객석은 이미 가득 찬 상태였고 시합 개시까지 아직 한 시간이나 남았는데도 크게 달아올라 있었다.

'상대는 아디르…… 첫날 마주친 그…….'

그런 관객들의 열기와 환호성이 멀게 느껴지는 대경기장의 선수 대기실에서, 시스티나는 파르넬리아 통일신학교의 마르코프 드라구노프와 충돌할 뻔했을 때의 그를 떠올리고 있었다.

그저 떠올리기만 했는데도 몸서리가 쳐질 정도의 박력.

'하라사인의 특징일까? 그 사람, 확실히 실전에 익숙해보였어…….'

사실 학생답지 않게 실전에 익숙한 건 시스티나도 마찬가지였지만 본인은 거기까지 생각하지 못하고 신기한 기분에 사로잡혔다.

'이상해. 예전의 나였다면…… 그런 사람이 상대라는 사실이 무서워서 몸이 막 떨렸을 텐데…… 아니, 지금도 무섭긴 하지만…… 몸이 떨리기는커녕 신기할 정도로 마음이 차분해. 오히려 그런 굉장한 사람과 싸울 거라고 생각하니 마음이 설렐 정도야…….'

시스티나는 혹시 자신이 어딘가 이상해진 게 아닐까 싶었다.

"……이상이 우리 첫 시합에 적용된 시합 내용과 규칙이다."

그러자 어느새 눈앞에서 글렌이 오늘 아침에서야 통보를 받은 내용을 설명하는 모습이 시야에 들어왔다.

"제대로 들었겠지, 하얀 고양이?"

"……예? 음…… 예, 괜찮아요."

사실 집중력이 극도로 높아진 시스티나는 멍하니 다른 생각을 하면서도 글렌이 설명한 내용을 확실히 머릿속에 저장해둔 상태였다.

한 글자 한 글자 정확하게, 글렌의 말투까지 흉내 내서 복창할 수 있을 정도로…….

"……그건 그렇고 어제부터 느낀 거다만, 무슨 규칙이 이래? ……자칫하면 사망자가 나오겠어. ……이걸 고안한 자식은 분명 가학 취향의 변태일 거야."

"마술제전에서 사망자가 나오는 건 그리 드문 일도 아니잖아?"

글렌이 어이없는 목소리로 투덜대자 이브가 코웃음을 치며 대답했다.

"마술이든, 권투든, 검술이든 싸움이라는 성질의 승부인 이상 사망자가 나올 가능성은 늘 따라붙기 마련이야. 그래서 운영 측도 가능한 한 학생의 안전을 확보하려고 노력하고 있어. 실력 있는 법의사들이 대기하고 있으니 즉사만 아니라면 어떻게든 될 거야. 설마 이제 와서 꼴사납게 이런 위험한 시합은 인정 못 하겠다고 주장하려는 건 아니겠지?"

"나도 알아. 여기에 있는 녀석들은 그 사실을 알면서도 각오하고 이 자리에 섰으니…… 각오를 다지고 싸우러 온 녀석들에게 부외자인 내가 이러쿵저러쿵 떠들어댈 자격은 없겠지."

글렌은 한숨을 내쉬고 시스티나를 비롯한 선수들을 돌아보았다.

"그러니 내가 너희들에게 해줄 말은 하나뿐이다. ……아무쪼록 조심해."

선수들은 조용히 고개를 끄덕였다.

콜레트, 프랑신, 지니, 기블, 하인켈, 마리아는 약간 긴장한 모습이었고 리제, 자일, 레빈은 평소와 다름없는 모습이었지만 확연히 말수가 줄어들어 있었다.

"특히 너, 하얀 고양이. 메인 위저드를 맡게 된 이상 정신 똑바로 차려. ……너, 왠지 표정이 흐리멍덩한데…… 혹시 긴장해서 머리가 안 돌아가는 거냐?"

"아뇨…… 딱히 그런 건……."

오히려 그 반대였다. 정신이 지나치게 맑아서 당혹스러워하고 있었다.

'실제로, 응……. 대기실 밖에서 발소리가 다가오고 있어…….'

그리고 발소리만 들어도 누군지 알 것 같았다.

이곳에는 절대로 있을 리 없는 자들의 발소리였다.

'……응? 그리고 보니 어떻게 여기까지 온 거지……?'

시스티나가 멍하니 그렇게 생각한 순간—

타앙!

"안녕하세요! 선생님! 다들, 컨디션은 좀 어때?"

"시합은 앞으로 한 시간 뒤에 시작이라면서요? 늦지 않아서 다행이네요!"

"어어~?! 어떻게 너희들이 여길?!"

이미 알고 있었던 시스티나는 별안간 대기실로 쳐들어온 카슈, 웬디, 테레사, 세실, 린…… 제자들의 모습에 경악한 글렌의 옆에서 눈만 살짝 깜빡였다.

"그야 물론 학교에 휴학계를 내고 응원하러 왔죠!"

"교통편은 저희 레이디 상회의 연줄을 써서……."

"이 저를 제치고 선택된 분들인걸요! 반드시 꼭 이기세요!"

"역시 너희가 세계를 무대로 활약하는 모습을 직접 이 눈으로 보고 싶어서……."

"응…… 히, 힘내. 얘들아……."

카슈 일행은 저마다 격려의 말을 전하기 시작했다.

"······홍, 변함없이 한가한 녀석들이군."

시선을 돌리고 빈정거리는 기블도 내심 기뻐 보였다.

"나 원 참, 외부인이 이런 곳까지 들어오다니······."

"아, 죄송해요. 선생님. 입실 허가를 내준 건 저랑 엘렌이에요."

루미아가 투덜대는 글렌에게 쓴웃음을 짓고 설명하는 가운데, 학생들은 담소를 나누기 시작했다.

"그래서? 좀 어때? 크라이토스의 레빈 씨? 몸 컨디션은? 이길 자신은 있어?"

"훗······ 뭐, 그럭저럭?"

"콜레트, 프랑신. 당신들 괜찮은 건가요? 안색이 나빠 보이는데요."

"저, 저, 전혀 문제없거든?! 그치?"

"그럼요, 웬디! 저희에게 이런 시합쯤은······!"

"마리아 양도, 자일 씨도 힘내세요. 응원할게요."

"고, 고맙습니다! 테레사 선배~! 저, 감격했어요!"

"······홍."

예상치 못한 응원단의 등장에 대기실이 떠들썩해졌고 덕분에 시합을 앞둔 선수들의 긴장도 적당히 풀린 듯 했다.

"슬슬 시간이 됐습니다. 오늘 시합에 참가하는 알자노 제국 대표 선수단 여러분은 시합장으로 이동해주시길 바랍니다."

그런 식으로 화기애애하게 떠들고 있자 담당 직원이 대기실로 들어와서 통보했다.

마침내 세계를 무대로 한 첫 번째 싸움이 막을 올리려 하고 있었다.

"시스티나."

그리고 글렌은 직원을 따라 대기실을 나가려 하는 시스티나를 불러 세웠다.

"……힘내. 네 힘을 모두에게 보여줘라."

"예! 그럼 다녀올게요, 스승님! ……에헷♪"

그러자 그녀는 자신만만하게 웃으며 글렌에게 장난스럽게 경례한 후 대기실을 나갔다.

경기장과 연결된 긴 통로를 지나 문을 통과한 순간, 붉은 바위로 이루어진 표면이 드러난 산과 계곡이 복잡하게 뒤얽힌 광경이 시야 한 가득 들어왔다.

"……세, 세상에?! 대체 여긴 뭐죠?! 정말로 그 세리카 엘리에테 대경기장인 거예요?!"

보는 이들을 압도하는 장엄한 대자연의 위용 앞에서 마리아가 비명을 질렀다.

"알자노 제국 마술학원의 마술경기장에도 환경 조작 기능은 있지만……."

"이곳의 기능은 그것보다 압도적으로 위군."

마술로 공간까지 조작한 건지 경기장의 규모는 명백히 원래 면적보다 훨씬 더 넓어보였다.

리제와 기블도 상상을 초월하는 대경기장의 기능 앞에선 그저 감탄밖에 할 수 없었다.

"규칙을 다시 확인할게."

시스티나는 일행을 둘러보며 말했다.

"뭐, 사실 규칙 자체는 지극히 단순해. 이번에는 각 팀의 주장⋯⋯ 즉, 메인 위저드를 전투 불능으로 만든 쪽의 승리야."

"하지만 이 필드 안에는 소환술로 소환된 마수가 대량으로 풀려 있어. 그들은 사람을 보면 죽지 않을 정도로만 공격하라는 명령을 받은 상태야."

리제가 설명을 보충했다.

각자 주위의 기척을 살피자 위험한 마수가 우글거린다는 걸 알 수 있었다.

"즉, 마수를 격퇴. 혹은 피하면서 상대의 메인 위저드를 격파하거나⋯⋯ 이쪽의 메인 위저드를 지키라는 거군요."

그러자 레빈이 머리카락을 쓸어 올리고 말했다.

"그래서? 어쩔 거지? 시스티나. 우린 어떻게 움직일까?"

기블의 질문에 시스티나는 잠시 입을 다문 후—.

"⋯⋯둘로 갈라지자."

냉정하게 상황을 분석하고 대답했다.

"어차피 저쪽에도 색적마술에 능통한 실력자가 있으니 숨어봤자 소용없어. 그보다는 우리에게 유리한 전장을 적극적으로 확보하자. 아무튼 저쪽보다 먼저 우리가 공세에 나서는 거야."

"……!"

"색적 팀과 토벌 팀으로 나눌게. 통신마술로 서로 연계를 취하면서 색적 팀은 적 팀과 마수의 움직임을 탐색. 토벌 팀은 색적 팀의 정보에 따라 마수를 토벌하고 진지를 확보. 유리한 포지션을 따내면 합류해서 적을 공격하자."

그리고 시스티나는 일행을 둘러보며 당당하게 지시를 내렸다.

"색적 팀은 레빈을 리더로 하인켈, 기블, 지니…… 너희 넷에게 부탁할게. 토벌 팀은 내가 리더를 맡아서 리제 선배, 자일 군, 콜레트, 프랑신, 마리아…… 이 여섯 명으로 움직이겠어."

그야말로 자신감 넘치고 망설임 없는 배치에 다들 자연스럽게 고개를 끄덕였다.

이젠 모두가 인정하고 있었다.

이런 큰 무대 위에서도 긴장감이나 부담을 느끼기는커녕 늠름한 발키리처럼 날카로운 눈빛으로 승리를 내다보는 시스티나야말로 그들의 리더…… 제국의 메인 위저드에 걸맞은 인물이라는 것을…….

"훗…… 소극적으로 방어전을 고수할 줄 알았더니…… 그렇군. 너, 여자 주제에 배짱 한 번 두둑한걸? ……마음에 들었다."

자일이 흉험하게 웃자 시스티나는 의기양양한 미소로 대답했다.

그 순간, 시합 개시를 알리는 불꽃이 경기장 위로 피어올랐다.

"……가자, 얘들아! 나에게 힘을 빌려줘!"

"응!"

"맡겨만 주시죠!"

그리고 제국 선수단은 몸에 새겨진 신체 능력 강화 술식에 마력을 회전시키며 마치 질풍처럼 산개하기 시작했다.

"……시작됐군."

"응, 그러네."

"……힘내, 시스티."

관객석에서는 글렌, 이브, 루미아, 엘렌이 경기장의 상황을 지켜보고 있었다.

하지만 이번 시합에서는 공간을 왜곡해서 면적을 넓힌 탓에 그들의 눈에는 모든 것이 마치 축소모형처럼 작게 보였다.

그래선지 경기장 위에는 창문 같은 수많은 스크린이 투사되어 있었다.

이것들은 선수 시점의 영상, 경기장 시점의 영상 등을 누구나 자유롭게 보기 위한 조치였다.

관객들은 그런 하늘 위의 영상들을 올려다보며 이제 막 시작된 시합에 응원과 환호성을 보내기 시작했다.

"……일단은 한숨 돌렸네. 라스트 크루세이더스가 언제 방해할지 몰라서 계속 긴장하고 있었는데……."

"그러게. 경기장에는 관객이 간섭하지 못하도록 단절 결계가 펼쳐져 있지. 그러니 간섭은 불가능하고 만약 시도한다 해도 우리가 먼저 눈치챌 수 있어. 아이러니하게도 저 위험하기 짝이 없는 시합 중에는 안전이 확보되는 셈이지."

글렌은 복잡한 심경으로 이브와 대화를 나누었다.

"훗, 그건 그렇고 하얀 고양이 녀석. 제법인걸."

그리고 머리 위의 영상에서 시스티나가 마수 섀도 울프를 가볍게 처리하는 모습을 바라보며 말했다.

"마수는 자기 영역을 지키려는 습성이 있어. 그러니 어디에 어떤 마수가 있는지, 안전지대는 어디에 있는지를 빨리 파악하는 게 중요해. 한곳에 뭉쳐서 방어만 하지 않고 대담하게 색적 팀과 토벌 팀을 나눈 건 좋은 판단이야."

"맞아. 저 아이…… 어쩌면 지휘관의 재능까지 있는 걸지도 모르겠어."

그러자 웬일로 이브도 자랑스러운 목소리로 대답했다.

"우오오오오오오오오! 파이팅! 시스티나!"

"다들 굉장해……. 저렇게 많은 마수 앞에서도 전혀 위축되지 않다니……."

글렌의 뒷자리에서는 카슈, 웬디, 테레사, 세실, 린이 환호성을 지르며 시스티나 일행의 싸움을 지켜보고 있었다.

"……흠. 제법 좋은 페이스로 진지를 확보하고 있군. 마술 저격에 적합한 고지도 점령했으니…… 이건 마도병단전으로 치면 그야말로 교과서적인 전략이야."

글렌은 시스티나 일행의 침공 루트와 손에 든 지도를 비교해보면서 그렇게 평가했다.

"그건 그렇고 좀 의외네. 하라사 놈들이 진지 확보에 저렇게 애를 먹다니……."

슬쩍 시선을 돌리자 하라사 팀은 공세에 그리 적극적인 모습을 보이지 않고 있었다.

그렇다고 해서 메인 위저드를 지키려는 기색을 보이는 것도 아니었다.

까놓고 말하면 모든 면에서 어중간했다.

"이대로 가면 고지에서 십자포화를 퍼부어 협공할 수 있겠군. 훗, 이거 의외로 쉽게 압승할지도 모르겠는걸?"

글렌이 상황을 낙관하며 웃었지만 이브는 날카로운 눈으로 영상을 지켜보다가 의미심장한 말투로 중얼거렸다.

"……그런 거였나."

"그런 거라니…… 뭐가?"

"아니, 확실히 시스티나는 아주 정석적이고 깔끔한 전략으로 나섰어. 그건 훌륭하다고 봐. 개시한 지 30분만에 벌써 이 전장에서 유리한 고지를 점했으니까 말이지. ……일반적으로는 이 시점에서 제국의 승리가 거의 확정됐다고 볼 수 있을 거야. ……어디까지나 일반적으로는."

"뭐야? 대체 무슨 말이 하고 싶은 건데?"

"상식적인 전략은 비상식적인 상대에게는 통하지 않을 거라는 소리야. 특히…… 앞에 『왕』자가 붙을 정도의 바보한테는 말이지."

"……뭐? 그게 무슨……."

그 순간이었다.

—우오오오오오오오오오오오오오오오오오오오!

관객석이 일제히 술렁였다.

기블이 절박한 목소리로 통신마술을 통해 그 사실을 보고했을 때—

"……뭐? 농담이지?"

시스티나는 아연실색할 수밖에 없었다.

하지만 그 보고대로 누군가가 다가오고 있는 건 사실이었다.

바위산을 뛰어오르고 계곡을 뛰어넘고, 복잡하게 솟은 지형을 돌파하고, 머리 위에서 덤벼드는 조류형 마수들을 도(刀)로 모조리 베어 넘기면서 인간을 초월한 맹렬한 속도로 이쪽을 향해 곧장 달려오고 있었다.

"……하!"

이윽고 온 몸에 바람을 두른 소년이 시스티나 일행 앞에 착지했다.

"……안녕, 또 만났네."

"넌…… 아디르?!"

시스티나는 경악한 나머지 눈을 부릅떴다.

놀랍게도 하라사의 메인 위저드인 아디르, 적의 대장이 혼자서 자신들 앞에 나타났기 때문이었다.

이 상상할 수조차 없었던 전개에 시스티나는 말문이 막혔다.

"흥! 고작 혼자서 우릴 상대하겠다는 거야?!"

"……저, 저희를 얕보는 것도 정도가 있죠!"

그런 아디르의 대담하기 짝이 없는 행동에 콜레트와 프랑신이 분개했다.

"아하하, 너무 화내지마. 아무리 나라도 세계의 무대에 선 강자 여섯 명을 혼자서 상대하는 건 무리지. 그러니…… 이렇게 할게."

아디르가 왼손을 든 순간, 그 손가락 사이에 낀 네 개의 보옥이 눈에 들어왔다.

"설마……!"

"칫! 저 자식!"

뭔가를 눈치챈 리제와 자일이 검을 들고 달려들었지만, 이미 늦었다.

"핫!"

아디르는 뭔가 주문을 영창하면서 네 개의 보옥을 집어던졌다.

보옥은 마치 제각기 의지를 가진 것처럼 날카롭게 호선을 그리며 진형에서 혼자 앞으로 돌출된 시스티나와 아디르를 크게 에워싸는 것처럼 지면에 착탄했다.

정사각형의 꼭짓점 위치로 떨어진 네 개의 보옥에서 강렬한 마력광(魔力光)이 폭발했다.

그리고 꼭짓점들을 잇는 것처럼 마력선(線)이 대지를 질주했고 곧 그 선을 따라 빛의 벽이 하늘 높이 형성되었다.

"다, 단절 결계?!"

"간단한 이야기야, 시스티나. ……일대일로 붙어보자."

경악하는 시스티나 앞에서 아디르는 마치 유혹하는 것처럼 손짓하며 즐겁게 웃었다.

"아, 미리 말해두지만 이 결계는 깨트릴 수 없을걸? 너희의 지나치게 체계적인 마술 이론으로는 이해할 수 없겠지만…… 『일대일로 싸우라는 서약』이 결계를 강화하고 있는 상태거든."

"『서약』……?"

"사실 이 정도로 강력한 결계를 펼쳤으니 그 네 개의 보옥과 운명을 함께 하겠다고 『서약』한 내 동료 네 명은…… 지금쯤 마력이 전부 고갈돼서 리타이어했겠지만."

난생처음 보는 계통의 마술 앞에서 제국 대표 선수들은 당혹스러움을 감출 수 없었다.

"마술이란 복음과 대가가 표리일체인 신비. 그렇다면 별을 읽고, 자신의 운명을 읽고, 그 운명에 부여한 서약으로 세계에 개입할 수 있는 우리의 《성천술(星天術)》이야말로 세계 최강의 마술이라는 걸 증명해주겠어."

"무슨 소린지는 잘 모르겠지만…… 동료 네 명을 희생해서 이 결계를 펼쳤다는 거지? 나랑 일대일로 싸우려고?"

시스티나는 무척 기분이 나빠 보였다.

"너희가 알기 쉽게 말하자면, 그 말대로야."

하지만 아디르는 태연하게 대답했다.

"그런 건……!"

"그게 왜? 이 대회의 취지를 떠올려봐, 시스티나. 원래 마술제전의 시합이라는 건 메인 위저드간의 대결이었잖아?"

"……?!"

"서브 위저드는 메인 위저드를 위해 희생하고, 메인 위저드는 서브 위저드를 이용해서 반드시 승리해야만 해. 모든 건 조국의 명예와 본인의 목적을 위해. 메인 위저드라는 건 그 모든 것을 짊어지고 선 자들을 가리키는 말이야."

"그, 그건……."

"난 이미 『서약』을 했어. 동료들을 이용해서 반드시 이기겠노라고. 승리를 가져오겠다고. 그들은 나를 믿고 여기까지 보내줬고, 난 그런 그들의 마음을 짊어지고 너와 대치하고 있는 거야. 너에겐 그만한 대가를 치르더라도 싸울 가치가 있다고 확신했기 때문에."

시스티나를 똑바로 바라보는 아디르의 눈에 망설임은 없었다.

그저 양보할 수 없는 신념과 승리를 향한 순수한 결의만이 있을 뿐.

"너희들의 상식으로 우리의 신조와 승리를 향한 갈망을 재단하려고 하지 마. 자, 준비해. 시스티나. 말해두지만……난 일대일로는 너에게 지지 않아. 절대로."

아디르가 날카로운 곡도를 뽑아들자 그의 몸에서 뜨겁게 타오르는 올곧은 투지가 발산되었다.

시스티나는 잠시 그런 그를 응시하다가 가벼운 웃음을 흘렸다.

"……사과할게. 한순간이나마 널 경멸할 뻔했어. 넌……아니, 너희는 정말로 순수하게 승리를 노리는 거구나. 진심으로, 진지하게 이기려는 거였어."

그리고 결계 밖에서 일행이 지켜보는 가운데, 시스티나도 전투태세를 취했다.

"……《위대한 바람이여》!"

이윽고 시스티나가 먼저 주문을 외쳤다.

《ABRA/STA/KEBRASTA》!"
나 여기에 서약하노라

아디르도 주문을 영창하면서 곡도를 들고 그녀를 향해 돌진했다.

그의 왼손가락이 머리 위에서 재빠르게 움직이며 별자리를 그렸고 시스티나가 날린 열풍을 곡도가 베어 넘겼다.

"《뇌정의 자전이여》!"

시스티나는 바로 이어서 번개의 창을 날렸다.

그와 동시에 흑마 【래피드 스트림】, 슈투름을 연속 발동.

시스티나의 몸이 결계의 벽을 여러 차례 박차고 하늘로 뛰어올랐다.

"……빨라! 하지만……!"

아디르는 한순간 시스티나의 움직임을 놓쳤으나, 즉시 머리 위에 전개한 별자리를 손가락으로 개변하더니 마술로 육체의 속도를 급가속해서 시스티나를 따라잡았다.

"하아아아아아아아아아아아아아앗!"

"스읍!"

둘은 공중에서 주문을 외치며 격돌, 교차했다.

"뜨아아아아아아아앗! 이거, 진짜 어떻게 되먹은 거야?!"

"깨질 낌새가 전혀 없어요!"

결계 너머에서 시스티나와 아디르가 전투를 시작할 무렵, 콜레트와 프랑신은 블랙 아츠와 말라흐로 결계의 벽을 부수려고 공격하는 중이었다.

하지만 전혀 꿈적도 하지 않았다.

"……이건 디스펠도 안 먹힐 것 같군. 그냥 튼튼하기만 한 건 아닌 모양이야."

"마치 『처음부터 깨트릴 수 없도록 정해진』 것 같은…… 이런 이상한 마술은 저도 처음이네요."

자일과 마리아도 벌레를 씹은 것처럼 표정을 찌푸렸다.

"《현자의 눈이여·만물의 섭리를 지켜보라·내 앞에 그 위대한 지혜를 보여다오》!"

하지만 조금 전부터 혼자서 뭔가를 중얼거리던 리제가 곧 냉정한 목소리로 말했다.

"해석이 끝났어요. 괜찮아요. 돌파할 수 있어요."

아무래도 흑마 【펑션 애널라이즈】로 아디르의 결계를 해석한 모양이었다.

"오, 진짜?! 역시 리제 누님!"

"이 세계의 마술에 『절대』라는 개념은 존재하지 않아요. 물론 그건 이 결계도 마찬가지죠. 제가 마술로 해석해 보니 이 강력한 단절 결계를 유지하기 위해, 원거리에서 결계를 제어하는 보조 술자가 제법 가까운 곳에 있을 거라는 결과가 나왔어요. 그 술자를 치면……."

"결계가 깨진다는 거죠?! 그럼 당장……."

마리아가 흥분한 모습으로 이동하려는 그때였다.

"그렇게는 못 해."

늠름한 목소리와 함께 하늘에서 불꽃이 잇따라 쏟아져 내렸고, 제국 대표 선수들은 반사적으로 그것을 피했다.

"앗?!"

"훗, 온 건가!"

고개를 들자 절벽 위에는 몇 명의 인간이 서 있었다.

복장의 특색으로 보건대 아디르의 동료들이리라.

"아디르를 방해하게 둘 수는 없어. 너희의 상대는 나야."

아름다운 흑발과 갈색 피부의 소녀가 리제 일행을 똑바로 내려다보았다.

"……그렇군요. 설마 정석적으로 팀을 나눈 게 이런 악재로 작용할 줄은."

"헹! 좋아! 그럼 어디 덤벼보시지!"

콜레트는 투지에 불이 붙었는지 시합 전의 위축된 모습은 어느새 이미 사라져 있었다.

사납게 웃으며 마력을 전개, 블랙 아츠를 사용해 주먹에 폭염을 담고 짐승처럼 빠른 속도로 절벽 위를 향해 내달렸다.

"자, 당신도 어서 가세요!"

프랑신도 손을 펼쳐서 등 뒤에 하얀 날개가 달린 말라흐를 소환하더니 그대로 콜레트를 따라 보냈다.

"칫! ……저 멧돼지 같은 녀석들이."

"아, 아와와! 콜레트 선배랑 프랑신 선배?! 돌격하는 건 위험하다구요!"

"케이스 4예요! 전체의 지휘는 시스티나 대신 제가 맡겠습니다! 각자 엘레멘트로 적을 요격! 탐색 팀은 합류를 서두르세요! 두 사람의 지원을 시작합니다!"

즉각적으로 지휘를 맡은 리제가 통신마술로 팀원들에게 지시를 내렸다.

지금 이 순간, 혼전(混戰)의 막이 올라간 것이다.

우오오오오오오오오오오오오오오오오오오오오오오오!

관객석의 관객들은 모두 자리에서 일어나 큰 환호성을 보냈다.

하라사의 아디르가 실행한 대담하기 짝이 없는 작전.

하라사가 알자노 제국의 의표를 찌른 순간, 냉철한 판단력으로 지휘를 잡은 리제.

상황은 그런 식으로 시시각각 변화하고 있었기에 현재 어느 쪽이 우위인지는 아무도 알 수 없었다.

그리고 여기저기서 펼쳐지는 고도의 마술전투.

특히 시스티나와 아디르의 전투는 이미 학생의 수준을 아득히 초월하고 있었다.

어느 시점으로 봐도 박력 넘치고 볼거리가 많은 시합 앞에서 관객들의 흥분은 그야말로 그칠 줄 몰랐다.

"저 아디르인지 뭔지하는 녀석…… 바보 아냐? 아무리 그래도 대장이 단독으로 적의 대장을 치러 오다니…… 완전히 정신 나간 발상이잖아."

"흥, 당사자가 되어보니 어떤 기분이야? 당신이 늘 쓰던 전법이잖아?"

글렌이 머리를 감싸 쥐자 이브가 옆에서 빈정거렸다.

"뭐야? 또 무슨 말이 하고 싶은 건데?"

"딱히?"

뭐, 그건 일단 제쳐두고 글렌은 머리 위에 떠 있는 영상을 응시했다.

"시, 시스티?! 거기! 뒤쪽! 꺄아아아아?! 앗! 그거야! 먹혔어! 박살 내버려어어어! 꺄아아아아!"

어째 옆자리의 엘렌이 무지막지하게 시끄러웠지만 그건 일단 전력으로 무시하기로 했다.

"…………"

글렌은 굳은 표정으로 아디르와 전투 중인 시스티나를 지켜보았다.

아디르는 두말할 것 없는 강적이다.

솔직하게 평가하자면 밀리고 있었다. 그 시스티나가 압도당하고 있었다.

머리 위에 그린 별자리와 기묘한 운을 밟는 주문…… 아디르가 사용하는 생소한 마술 앞에서 당황하고 있었다.

언제 결판이 나도 이상하지 않은 상태였다.

"……걱정하지 마세요."

루미아는 그런 글렌을 향해 속삭이듯 말했다.

"시스티는 선생님께서 소중히 키운 자랑스러운 제자인걸요. ……시스티라면 반드시 선생님의 마음에 보답해줄 거예요. ……시스티는 그런 애인걸요."

"루, 루미아……."

"전 선생님을 믿어요. 그래서 선생님께서 키운 시스티도 믿을 수 있어요. 그러니…… 선생님도 시스티의 힘을 믿어주세요."

"……그래, 그래야겠지. ……다른 그 누구보다 내가 믿어주지 않으면 어쩌겠어."

그렇게 말한 글렌은 어떤 결과가 나와도 받아들일 각오로 머리 위의 영상을 향해 시선을 고정했다.

누구나가 마른침을 삼키며 지켜보는 가운데, 싸움은 계속 치열해졌다.

시스티나와 아디르는 근거리에서 정면 대결을 벌이고 있었다.

리제, 자일, 콜레트, 프랑신, 마리아는 유리한 고지를 점한 하라사의 선수들을 상대로 분투 중이었다.

그리고 그런 그들을 돕기 위해 레빈, 기블, 지니, 하인켈이 덤벼드는 마수들을 물리치며 서두르고 있었다.

정말 어느 쪽이 이길지 한치 앞도 예상할 수 없는 상황이었다.

—같은 시각, 대투기장의 모처(某處).

"……슬슬 시간이 됐나."

한 남자가 갑자기 그런 혼잣말을 중얼거렸다.

"자, 그럼…… 너에게 원한은 없고, 미안하기도 하지만…… 그만 탈락해줘야겠어. 시스티나 피벨."

남자는 온 몸에서 불온한 어둠의 마력을 발산하며 아득히 먼 곳을 응시했다.

거친 폭풍 너머에서 시스티나가 전격을 난사했다.

"……강해!"

아디르는 그것들을 옆으로 질주해 피하면서 감탄을 터트렸다.

"설마 내 몸에 이토록 많은 『서약』을 부여했는데도 여기까지 버티는 인간이 존재했다니…… 이것이 바로 세계라는 건가!"

그리고 마술로 강화된 표범 같은 움직임으로 바위산을 타고 올라 일단 거리를 벌렸다.

《BREA/FREA/BREA》!"
불이여   불꽃이여   홍염이여

동시에 주문을 영창하며 머리 위의 별자리를 조작하자 시스티나의 주위로 격렬한 불꽃이 솟구쳤다.

마치 그 자체가 자아를 가진 것 같은 기묘한 움직임이었다.

"《거절하고 가로막아라·폭풍의 벽이여·그 다리에 안식을》!"

하지만 시스티나도 주문을 영창하더니 세찬 바람으로 불꽃을 사방으로 날려버렸다.

"……이것까지 막아내다니."

"그 『서약』이라는 게 뭔지는 모르겠지만! 이쪽에도 질 수 없는 이유가 있어! 이겨야만 하는 게 너희뿐이라고 생각하지 마!"

시스티나는 뒤로 물러나는 아디르를 슈투름으로 추격했다.

최고 속도만 놓고 보면 그녀가 더 빨랐다.

하지만 아디르가 익힌 유연한 체술과 그것을 보조하는 정밀한 신체 능력 강화 술식은 그야말로 압권이었다.

그는 마치 야생동물 같은 날쌘 움직임으로 울퉁불퉁한 지면을 빠르고 날카롭게 뛰어다니며 시스티나의 추격을 여유 있게 뿌리쳤다.

'뭐가 저렇게 빠른 거지?! 아니, 빠르다기보단 민첩해! 도저히 못 따라잡을 것 같아!'

속도에 자신이 있었던 시스티나는 가벼운 충격을 받았다.

"그럼 좀 멀지만! 거기! 《울부짖어라 폭풍의 전추》! 《쳐라》! 《때려 부숴라》!"

시스티나는 흑마 【블래스트 블로】를 영창했다.

막대한 공기를 압축해서 응집한 바람의 파성추가 아디르

를 일직선으로 노리며 3연속으로 날아갔다.

"큭……?! 《MERKATRA/MITRA》!"

두 번째까진 피해도 세 번째 공격은 피할 수 없으리라 직감한 아디르는 주문으로 환영을 만들고 그 자리에서 이탈했다.

파괴음, 파쇄음, 굉음.

목표를 놓친 바람의 파성추가 바위산을 파괴했고 주위로 돌과 먼지가 흩날렸다.

"세상에! 저걸 피해?! 방금 그 마술은 대체 뭐야!"

승리를 확신했던 시스티나는 경악할 수밖에 없었다.

"……저 멀리서 저런 위력이라니."

한편, 약간 떨어진 곳에서 모습을 드러낸 아디르도 눈을 부릅뜬 채 놀란 표정을 짓고 있었다.

"바람의 마술을 극한까지 연마하면 이런 짓도 가능하다는 거야……? 역시 세상은 넓어……."

그리고 두 사람은 주위에 차폐물이 없는 탁 트인 장소에 착지했다.

십 미트라 정도 거리를 두고 서로의 움직임을 주시하면서 눈을 노려보았다.

"굉장하군, 넌."

아디르는 빈틈없이 자세를 잡으며 말했다.

"난 너 같은 강자와 세계의 무대에서 싸울 수 있게 된 걸 자랑스럽게 생각해."

"……그건 나도야."

"하지만…… 이기는 건 나야."

그리고 그는 손에 든 곡도의 칼날을 왼손으로 움켜잡더니 그대로 손바닥을 그었다.

그러자 당연히 피부가 얇게 갈라지며 피가 뚝뚝 흐르기 시작했다.

"훗. 첫 시합부터 쓰고 싶지는 않았지만, 넌 이걸 아껴둘 만한 상대가 아니야. ……《ABRA/STA/KEBRASTA》!"

'온다!'

시스티나는 그렇게 직감했다.

아마 아디르는 비장의 수, 필살기와 다름없는 비술을 쓸 생각인 것이리라.

'여기서 어중간한 주문으로 대응하면 단숨에 결판이 날지도 몰라! 지금 내가 쓸 수 있는 최대 최강의 마술로 맞서야만 해!'

그것은 거의 확신이었다.

시스티나의 행동은 빨랐다.

"《나를 따르라·바람의 백성이여·나는 바람을 다스리는 공주일지니》!"

영혼 그 자체가 빠져나가는 듯한 막대한 마력 소비의 상실감을 느끼며 주문을 외쳤다.

동시에 마력광이 그녀의 발밑에서 날카롭고 빠르게 질주하며 눈 깜짝할 사이에 마술법진을 전개했고, 그 법진은 시스티나를 중심축으로 삼아 맹렬하게 회전하기 시작했다. 그리고 그 움직임에 따라 강렬한 바람이 모이기 시작했다.

주위의 모든 바람을 완전히 지배하고 장악하는 흑마 개량 2식【스톰 그래스퍼】였다.

"……《ERERRREET/ERFUREET/AREET》!"

한편, 아디르가 손가락으로 별자리를 개변하자 왼손에서 흐르는 피가 증발하기 시작했다.

마치 피를 연료로 삼은 것처럼 피로 이루어진 안개가 발화, 폭발하며 마그마처럼 눈부시게 빛나는 진홍색 불꽃 거인이 형태를 이루었다.

"설마 불꽃의 마신^{이프리트}……?!"

"훗…… 그 모습은…… 그렇군. 시스티나. 넌 바람의 마신^진이었던 거군."

한쪽은 불꽃의 지배자, 다른 한쪽은 바람을 다스리는 공주. 의도한 건 아니지만 하라사의 엘 라도 신화에서 전해 내려오는 두 마신의 싸움과 흡사한 구도였다.

"자, 그럼…… 그 강대한 힘…… 피차 오래 유지하는 건 무리겠군."

"맞아."

시스티나는【스톰 그래스퍼】를 유지하는 것만으로도 마력

이 무시무시한 기세로 빠져나가는 것을 느끼고 있었다.

아디르도 손에서 끊임없이 흘러나오는 피가 안개로 변해 불꽃의 마신에게 연료로 흡수당하고 있었다.

아마 저것이 『대가』인 것이리라. 이대로 방치하면 그는 과다출혈로 확실히 사망한다.

"시작하자. ……어떤 결과가 나오든 서로를 원망하진 말자고."

"……물론이지!"

그리고 아디르가 불꽃의 마신을, 시스티나가 지배한 바람 전부를 서로를 향해 해방하려 한 바로 그 순간—

"갸아아아아아아아아아아아아아오오오오오옹!"

파앙!

짐승의 무시무시한 포효와 함께 둘을 에워싸고 있던 단절 결계가 소리를 내며 깨졌다.

"아……."

"……어?!"

아디르와 시스티나는 경악했다.

너무나도 갑작스러운 예상 밖의 전개에 무심코 마술을 해제해버릴 정도로…….

그러자 바람과 불꽃이 맥없이 주위로 흩어졌다.

"……말도 안 돼. 살레딘이 당했다는 거야?! 너무 빠르잖아……."

아디르는 망연자실한 얼굴로 시선을 돌렸다.

그 순간―.

『큰일이야! 시스티나!』

통신마술을 쓴 기블의 목소리가 시스티나의 고막을 찔렀다.

"대체 무슨 일이야?!"

『믿을 수 없을지도 모르지만, 진정하고 들어! 지금 그쪽으로…….』

기블이 초조한 기색으로 뭔가 말을 쏟아내려는 그때―.

"갸아아아아아아아아아아아아아아오오오오오오오옹!"

다시 머리 위에서 울려 퍼진 강렬한 포효성이 모든 소리를 지워버렸다.

"아앗?!"

시스티나와 아디르는 경악한 나머지 눈을 부릅뜰 수밖에 없었다.

날개와 함께 넓게 벌어진 피막, 작은 산 같은 거구, 사냥감을 먹어치우려고 이를 드러낸 턱.

은색으로 빛나는 압도적인 폭력의 화신이 눈앞에 강림했기 때문이다.

그리고 그 마수는 땅을 울리며 바닥에 착지하더니 긴 목을 구부려서 둘을 내려다보았다.

"실버 와이번이라고……?!"

"말도 안 돼! 어째서 이런 곳에?!"

확실히 이 경기장에는 다양한 마수가 배치되어 있었다.

실버 와이번도 그중 하나다.

학생이 상대하기에는 너무나도 짐이 무거운 마수지만, 실은 초식성이라 자신의 둥지에 접근하지만 않으면 공격성을 드러내지 않는 존재이기도 했다.

'실버 와이번의 영역 범위는 탐색 팀이 신중하게 확인했을 터! 실제로 충분하고도 넘칠 정도의 거리를 두고 있었어! 그런데 도대체 왜……!'

시스티나가 한껏 동요를 드러내는 한편, 실버 와이번이 먼저 움직임을 보이기 시작했다.

마수는 그 차갑고 날카로운 푸른 눈으로 왜소한 시스티나를 똑바로 내려다보았다.

"……어?"

의아함을 느낄 겨를도 없었다.

실버 와이번은 그 거대한 몸으로는 상상도 할 수 없는 날렵한 동작으로 시스티나를 향해 달려들었다.

"앗?! 《질(疾)》!"

시스티나는 반사적으로 슈투름을 쓰면서 뒤로 도약해 통나무처럼 거대한 실버 와이번의 두 송곳니를 피했다.

처음에는 변덕인 줄 알았지만 차갑고 날카로운 시선은 여전히 시스티나에게 고정된 채였다.

　실버 와이번은 등에 달린 날개를 크고 힘차게 펄럭이면서 폭풍과 함께 몸을 날렸다.

　"갸아아아아아아아아아아아아아오오오오!"

　"왜, 왜 나만?!"

　시스티나는 마치 세찬 강물처럼 주위의 풍경이 뒤로 흘러가는 시야 속에서 바위산을 박차고, 계곡을 뛰어넘으면서 집요하게 자신만 노리는 실버 와이번의 공세를 전력으로 피할 수밖에 없었다.

　"저건 사기야! 시합을 중지해!"

　이 예상치 못한 전개에 관객들이 소란스러워진 가운데, 글렌은 거칠게 고함을 지르고 자리에서 벌떡 일어났다.

　"……진정해."

　"저걸 보고 대체 어떻게 진정하라는 거야!"

　이브가 냉정한 목소리로 제지했지만 글렌은 마치 울부짖는 것처럼 대답했다.

　"저 실버 와이번이 자기 영역을 나와서 결계의 수호를 용의 표효로 지워버리고 하얀 고양이만 노리는 건…… 아무리 생각해도 누군가가 뒤에서 수작을 부린 거잖아!"

　"적 팀의 전략일 가능성도 있어. 어쩌면 정신지배 계통 소환술로 실버 와이번을 부하로 만들어서…….”

“그럴 리가 있겠냐! 하라사 녀석들 좀 봐! 누가 봐도 예상 밖의 상황에 당황한 낯짝이잖아!”

“진정 좀 하라고 했잖아. 그건 나도 알아.”

이브는 제자의 위기에 완전히 동요한 글렌에게 찬물을 끼얹었다.

“나도 이건 십중팔구 제삼자의 악의적인 간섭이라고 생각해. 하지만 경기장은 외부의 간섭을 완전히 차단하는 강고한 단절 결계의 보호를 받고 있어. 특히 마술에 관한 판정은 더 엄격해. 적어도 운영 측은 제삼자가 정신지배 마술이나 소환술로 악의적인 간섭을 하는 건 불가능하다고 굳게 믿고 있을 테니, 아마 하라사 측의 작전일 거라는 판단을 내렸을 거야. 그러니까 시합을 중지시킬 수는 없어.”

“실버 와이번의 마술내성이 무지막지하게 높은 건 너도 알잖아? 학생 수준으로 그런…….”

“어제 시합에서 일륜국의 사쿠야 코노하가 그걸 해냈던 걸 잊었어?”

“……그 규격을 벗어난 녀석은 예외잖아!”

글렌은 이를 갈 수밖에 없었다.

이브의 말이 이치에 맞아서 반박할 수 없었기 때문이다.

“뭐, 아무튼…… 이제야 시작됐다는 느낌이네.”

이브가 짜증스럽게 머리카락을 쓸어 올리자 이마에 식은

땀이 맺혀있는 게 보였다.

그녀 역시 내심 태연한 건 아닌 모양이었다.

"라스트 크루세이더스…… 대체 어떤 수를 쓴 거지?"

흔적조차 보이지 않는 적의, 영문을 알 수 없는 수법에 글렌과 이브는 조바심을 느끼며 시합의 행방을 지켜볼 수밖에 없었다.

"……대체 뭐가 어떻게 된 거지?"

아디르는 시스티나와 실버 와이번의 술래잡기를 지켜보면서 그저 망연자실하게 서 있을 수밖에 없었다.

"……아디르! 다친 데는 없어?!"

그러자 곧 갈색 피부의 미소녀가 그의 옆에 착지했다.

"엘시드."

"넌 불만스러울지도 모르지만…… 이건 찬스야."

엘시드는 감정을 읽을 수 없는 표정을 한 아디르를 바라보며 말했다.

"우리가 유리한 지형을 차지했지만, 머릿수는 저쪽이 더 많아. 지금은 비등해도 이대로 가면 밀릴 수밖에 없어."

"……."

"시스티나…… 그녀가 실버 와이번에게 당하면 이야기가 빠르겠지만, 그렇게 쉽게 당할 상대가 아니잖아? 그녀가 복귀하기 전까지 적의 전력을 소모시켜두지 않으면 당하는 건 우리 쪽이야. 실버 와이번의 변덕이 언제까지 지속될지는 아무도 모르니까 말야."

승리.

단지 그 두 글자를 위해 상황을 냉혹하게 분석하는 참모에게 아디르는 고개를 끄덕였다.

"……그래. 이런 형태로 승부가 나는 건 정말 아쉽지만…… 우리도 조국의 명예를 짊어지고 있어. 절대로 질 수는 없어. ……무슨 일이 있어도."

"……아디르."

"알았어. 내가 나설게. 그러면 상황을 뒤집을 수 있겠지."

"……미안."

"네 탓이 아니야. 그저…… 그녀와 평등한 조건에서 싸우고 싶었던 게 내 욕심이었을 뿐이지."

저 너머의 바위산에서 실버 와이번의 공격을 피하는 데 전념하는 시스티나의 작은 모습을 흘깃 본 후―.

"자, 가자! 이 시합…… 이기는 건 우리야!"

아디르는 엘시드와 함께 격전지를 향해 질풍처럼 내달렸다.

우오오오오오오오오오오오오오오오오오오오오!

와아아아아아아아아아아아아아아아아아아!

대투기장을 지배한 열기는 시간이 지날수록 더욱 고조되었다.

"꺄아아아아아아아?! 시스티?! 위험해!"

관객석에서는 새파랗게 질린 얼굴의 엘렌이 비명을 질렀고—

"제기라아아아알! 저 드래곤은 대체 뭐야! 치사하잖아!"

카슈가 분통을 터트렸다.

"큭…… 우리 쪽이 밀리고 있어요!"

"이쪽의 메인 위저드가 사실상 리타이어한 상태라……!"

"어, 어떻게 좀 안 될까?"

"이대로 가면…… 무리겠네요."

웬디, 세실, 린, 테레사도 허둥지둥 당황하면서 전황을 지켜보고 있었다.

"서, 선생님……!"

"칫……!"

글렌은 불안한 눈으로 이쪽을 쳐다보는 루미아에게 아무런 말도 해줄 수 없었다.

실버 와이번의 표적이 된 시스티나가 전선에서 이탈해버리자 적의 메인 위저드인 아디르를 막을 사람이 사라지고 말았다.

덕분에 아디르를 전면에 내세운 하라사 팀이 제국 팀을 완전히 압도하고 있었다.

그리고 머리 위에 떠 있는 영상에서는 용에게 쫓기는 시스티나의 모습이 보였다.

『하아아아아아아아아아아아아앗!』

시스티나는 슈투름을 이용해서 질주하고, 날아갔다.

바위가 드러난 대지 위를 고속으로 스쳐 지나가자 주위로 충격파가 퍼져 나갔다.

머리 위에서 떨어지는 실버 와이번의 발톱을 비행 궤도를 슬쩍 바꿔서 간신히 피하고 바위를 박차자, 조금 전까지 그녀가 있던 곳을 마수의 발톱이 분쇄했다.

시스티나가 계곡을 몇 번이나 뛰어넘고 하늘로 도약한 순간, 뒤에서 실버 와이번의 거구가 날아들었다.

그 발톱이 시스티나를 향해 떨어질 때 그녀는 몸을 옆으로 비틀어서 회전하더니 갑자기 속도를 잃고 그대로 추락했다.

그러자 물리법칙을 거스르지 못한 실버 와이번의 동체가 허무하게 시스티나를 스쳐 지나갔다.

계곡의 절벽 밑으로 추락하던 시스티나는 다시 슈투름을 발동해서 벽면을 맹렬하게 박차며 속도를 줄였다.

이윽고 머리부터 바닥에 격돌하기 직전, 다시 몸을 회전하여 바람으로 충격을 완화하고 양옆이 절벽으로 이루어진 좁은 길을 빠르게 내달렸다.

하지만 곧 방향을 바꾼 실버 와이번이 그런 시스티나의 뒤를 아슬아슬하게 추격하기 시작했다.

그렇게 소녀와 비룡이 펼치는 죽음의 레이스는 점점 더

가혹해지고 있었다.

"어쩔 거야? 글렌."

시스티나의 활약에 관객들이 열광하는 가운데 이브가 차
가운 목소리로 물었다.

"아무리 시스티나의 캐퍼시티가 괴물 같은 수준이라지만,
저런 페이스로 소비하면 곧 고갈될 거야. 시합 중지…… 기
권할 기회는 지금뿐일지도 몰라. 총감독에게는 시합을 포기
할 권리가 있어. 지금이라면 시스티나가 무사한 상태로 끝
낼 수 있을 거야."

"……큭!"

"선생님?!"

결국 참다못해 일어난 글렌을 향해 루미아가 외쳤다.

그의 손에는 기권을 표명하는 조명 신호탄이 장전된 통이
들려 있었다.

상황은 이미 외통수다. 어떤 수작을 부린 건지는 알 수 없
지만 실버 와이번은 시스티나를 포기할 생각이 없어 보였
다. 그리고 그걸 막을 수 있는 사람은 현재 글렌뿐이었다.

그렇다면 총감독으로서 시합을 중지하는 것이 글렌의 책
임이리라.

'어쩔 수 없어! 어쩔 수 없는 일이라고!'

글렌이 운영 측에 기권을 표명하기 위해 조명 신호탄을 쏘

려 한 순간이었다.

"어?!"

하늘에 투사된 영상 속의 시스티나와 눈이 마주쳤다.

물론 저쪽에선 보이지 않으니 실제로 마주친 건 아니었다.

하지만 글렌은 직감했다.

지금 그녀는 경기장의 영상 중계기를 통해 자신을 보고 있는 것이라고.

그리고 눈으로 이렇게 말하고 있는 것이라고.

―전 아직 지지 않았어요. 싸울 수 있어요. 싸우게 해주세요.

아직도 승리를 향한 의지를 잃지 않고 강하게 빛나는 눈동자가 글렌을 향해 그렇게 호소하고 있었다.

"……시스티나!"

그것을 본 글렌은 조명 신호탄을 밑으로 내렸다.

그리고 이를 한 번 악문 후, 그녀를 한 명의 마술사로 인정하고, 믿자고 결심했다.

"……그래. 어디 한 번 마음껏 싸워봐!"

그 순간, 글렌의 모습이 전혀 보이지 않을 텐데도 시스티나는 마치 그 목소리가 들린 것처럼 희미하게 미소 지었다.

그리고 실버 와이번을 고속기동으로 뿌리치면서 오른손으

로 복잡하게 수인(手印)을 맺기 시작했다.

"······?!"

"저건 암호네."

그런 부자연스러운 손동작을 본 이브도 같은 결론을 내렸다.

"저건 당신과 시스티나가 정한 오리지널 암호지? 즉, 당신에게 보내는 메시지야. ······그래서? 방금 뭐라고 한 거야?"

"아, 응······. 그게 「용」, 「움직임」······ 「부자연스러움」······ 「규칙적」?"

"용의 움직임에 규칙적인 부자연스러움이 있다? 그게 무슨······."

하지만 이브는 곧 뭔가를 깨달은 듯 입가를 손으로 가렸다.

"그러고 보니······ 실버 와이번은 계속 시스티나를 추격하고 있지만······ 가끔 이상한 타이밍에 그녀를 놓친 것처럼 움직임이 둔해진 적이 몇 번인가 있었어."

"우리는 영상을 통해 외부에서 보고 있으니까 하얀 고양이가 어쩌다 사각에 숨은 거라고 여겼지만······ 하얀 고양이의 눈에는 엉뚱한 타이밍에 자신을 놓친 것처럼 보였다. 다시 말해, 부자연스럽게 느껴졌다는 건가? 설마······!"

글렌은 손에 든 경기장의 지도를 뚫어지게 내려다보았다.

그리고 다시 고개를 들어 시스티나의 영상과 비교했다.

그러자 그녀는 마치 글렌이라면 반드시 증명해줄 거라고 믿는 것처럼 실버 와이번을 이곳저곳으로 유도하기 시작했다.

글렌은 그 광경을 지켜보며 실제로 마수가 이상한 타이밍에 시스티나의 모습을 놓치는 순간의 지점을 지도 위에 하나둘씩 체크했다.

이윽고 지도 위에서 이상한 점이 눈에 띄기 시작했다.

"과연, 그런 거였나……!"

그 지점은 반드시 기복이 많은 경기장에 있는 차폐물의 북서쪽 근처에만 존재했다. 우연으로 치부하기에는 지나칠 정도로 부자연스러웠다.

"즉…… 관객석의 남동쪽 시점에서 사각에 들어가면 실버 와이번의 움직임이 둔해졌다는 거지?"

"맞아. 요컨대, 적은 이 대경기장의 남동쪽 어딘가에서 뭔가 수작을 부리고 있을 거라는 뜻이지."

글렌은 그렇게 확신하여 자리에서 일어났다.

"이브! 남동쪽 관객석을 찾아보자! 좀 도와줘!"

"이 바보가?! 무리일 게 뻔하잖아!"

너무나도 비현실적인 제안에 이브는 단호하게 거절했다.

"적의 대략적인 위치를 찾아낸 건 확실히 큰 공적이야! 하지만 거기 있는 게 대체 몇 천 명이나 되는 줄 알아?! 한 명씩 일일이 찾다간 날이 저물 거라구!"

"……."

"적이 뭔가 수작을 부린 건 확실해! 하지만 마술은 아니야! 그야 경기장에는 단절 결계가 있는걸! 그리고 적이 마술을 쓰지 않은 이상 마력 역탐지도 불가능해! 이런 조건에서 적을 찾아내는 건 도저히 불가능하다구!"

"⋯⋯훗. 지금 여기 있는 게 마침 이브, 루미아⋯⋯ 너희라서 다행이군."

하지만 글렌은 절망하기는커녕 자신만만하게 웃었다.

"⋯⋯뭐?"

"예? 선생님?"

"그리고 외부에서는 절대로 마술로 간섭할 수 없는 단절 결계가 경기장에 펼쳐져 있어서 다행이구만~. 이게 없었으면⋯⋯ 마술이 아니라고 확신할 수 없었을 테니 도저히 손쓸 방법이 없었을지도~."

글렌은 장난스럽게 웃으며 말했다.

그 모습을 본 이브는 한순간, 그가 미친 게 아닐지 의심했다.

"자, 가자. 루미아, 이브. 지금까지 마음껏 행패를 부린 놈들에게⋯⋯ 본때를 보여주자고! 이번엔 우리가 한 방 먹여줄 차례야!"

―한편.

"슬슬 포기하는 게 어떤가요?!"

갈색 피부의 소녀 엘시드와 하라사의 나머지 멤버 넷은 기블, 프랑신, 콜레트, 지니와 전투 중이었다.

전황은 현재 완전히 하라사 팀으로 기운 상태였다.

마치 기습처럼 참전한 아디르의 불꽃 마술에 가장 먼저 탈락한 건 하인켈이었다.

그런 아디르를 막기 위해 레빈, 리제, 자일이 분투하고 있었지만 호각은커녕 되려 압도당하고 있었다. 현재 그들은 아디르 하나를 감당하지 못해 거의 만신창이가 된 상태였다.

그리고 기블, 프랑신, 콜레트, 지니가 엄호하려고 해도 엘시드를 비롯한 하라사의 서브 위저드들이 방해했다.

이미 수적 우위는 완전히 잃은 거나 다름없었다.

"으아아아아아아아아아! 이 자식들이 정말~?!"

"끈질겨요! 어서 좀 비키라구요!"

콜레트와 프랑신은 2인 1조로 돌격했다.

폭염이 이글거리는 주먹과 말라흐의 공격이 이어졌으나, 하라사의 마술사들이 협심해서 펼친 결계에 막혀서 마력광만 성대하게 주위로 흩뿌릴 뿐이었다.

"빈틈!"

그것을 찬스라 본 엘시드가 곡도를 들고 혼자 붕 떠 있는 기블의 품으로 파고들려 했다.

근접전투에 취약한 기블에게 이 간격은 치명적이었다.

"이걸로 끝입니다!"

엘시드가 한 명 탈락시켰다고 확신한 순간—

"…………."

'어……? 이 사람, 숨을 안 쉬고 있어……?'

우수한 마술사로서의 직감과 통찰력이 경종을 울렸다.

그리고 그런 위기감이 없었으면 미처 눈치채지 못했을 희미하고 자극적인 냄새가 그녀의 코를 간질였다.

"큭?!"

엘시드는 그 자리에서 황급히 뒤로 물러났다.

"……감이 날카롭네."

기블은 짜증스러운 눈으로 그런 엘시드를 흘겨본 뒤 그 자리를 벗어났다.

연금(鍊金)【비무진(痺霧陣)^{패럴라이즈 미스트}】.

사실 기블은 흡입하면 육체의 자유를 빼앗기는 마비 독 안개를 주위로 퍼트린 상태였다.

하물며 바람이 부는 방향까지 고려해서 동료에게 영향이 가지 않도록 자리를 선정한 데다 일부러 빈틈을 보이면 근접전투를 선호하는 엘시드가 얼씨구나 달려드는 것까지 예상한 영리한 작전이었다.

'위험했어. ……한 발짝만 더 파고들었으면 오히려 당하는 건 나였을 거야! 치밀한 것도 정도가 있지……!'

엘시드가 등골을 타고 올라오는 소름을 견딘 그때였다.

"기블 씨! 엄호할게요!"

여러 개의 수리검이 마치 유성우처럼 그녀의 머리 위로 쏟아졌다.

지니였다.

"······?!"

엘시드는 그 수리검들을 곡도로 튕겨내면서 뒤로 물러났다.

"지금 그건 좀 아까웠네요. 기블 씨."

"흥, 마비 독의 냄새는 차후의 과제로 삼아야겠군."

코웃음을 치며 지니에게 대답한 기블은 물러나는 엘시드를 노려보았다.

"그건 그렇고······ 당신들을 이해할 수가 없네요."

그러자 엘시드가 갑자기 그런 말을 꺼냈다.

확실히 이상할 정도로 끈질기게 버티는 콜레트와 프랑신, 그리고 기블의 잔재주로 간신히 전황을 유지하고는 있으나 제국 팀은 이미 전원이 너덜너덜한 상태였다.

결과는 이미 정해졌다. 이제 역전은 불가능했다. 방금 기블이 쓴 수법도 마력 소모량으로 봐선 아무래도 마지막 발버둥인 것 같았다.

"이미 승부는 났어요. 얼른 항복하시는 편이 낫지 않을까요?"

엘시드는 담담한 목소리로 말했다.

"시간을 끄는 건 이쯤 해두세요. 저 메인 위저드······ 저 아이에겐 미래가 있어요. 이런 곳에서 죽게 하는 건 아깝잖아요?"

"뭐····· 그렇겠지. 보통은 그렇게 생각할 거야."

그러자 기블은 안경을 올려 쓰고 대답했다.

"하지만 우리 대장은 아무래도 포기하는 게 좀 느리거든.

그럼 우리로선 좀 더 버텨볼 수밖에 없겠지."

"이런 역경 속에서 발버둥치는 게 대체 무슨 의미가 있다는 거죠? 얼른……."

"역경? 지금 역경이라고 했나?"

엘시드의 말에 기블이 의미심장하게 웃었다.

"뭐가 웃기죠?"

"역경이라…… 고작 이 정도를 가지고 역경이라고? ……하하하, 의외로 미적지근한 녀석들이네."

기블은 다시 안경을 올려 쓰며 도발하듯 말했다.

"우린 말야. 이 정도 상황쯤은 그야말로 낙원이나 다를 바 없는 역경을 수없이 넘어온 선생님에게 늘 가르침을 받고 있거든?"

"……!"

"그런데 고작 이 정도에 우는 소리를 했다간 그 변변찮은 인간의 놀림감이 될걸? 난 그것만은 절대로 못 참아."

그러자 이런 상황에서도 자신만만한 태도를 보이는 기블의 모습이 신경에 거슬렸는지 엘시드가 거칠어진 목소리로 대답했다.

"정말 말로는 지지 않는 사람이네요. ……그럼 당장 끝을 내드리죠!"

"멍청하긴. ……이것도 마술의 일종이거든? 그 이름도 유명한 『시간 벌기』라는."

"크윽~!"

결국 도발을 견디다 못한 엘시드가 눈을 치켜뜨고 돌진했다.

"지니! 일단 시간 좀 벌어줘! 저 여자를 나에게 접근시키지 마!"

기블이 다음 주문을 준비하면서 그렇게 지시를 내린 순간ㅡ.

"예이예이, 알겠소이다~. 정말 성격 한 번 끝내주네요, 당신."

지니가 마치 땅 위를 기는 것 같이 몸을 바짝 기울인 자세로 질주하며 엘시드를 요격했다.

ㅡ.

사투가 이어졌다.

실버 와이번을 계속 피해다니는 시스티나.

레빈, 리제, 자일을 압도적인 힘으로 짓밟는 아디르.

일전일퇴를 거듭하는 기블과 엘시드 일행.

하지만 사투가 진행되는 사이에 관객석의 모두는 이 싸움의 추세가 기운 것을 눈치챘다.

이대로 가면 하라사의 승리.

이미 모두가 그 결과를 거의 확신하고 있었다.

ㅡ.

"…………."

기골이 장대한 노인이 통로 앞에 서서 시합을 관전하고

있었다.

하지만 머리 위의 영상을 올려다보는 주위의 관객들과 달리 그의 눈은 마치 경기장 그 자체를 직접 내려다보고 있는 것 같았다.

그때 갑자기 나타난 청년이 노인의 등에 총구를 들이밀었다.

"……이봐, 이 바보 같은 소동은 이쯤에서 끝내는 게 어때?"

글렌이었다.

옆에는 루미아가 그의 손을 쥔 채 서 있었다.

"……이 나를 상대로 기척을 완전히 숨긴 채 접근하다니."

하지만 노인은 미동조차 하지 않고 나직하게 중얼거렸다.

"대체 무슨 요술을 부린 거지?"

"그건 다음에 기회가 있으면 설명해주지."

글렌은 옆에 있는 루미아를 슬쩍 쳐다보고 씨익 웃었다.

그녀의 손은 흐릿하게 빛나고 있었다. 《왕의 법》이 발동한

<small>아르스 마그나</small>

상태였기 때문이다.

"그럼 하나만 더 물어봐도 될까?"

노인의 모습이 색을 잃고 서서히 새카맣게 물들었다.

마치 그림자 그 자체 같은 존재로 변질된 그것은 이리저리 꿈틀거리더니 한 청년의 모습으로 변화했다.

그 청년의 정체는…… 다름 아닌 체이스 포스터였다.

"어떻게 날 알아차린 거지? 자화자찬 같지만, 내 변신술은 세계 최고 수준이라고 해도 과언이 아니야. 기척과 신체 구

조까지 바꿨는데……."

"간단해."

글렌은 아무렇지 않게 대답했다.

"이쪽에는 열원 탐지가 특기인 녀석이 있거든. ……뭐, 전부 이그나이트 님 덕분이지."

"열원? 그게 무슨…… 지금 이 경기장만 해도 사람이 넘쳐나는데……."

"……『기이할 정도로 체온이 낮은 인간』을 찾아달라고 했거든."

체이스가 바로 입을 다물자 글렌은 정곡을 찌르듯 말했다.

"너……『흡혈귀』지?"

"……."

"성당기사단에서 왜 흡혈귀를 부리고 있는 건지는 몰라. 흡혈귀가 어떻게 흡혈 충동을 극복하고 이성을 유지하고 있는지도 모르겠고. 하지만 흡혈귀는 불사자야. 그래서 체온은 일반인보다 훨씬 낮지. 이 넓은 장소 전체를 살피는 건 무리지만, 대략적인 위치만 알면 찾아내는 건 그리 어려운 일이 아니었어."

"……."

"그리고…… 흡혈귀에게는 지배와 매료의 마안(魔眼)이 있지. 이건 마술이 아니야. 능력이지. 거기다 공중에 투사된 영상처럼 빛은 단절 결계를 통과해서 경기장에 간섭할 수

있어. 그럼 시선도 충분히 가능하겠지. ……그 점을 감안해
도 규격 외의 능력이라는 건 부정할 수 없지만."

"어떻게 내 정체가 흡혈귀라는 걸 안 거지?"

"그거야 뭐…… 예전에 흡혈귀를 죽인 적이 있어서."

그 순간, 글렌의 머릿속에는 씁쓸한 기억…… 카밀라라는
이름의 소녀가 맞이한 최후가 떠올랐다.

"너한테서 왠지 모르게 그 아이랑 비슷한 느낌이 난 것도
있지만…… 결정타가 된 건 네 파트너가 한 말 덕분이었지.
……덕분에 떠올릴 수 있었어."

"……루나가 한 말? 루나가 대체 뭘……? 그녀는 아무것
도……."

"『피를 빠는 걸 좋아하는 변태』…… 농담이나 겁을 주는
것치곤 표현이 좀 구체적이잖아? 보통 사람이 거짓말을 할
땐 진실도 어느 정도 섞이기 마련이거든."

글렌이 거기까지 말하자 체이스는 눈을 크게 뜨고 경악했다.

"고작 그것만 가지고……? 이 상황과 루나가 무심코 흘린 정
보라고 하기도 뭐한 정보만으로 넌 날 찾아냈다는 건가……?"

그리고 진홍색으로 빛나는 눈을 감더니 어깨를 늘어트리
고 한숨을 내쉬었다.

그러자 곧 어딘가와 연결되어 있던 정체불명의 힘이 사라
지는 감각이 느껴졌다.

"루나, 넌 역시 이자를 너무 얕잡아봤어. 전 특무분실의

《광대》…… 그 넘버명과는 반대로 무서울 정도로 머리가 좋고 성가신 인물이야……."

"쫑알쫑알 시끄럽구만. 좀 닥쳐, 이 변태 자식아."

글렌은 혼잣말을 하는 체이스의 등에 총구를 다시 들이밀었다.

"이미 정은탄(淨銀彈)이 장전된 상태야. 아무리 네가 강력한 흡혈귀라도 이것 앞에서는……."

"충고하겠는데 나에게 그 정도 수준의 정은탄은 통하지 않아. 이래봬도 진조(眞祖)거든."

"……진조?"

"아 너에겐 섣불리 정보를 주지 않는 편이 좋겠군."

체이스는 쓴웃음을 짓더니 검은 연기로 변해서 흩어졌다.

"이, 이 자식이?! 이제 와서 도망칠 셈이냐?! 어엉?!"

『그래, 맞아. 내가 졌어. 사실 여기서 소동을 벌일 생각은 털끝만큼도 없거든.』

검은 연기를 분한 얼굴로 노려보는 글렌의 머릿속에 체이스의 목소리가 직접 울려 퍼졌다.

『글렌 레이더스. 꼭 여기서 싸워야만 하겠어? 그럼 나도 봐주진 않아. 전력을 다해 싸워주지.』

"칫…… 망할 자식. 냉큼 꺼져."

이윽고 체이스의 기척이 완전히 사라진 것을 확인한 글렌은 총을 거두었다.

"서, 선생님……."

"아, 신경 쓰지 마. 어쩔 수 없지만, 지금은 이걸로 됐으니까."

걱정스러운 표정의 루미아를 달래듯 가볍게 웃어준 글렌은 그대로 멀리 떨어진 경기장을 응시했다.

"……아무튼 이걸로 상황이 좀 바뀌겠지. 이제 나머지는…… 하얀 고양이와 선수들에게 달렸어."

하지만 그렇게 말하는 글렌의 표정은 불안하기는커녕 어딘지 모르게 후련해보였다.

바위산을 박차고 도약하는 시스티나와 거대한 날개를 펄럭이며 그 뒤를 아슬아슬하게 뒤쫓는 비룡.

시스티나가 필드를 종횡무진 날아다녔지만 어차피 땅 위를 기는 자와 하늘을 지배하는 자의 차이는 현격했다.

서서히, 서서히 그 간격이 좁혀지고 있었다.

그럼에도 시스티나는 온갖 체술을 구사해가며 그저 담담하게 비룡을 뿌리치고 있었다.

하지만 마침내 그런 그녀를 추월하고 하늘을 전부 뒤덮을 듯한 거대한 그림자를 드리운 실버 와이번은 시스티나의 바로 위에서 발톱을 들이밀며 압도적인 속도로 하강했다.

누구나가 결국 잡혔다고 확신한 순간—.

"……갸오오오오?"

갑자기 비룡이 움직임을 멈추더니 공중에서 계속 날개를

펄럭이며 호버링을 시작했다.

이윽고 그 자리에서 두세 차례 선회한 비룡은 조금 전까지 시스티나를 상대로 보인 집착은 어디로 갔는지 아무일도 없었던 듯 자신의 영역을 향해 얌전히 돌아갔다.

그러자 시스티나는 마치 이 전개를 예상한 것처럼 입가를 끌어올리고 웃었다.

"……이 순간을 기다렸어요. 고마워요, 선생님."

하늘 위를 질주하던 시스티나는 공중제비를 돌면서 근처 바위산 위에 착지한 뒤 곧 세찬 바람과 함께 바닥을 박차며 방향을 전환했다.

슈투름에 한층 더 강한 마력을 주입하여 지금까지보다 훨씬 더 빠른 속도로 어떤 장소를 향해 질주하기 시작했다.

그런 시스티나는 아직도 계속되는 전투의 기척을 피부로 느끼고 지친 몸을 채찍질할 수밖에 없었다.

"용케도 버티는걸. 너희는 진심으로 강했어."

"큭?!"

현재 알자노 제국 팀은 완전히 궁지에 몰린 상태였다.

그곳은 이미 작열지옥으로 변해 있었다.

붉었다. 모든 것이 붉었다. 솟구치는 불꽃 때문에 공기뿐만 아니라 하늘까지 붉었다.

모든 것이 불타고 있었다. 바위조차 불꽃에 녹아 새빨갛게 타오르고 있었다.

이 모든 것은 아디르가 사역하는 불꽃의 마신이 계속 토해낸 작열의 불꽃 폭풍으로 인한 것이었다.

시간이 흘러 겨우 합류에 성공한 제국 대표 선수들은 그런 지옥 같은 광경 한복판에 놓여 있었다.

"……엄청난 화력……!"

"크윽……?!"

"뜨, 뜨거워…… 뜨거워요오……!"

"자일 씨……! 이 이상은……!"

"됐으니까 물러나 있어!"

가장 방어력이 뛰어난 자일이 방어 마술을 중첩한 상태로 마치 일행의 벽처럼 앞으로 나서서 열기를 막고 있었다.

거기다 레빈, 리제, 기블도 방어 결계로 조금이라도 불꽃의 위력을 줄이기 위해 애쓰고 있었다.

하지만 그렇게까지 했음에도 방어 마술을 관통한 압도적인 열량이 선수들의 몸을 조금씩 불태우고 있었다.

"여, 여러분……! 죄송해요……! 제 힘으로는……!"

마리아가 필사적으로 광범위 힐러 스펠을 써서 치료하고 있지만 회복 속도가 따라가질 못하는 실정이었다.

"제길, 뭐야 이게! 방어 마술을 이렇게까지 중첩했는데도…… 무리라는 거야?!"

"……으으으으으으으아아! 뜨거……워!"

콜레트는 이를 악물고 견뎠으나 프랑신은 비명을 질렀다.

주위는 마그마처럼 두꺼운 불꽃이 촘촘하게 벽을 이루고 있어서 달아날 곳도 없었다.

그야말로 절체절명의 상황이었다.

"이제 슬슬 항복해주지 않겠어? ……너희들, 그러다 죽는다?"

아디르가 여유 있는 표정으로 그렇게 권고했지만 엘시드는 걱정스러운 얼굴로 속삭였다.

"……아디르, 정말로 괜찮아?"

"응, 걱정하지 마. 아직 피에는 여유가 있어."

아디르는 무시무시한 기세로 증발하는 자신의 피를 내려다보고 말했다.

"그리고 승부의 추세는 이미 결정됐잖아? 시스티나가 전선에서 이탈한 시점에서 말야."

"맞아. 꽤 애먹긴 했지만…… 마침내 이걸로 우리의 승리가 확정된 셈이겠네."

엘시드가 주위를 둘러보자 이 싸움을 지켜보는 다른 하라사 멤버들도 이미 승리를 확신하는 얼굴이었다.

이런 상황에서 역전하는 기적 따윈 있을 리 없다고 믿는 표정으로……

"자, 그럼 마무리를 지어볼까. ……말로만 해선 안 통하니 팔 하나쯤은 숯덩이로 만들어줘야겠군."

아디르는 냉혹하게 웃었다.

"뭐, 솜씨 좋은 소생사가 있다고 하니까 치료나 잘 받아보라고."

그리고 한층 더 피를 쏟아 부어 불꽃의 마신을 강화하려 했다.

"……참 나, 이제야 겨우 온 건가."

하지만 기블이 그렇게 나직하게 중얼거린 순간.

—어마어마한 폭풍이 소용돌이를 그리며 주변 일대를 스쳐 지나갔다.

"앗?!"

그 자리의 모두가 눈을 부릅뜨고 경악했다.

마치 진노한 풍신이 별안간 발작을 일으킨 것 같은 강렬한 폭풍이 주위를 엉망으로 헤집어놓았기 때문이다.

폭풍은 주위의 불꽃을 차례차례 꺼트릴 뿐만 아니라 불에 탄 바위를 때려 부수고, 무너트려서 하늘 저 멀리로 날려버렸다.

"꺄아아아아아아아아아아악?! 아디르?!"

"엘시드?!"

그리고 그건 엘시드를 비롯한 하라사의 멤버들도 마찬가지였다. 그들 또한 속수무책으로 하늘을 향해 날아갔다.

그 후에 남겨진 것은 불에 탄 대지와 어안이 벙벙한 제국의 멤버들, 그리고 반사적으로 불꽃의 마신을 움직여서 자신의 몸을 지킨 아디르뿐이었다.

"……이 바람은…… 설마?!"

아디르가 하늘을 올려다보자 마치 유성처럼 흩날리는 긴 은색 머리카락이 먼저 눈에 들어왔다.

폭풍을 두른 한 소녀가 마치 전쟁의 여신처럼 지상을 향해 강림하고 있었다.

그것도 아디르를 향해 매우 빠른 속도로—.

"흑마 개량2식 【스톰 그래스퍼】!"

"시스티나아아아아아아아아아아아아아아아!"

아디르가 울부짖었다.

그것은 바로 눈앞까지 다가온 승리를 놓친 것에 대한 분노가 아닌 호적수와 다시 싸울 수 있게 된 것을 기뻐하는 환희의 포효였다.

하늘의 시스티나.

대지의 아디르.

시선이 교차한 둘은 단숨에 어떤 사실을 깨달았다.

다음 일격. 다음 일격으로 모든 것이 결정될 것이라고…….

몹시 지친 건 피차 마찬가지다.

이 기적적인 순간을 매듭짓기 위해 남은 건 자신의 모든 것을 쏟아 붓는 것뿐.

"……《검의 처녀여·하늘에 칼날을 휘두르며·대지에서 춤춰라》!"

시스티나가 【스톰 그래스퍼】를 발동한 상태로 흑마 개량형 【블레이드 댄서】를 영창하자, 공간을 난도질하는 듯한 무시무시한 진공 칼날이 주위에 대량으로 생성되었다.

"《ABRA/STA/KEBRASTA》!"

아디르도 응수하듯 주문을 영창했다. 그러자 그의 피가 폭발적으로 증발하는 동시에 뒤에 서 있는 마신의 몸이 한층 더 거대해지기 시작했다.

"하아아아아아아아아아아아아아아아아앗!"

"우오오오오오오오오오오오오오오오오오오오오!"

시스티나가 날린 천 개를 넘는 진공 칼날이, 아디르가 날린 초고열의 홍염이 공중에서 격돌한 순간 대폭발이 일어났다.

하늘조차 부수고 떨어트릴 듯한 열풍과 작렬이 주변 일대로 퍼져나갔다.

그리고 아디르와 교차하는 것처럼 착지한 시스티나는 신발 바닥과 무릎으로 바닥에 선을 그으며 십몇 미트라쯤 미끄러졌다.

"……큭?!"

겨우 정지한 시스티나는 얼굴을 고통스럽게 일그러트렸다.

그녀의 왼팔은 보기 안쓰러울 정도로 새카맣게 타 있었다.

"시스티나?!"

마술을 쓰는 왼손이 당한 것을 본 순간, 마른침을 삼키며 상황을 지켜보던 동료들은 절망과 경악이 뒤섞인 표정을 지을 수밖에 없었다.

"……훌륭해."

하지만 몇 초간의 정적 후, 등을 돌린 아디르의 모습을 보고는 숨을 삼켰다.

그의 몸에 오른쪽 어깨부터 왼쪽 옆구리까지 닿는 긴 열상이 새겨져 있었기 때문이다.

아디르는 한 차례 피를 토했지만 그래도 만족스러운 듯 미소 지었다.

"……너의 승리야…… 시스티나……."

그리고 마지막으로 승자에게 찬사를 보내며 의식을 잃고 그 자리에 쓰러졌다.

하라사의 메인 위저드 아디르 격파. 기적의 대역전극.

그 순간, 대경기장의 상공에 시합 종료를 알리는 신호탄이 성대하게 피어올랐다.

그리고 관객석은 그야말로 하늘을 찌를 듯한 열기와 환호성에 감싸였다.

"하아…… 하아……!"

시스티나가 마치 꿈을 꾸는 듯한 기분으로, 현장에 빠르

게 찾아온 구호 팀의 법의사들이 크게 다친 아디르를 능숙
하게 치료하는 모습을 바라본 순간—

"우리가 이겼다아아아아아아아아아아아아아아아아아!"

"역시 해내셨군요! 시스티나 선배애애애애애애애!"

주위에서 달려든 동료들이 그녀의 몸을 마구 껴안고 만져
대기 시작했다.

"진짜 너란 녀석은~! 멋진 부분만 혼자 독차지하다니~!"

"역시 시스티나 선배는 멋져요! 저도 루미아 선배 팬에서
시스티나 선배 팬으로 갈아타고 싶을 정도라구요~!"

콜레트, 프랑신, 지니, 마리아는 무척이나 기뻐했다.

"잘했어, 시스티나."

"홋. 과연 내 라이벌……이라고 해야 할까요."

"흥, 어차피 올 거면 좀 더 일찍 와줄 것이지."

리제, 레빈, 기블, 자일은 그런 동료들의 화기애애한 모습
을 멀찍이서 지켜보았다.

시스티나는 그런 학생들의 모습을 마치 딴 세상에서 일어
난 일처럼 멍한 눈으로 바라보았다.

'……그렇구나……. 내가…… 이긴 거야…….'

하지만 곧 정신을 차리고 하늘을 올려다보았다.

차가운 바람이 달아오른 몸을 기분 좋게 쓰다듬어주었다.

조금 전까지 불꽃으로 새빨갛게 물들었던 하늘은 어느새
구름 한 점 없이 맑고 푸르른 모습을 되찾은 상태였다.

'……어때요? 할아버님…… 이걸로 저도 조금이나마 할아버님의 등에 가까워졌을까요?'

마치 눈부신 것을 바라보는 것처럼, 고향의 하늘에 떠 있는 성을 바라보는 것처럼…….

시스티나는 무척 만족스럽고 후련한 표정을 지었다.

"……홋, 제법이잖아. 하얀 고양이."

"축하해……. 시스티……."

환호성과 폭음이 마치 파도처럼 높이 물결치는 관객석의 통로 앞에 선 글렌과 루미아는 하늘에 떠 있는 영상을 통해 그런 제국 선수들을 지켜보고 있었다.

"……일단 문제 하나는 해결된 셈이지만……."

하지만 근본적으로는 아무것도 해결된 게 없는 상태였다.

라스트 크루세이더스. 그자들이 존재하는 한은 이걸로 끝이 아니리라.

확실한 이유는 알 수 없었다.

하지만 그 둘은 무슨 수를 써서라도 제국 선수단을 방해할 작정인 모양이었다.

앞으로도 계속 이런 비겁한 방법을 동원할지도 모른다는 생각이 들자 글렌은 갑자기 머리가 지끈거리기 시작했다.

'하지만 방해하게 둘 수는 없어……. 놈들 뜻대로 되게 내버려둘까 보냐.'

글렌은 승리를 기뻐하는 학생들을 지켜보며 다시 결의를 다졌다.

'너희가 어떻게든 우리를 방해하겠다면…… 내가 반드시 그 건방진 콧대를 꺾어주마. 내 학생에게 손을 대는 건 절대로 용서 못 해……!'

그러자 루미아가 살며시 손을 잡아왔다.

"반드시 모두의 꿈을…… 시스티의 꿈을 지켜주도록 하죠, 선생님."

루미아도 결의가 깃든 따스한 눈으로 그런 글렌의 얼굴을 올려다보았다.

"제가 선생님의 힘이 되어드릴게요. 아니, 힘이 되게 해주세요."

"……고맙다, 루미아."

그렇게 가벼운 웃음을 주고받은 두 사람은 하늘 너머에서 승리의 기쁨으로 몸을 떠는 학생들을 언제까지나 하염없이 지켜보았다.

제6장 악의의 소굴

자유도시 밀라노에 있는 제국 영사관의 집무실

"……아무래도 첫 경기를 무사히 돌파한 것 같군요."

비서관의 보고를 받은 알리시아 7세는 책상 앞에서 안도의 한숨을 내쉬었다.

그리고 예상대로 제삼자, 라스트 크루세이더스의 방해공작이 있었다는 소식도 전해 들었다.

'제국과의 협조 및 융화 노선을 표방하는 파이스 추기경과 퓨너럴 교황 성하의 짓은 아니겠죠. 아마 강경파…… 아치볼트 추기경이나 글라무드 추기경이 그들의 배후에 있을 터…….'

알리시아는 창밖을 힐끔 흘겨보면서 생각에 잠겼다.

'역시 이건 절 압박하려는 걸까요? 아이들의 목숨이 아까우면 수뇌회담을 중지하고 돌아가라는 경고일까요? 아니면…….'

아직 흑막의 성명은 없었다.

현시점에서는 대체 누가 뭘 원하는지도 판별할 수 없었다.

하지만 마술제전과 수뇌회담을 중심으로 뒤에서 뭔가가 움직이고 있는 것만큼은 틀림없었다.

'지금은 고민해봤자 소용없겠죠. 글렌…… 그가 아이들을

제6장 악의의 소굴 217

잘 지켜주리라 믿고…… 전 화평을 맺는 것에 심혈을 기울
어야…… 이 목숨을 바쳐서라도!'

알리시아는 다시 기합을 넣고 책상 위에 쌓인 자료의 산
을 돌아보았다.

그것은 알자노 제국과 레잘리아 왕국이 협조 및 융화 노선
을 걸으려면 피할 수 없는 수많은 문제와 그 해결책이었다.

영토 문제, 교역로 문제, 과거의 갈등 청산 문제, 보유전력
비 문제, 해결안, 타협안, 그것들을 조문화한 서류 등등.

알리시아는 이 전부를 외워버릴 정도로 몇 번이나 읽으면
서 혹시 내용에 빈틈은 없을지, 더 좋은 조건은 없을지 끊
임없이 고민하고 있었다.

'……쌍방이 이런 문제들에 관해 어느 정도 납득하지 않는
한 화평은 성립될 수 없어요. 그리고 실패는 용납될 수 없습니
다. 제 일생일대의 무대예요. 한시라도 긴장을 풀 수는……'

하지만 최근 계속 무리했기 때문인지 그녀의 얼굴에는 숨
길 수 없는 피로가 짙게 드러나 있었다.

알리시아는 안경을 벗어서 책상 위에 올려두고 잠시 눈가
를 훔쳤다.

'시대는 변했어요. 이젠 제국이 신교를 믿는다는 이유만으
로 대화조차 받아들이지 않던 예전과는 달라요. 온건파인
퓨너럴 성하의 기적적인 취임으로 간신히 대화 창구가 생긴
상황…… 이 찬스를 놓칠 수는 없습니다. 어찌됐든 모든 건

모레…… 모레의 수뇌회담에서 정해지겠죠. 예, 모든 건…….'

알리시아가 그날을 위해 조용히 결의를 불태운 순간—.

"실례하겠습니다, 폐하."

문을 노크하는 소리가 들린 후, 한 남자가 공손한 태도로 방 안에 들어왔다.

아젤 르 이그나이트 공작이었다.

그 또한 이번 수뇌회담의 제국 측 참가자였다.

"무슨 용건이지요, 이그나이트 경?"

"황송하오나 원탁회에서 리블의 영지문제에 관해 종합한 갑, 을 안건보다 더 효과적일 듯한 방책을 떠올렸기에 폐하의 검토를 받고 싶어 찾아왔습니다."

알리시아는 이그나이트 경이 내민 서류를 받고 내용을 빠르게 훑어보았다.

"……확실히 그렇군요. 여기선 할양하는 것보다 보조금을 내는 편이 유용할지도 모르겠어요."

"예, 직접 재조사해보니 이 방법이 현지 주민도 감정적으로 더 받아들이기 쉬울 것 같더군요."

"고마워요. 그럼 바로 이 안건을 재검토해보도록 하지요."

"……폐하. 당신께선 우리 제국의 기둥이십니다. 너무 무리는 하지 마십시오."

"예, 명심할게요."

알리시아는 집무실을 나가는 아그나이트 경을 부드럽게

웃으며 배웅했지만 속으로는 빈틈없이 그의 속내를 의심하고 있었다.

'······이그나이트 경은 제국 정부 개전파의 필두였을 터. 그런데 이제 와서 융화책에 협력적인 태도를 보이는 건······ 역시 아무래도 의심스럽네요. 파벌 일부가 반발하는 걸 감수하면서까지 대체 왜······.'

그녀도 이그나이트가 어떤 종류의 야심을 품고 있다는 건 대충 눈치채고 있었다.

그리고 언젠가 돌이킬 수 없는 사태가 벌어질지도 모른다는 것도······.

하지만 당장 이그나이트 경은 꼬리를 드러내지 않았다.

표면상으로는 제국에 크게 공헌하는 영웅의 모습을 고수하고 있어서 지지자도 많았다.

'······당신은 대체 무슨 생각을 하고 있는 거죠?'

하지만 고민해 봐도 답은 나오지 않았다.

이그나이트 경의 속셈을 파악하기에는 시간과 인재가 너무나도 부족했다. 상황이 그쪽의 조사에 여력을 쏟는 것을 허락하지 않았다.

'큭······ 제가······ 제가 할머님처럼 뛰어난 위정자였다면······. 제 역량이 충분했으면 이런 상황까지 오지 않을 수도 있었을 텐데······.'

알리시아는 역대의 여왕들에게 참회하듯 살며시 눈을 감

을 수밖에 없었다.

'흥, 지금은 힘을 빌려주마. 제국과 왕국이 충돌하는 건 아직 시기상조…… 적어도 당분간은 시간을 벌어둘 필요가 있으니 말이지.'

한편, 이그나이트 경은 복도를 빠르게 걸으며 그런 생각을 하고 있었다.

'그래……. 이 내가 제국을 손에 넣어야만 해. 저 계집의 역량으로는 무리다. 거대한 악의와 절망의 소용돌이에서 제국의 미래를 지킬 수 있는 건 나뿐이야……'

그래서 그에게는 아무튼 시간이 필요했다.

'그러니 이번만은 힘을 빌려주지. 이 수뇌회담을…… 확실히 성공시켜서 내가 움직일 시간을 벌어야 해. 그러면 내 승리는 더더욱 확실해질 터.'

그때였다.

"이야~ 안녕하세요! 경애하는 나의 주군!"

놀랍게도 한 소녀가 그와 나란히 걷고 있었다.

처음부터 같이 걷고 있는 것 같기도 했고, 어느새 갑자기 나타난 것 같기도 했다.

보고 있기만 해도 과연 그 존재가 꿈인지 현실인지 분간할 수 없는 분위기의 소녀였다.

"……일리아."

하지만 이그나이트 경은 딱히 놀란 기색도 없이 엄숙한 목소리로 그녀의 이름을 읊조렸다.

"예~♪ 그렇답니다~! 당신의 충실한 개인 일리아예요!"

마치 연기하는 것처럼 호들갑을 떠는 소녀는 전 제국 궁정 마도사단 특무분실 소속 집행관 넘버 18《달》의 일리아 일루쥬였다.

"……정보는?"

하지만 이그나이트 경은 무시하고 담백하게 물었다.

"물론 완벽히 입수했죠! 아치볼트 추기경의 음모는 전부 파악했어요! 제 마술에 걸리면 이 정도쯤은 식은 죽 먹기라구요!"

일리아가 귀여운 동작으로 경례를 했지만, 눈에는 심연보다 어두운 혼돈이 일렁이고 있기에 실제로는 속내를 전혀 읽을 수가 없었다.

"역시 예상대로였어요! 놀랍게도 강경파 필두인 아치볼트 추기경이 모레 열릴 수뇌회담 자리에서 파이스 추기경과 퓨너럴 교황을 『암살』할 계획을 세우고 있더라구요! 꺄~ 무서워라!"

"……흠."

하지만 그런 경악스러운 보고를 들었음에도 이그나이트 경은 눈곱만큼도 동요하지 않았다.

"역시 그런가. 여왕 폐하가 아니라 교황청의 융화파인 추

기경과 교황을 암살하고 그 죄를 우리 제국에 덮어씌울 작
정이었던 거군."

"예, 그렇다구요~. 저희 쪽에 불리하게 조작된 상황 증거
가 이미 용의주도하게 준비된 모양이었어요~. 이거 참, 난처
하네요~."

"……전쟁의 구실인가."

이번 수뇌회담에는 알자노 제국과 레자리아 왕국뿐만 아
니라 북대륙의 다른 국가들도 모여서 동향을 예의주시하고
있었다.

그런 상황에서 교황청의 중요인물, 그것도 평화를 바라는
그 두 명이 암살당한다면 국제여론은 제국을 의심하고 비판
하는 쪽으로 기울 수밖에 없었다.

세상에는 『진실』보다 주위에 『어떻게 보이느냐』가 더 중요
한 법.

따라서 레자리아 왕국이 복수를 명분으로 전쟁을 일으킨
다면 당연히 주위에서는 묵인할 뿐만 아니라 『역시 세계의
질서를 어지럽히는 제국은 지도상에서 지워버려야만 한다』
고 주장하며 왕국을 지원하겠다고 나서는 국가들도 나올지
몰랐다.

그런 상황에서 왕국의 수장, 교황청의 차기 교황으로는
아치볼트 추기경이 즉위할 것이 명백했다. 이미 선거에서 이
기기 위한 정치공작까지 전부 완료된 상황이리라.

그렇게 되면 개전은 피할 수 없다.

이대로 수뇌회담이 아치볼트의 생각대로 흘러간다면 제국과 왕국의 전쟁, 제2차 봉신전쟁(奉神戰爭)이 발발하는 건 확정된 사항이었다.

"……하지만 그렇게 둘 수는 없지."

그렇다. 이그나이트 경의 목적과 야망을 위해서도 지금은 아직 그때가 아니었다.

확실히 언젠가는 왕국의 무능한 왕실과 제후들, 교황청의 땡중들을 모조리 처단하고 제국이 왕국을 완전히 흡수 합병할 예정이었지만 지금은 그때가 아니었다.

"……일리아. ……**알고 있겠지?**"

그러하기에 이그나이트 경은 비정한 명령을 내렸다.

"맡겨 주시길, 나의 주군."
마이 로드

하지만 일리아는 얼음처럼 싸늘하고도 유쾌한 미소로 대답했고 다음 순간, 그녀의 모습은 마치 신기루처럼 그 자리에서 사라져 있었다.

"지, 지금 농담하는 거지?! 설마 당신의 능력이 간파당하다니……!"

밀라노의 어느 한 성당의 지붕 위에서 체이스의 보고를 들은 루나는 한껏 동요하며 떨리는 목소리로 말했다.

"그것도 하필이면 그 남자…… 글렌 레이더스에게!"

"응, 사실이야."

"거짓말!"

체이스는 기계적으로 사실만을 말했으나 루나는 어린애처럼 떼를 쓰며 부정했다.

"확실히 『선택받은 인간』이라는 건 존재해! 하지만 그 녀석은…… 글렌 레이더스는 평범한 인간이잖아! 영웅도 뭣도 아닌 평범하고 나약한 인간! 그런 평범한 인간이 우리를 뛰어넘다니…… 그런 일은 있을 수 없어! 있어선 안 된다구!"

"……루나."

"평범하고 나약한 인간이 이토록 쉽게 우리를 뛰어넘어버린다면…… 그럼 난 대체 뭘 위해……! 으으~!"

루나는 본인이 아니면 결코 알 수 없는 갈등 속에서 머리를 부여잡고 고뇌했다.

하지만 체이스는 그런 그녀를 그저 잠자코 지켜볼 수밖에 없었다.

"……내가 나서야겠어."

잠시 후, 루나는 결의와 어두운 감정이 뒤섞인 눈으로 고개를 들었다.

"이젠 수단을 가리고 있을 때가 아니야. ……내가 직접 이 손으로 그들을 탈락시키겠어. 다소 부자연스러운 형태라도 상관없어. 그리고 내가 직접 글렌 레이더스를 쓰러트리겠어. 나는……."

"루나. ……이제 그만하자. 난 신경 쓰지 마. 네가 이 이상 아치볼트 추기경에게 이용당할 필요는……."

"닥쳐! 넌 제발 좀 닥치라고!"

체이스가 막으려 했지만 루나는 거센 분노를 터트리며 그의 입을 다물게 했다.

"……자, 가자. ……오늘 밤에 모든 걸 끝내주겠어."

그리고 루나는―.

그것은 이 자유도시 밀라노에서 교차하는 수많은 의도, 은밀하게 움직이는 악의가 혼돈스럽게 뒤섞이며 하나의 그림을 완성하려는 순간이었다.

하라사 대표 선수단과의 시합에서 이긴 날 밤, 알자노 제국 선수단이 묵고 있는 호텔의 고급스러운 담화실.

"아~ 아무튼 다들 첫 시합을 돌파하느라 고생 많았다."

"""건배~!"""

글렌 일행은 근처 노점에서 사온 주스와 음식들을 테이블 위에 늘어놓고 가벼운 축하 파티를 여는 중이었다.

"야호~! 이겼어! 이겼다고! 1회전 돌파~!"

"흐흥~! 저희 실력이면 이 정도쯤은 가뿐하죠!"

"……시합 개시 직전까지 화장실에서 청승 떨고 계셨던 분들이 무슨……."

지니가 기뻐서 어쩔 줄 모르는 콜레트와 프랑신에게 여느 때처럼 독설을 퍼부었다.

"후우~ 다들, 너무 긴장이 풀렸잖아. 아직 1회전인데 말이지."

"그래도 어느 정도의 휴식은 필요해. 당신도 오늘은 잘 싸웠어."

"……뭐, 이브 교관님께서 그렇게까지 말씀하신다면야."

이런 상황이 불만스러운 기블을 이브가 다독였다.

"시스티! 한때는 어쩌나 싶었는데…… 무사해서 다행이야! 그리고 진짜 멋있었어! 역시 넌 레빈처럼 입만 산 남자하고는 전혀 달라. ……존경스러워."

"엘렌…… 당신…… 그, 그래도 전 사촌인데 좀 배려를……."

"그런 소린 시스티한테 한 번이라도 이기고 나서 해☆"

"아하하하……."

레빈은 여전히 시스티나에 대한 편애를 멈추지 않는 엘렌을 보고 뺨을 실룩거렸다.

"그건 그렇고 그 기적의 대역전극! 역시 시스티나, 너, 진짜 굉장하더라!"

"큭…… 저도 나갔으면 그 정도쯤은……!"

"아, 아무래도 그건 좀 무리 아닐까? 웬디……."

"아하, 아하하…… 어쨌든 다들 무사해서 다행이네요."

카슈, 웬디, 세실, 린, 테레사를 비롯한 응원단도 떠들썩하게 대화를 나누고 있었다.

"후후, 오늘은 고생했어요. 자일, 하인켈."

"흥."

"……별말씀을."

한편으로는 리제가 자일과 하인켈 같은 과묵한 멤버들에게 말을 걸고 있었다.

저마다 한때의 휴식을 즐기고 있는 모양이었다.

"이야~ 아무튼 진짜 힘들었어요오! 시스티나 선배가 메인 위저드가 아니었으면 지금쯤 결과가 어땠을지……."

글렌의 옆에서는 마리아가 신이 난 표정으로 떠들어대고 있었다.

"그건 그렇고 그 비룡…… 아무리 생각해도 뭔가 좀 이상하지 않았나요? 시스티나 선배만 노리던데…… 대체 뭐였던 걸까요?"

"……글쎄?"

글렌이 어색하게 얼버무린 순간이었다.

"저, 저기…… 선생님. 손님이 오셨는데요."

루미아가 누군가를 데리고 글렌의 앞으로 다가왔다.

그리고 그 인물을 보자마자—.

"에에엑?! 저, 저, 저분은……!"

"파이스 카디스 추기경?! ……정말로?!"

마리아와 글렌은 터질 것처럼 눈을 크게 뜬 채 굳어버릴 수밖에 없었다.

"당신이 제국 대표 선수단의 총감독 글렌 레이더스 씨군요? ……밤늦게 갑자기 찾아와서 정말 죄송합니다."

그리고 파이스가 공손하게 인사한 순간, 글렌은 뭐라 형용할 수 없는 불길한 예감이 들었다.

글렌과 파이스는 장소를 바꿔서 담화실의 베란다로 나왔다.

둘 사이를 무거운 침묵과 차가운 밤바람이 지배하고 있었다.

'그 지긋지긋한 놈들…… 그 자식들의 배후에 있는 건 사실 이 녀석일지도 모른단 말씀이야.'

그렇다. 라스트 크루세이더스. 표면상으로는 존재하지 않는 부대.

그들의 지휘계통은 수수께끼에 싸여있다. 그러니 누가 뒤에서 암약하고 있어도 전혀 이상할 건 없었다.

시선을 살짝 돌리자 담화실에 있는 이브도 학생들과 아무렇지 않게 잡담을 나누면서 유리문 너머에 있는 이쪽을 경계하는 모습이 눈에 들어왔다.

무슨 일이 생기면 바로 주문으로 대응할 기세였다.

'하지만 어째서……? 왜 이 녀석은 하필 이런 타이밍에 우리 앞에 나타난 거지……?'

글렌이 언제든지 총을 뽑을 수 있도록 오른손의 힘을 뺀 순간—

"……역시 경계하고 계시나 보군요."

파이스가 미안한 얼굴로 한숨을 내쉬고 입을 열었다.

"그야 무리도 아니겠지요. 저희 쪽 인물이 당신들에게 큰 폐를 끼쳤으니……."

"……?!"

그리고 그가 고개를 숙이자 글렌뿐만 아니라 멀리 있는 이브도 눈을 부릅떴다.

하긴, 서로 상황을 **파악하고** 있다면 굳이 돌려서 말할 필요는 없으리라.

"……그렇군. **낮에 있었던 일**은 적어도 표면상으론 댁의 본의가 아니었다는 건가."

그래서 글렌은 대놓고 핵심을 찔렀다.

"예, 믿을 수 없으실지도 모르겠지만…… 저는 이번 수뇌 회담, 양국의 화평 조약을 반드시…… 진심으로 성공시키고 싶은 입장입니다."

글렌은 파이스의 눈을 지그시 들여다보았다.

적어도 거짓을 말하는 눈은 아니었다.

"솔직히 말씀드리지요. 라스트 크루세이더스는 주교급 추기경인 제가 교황 성하의 인가를 받고 독자적으로 움직이는 실행부대입니다. 일부에는 성당기사단 소속으로 알려져 있지만, 그 성질은 전혀 다르지요. 하지만 얼마 전부터 갑자기 연락이 끊어진 상태라……."

"……?!"

'설마 그것까지 밝힌다고?!'

파이스의 상상을 초월한 진심과 각오를 확인한 글렌은 그저 경악할 수밖에 없었다.

"……흑막은 누구지? 현재 라스트 크루세이더스의 고삐를 쥐고 있는 건 대체 누구야?"

글렌은 눈앞의 이 남자가 흑막이 아니라는 것을 거의 확신하면서 물었다.

"아마 교황청 강경파 필두인 아치볼트 추기경일 겁니다. 그의 목적은 수뇌회담의 파담…… 그가 진범이라는 증거는 어디에도 없지만 말입니다. 저래 보여도 은근히 빈틈이 없는 인물이라서요."

"……하긴 그렇겠지."

여기까지는 정황상 쉽게 추측할 수 있는 내용이라 문제될 건 없었다.

저쪽 강경파도 어지간히 전쟁이 하고 싶은 모양이었다.

'하지만 이게 전부는 아니겠지. 이 파이스라는 남자는…… 아직도 뭔가를 더 숨기고 있어.'

이것은 마도사로서의 직감이었다.

마술사가 흔히 쓰는 심리전술의 일종이다. 일부러 처음부터 큰 정보를 던져서 작은 진실을 감추려는 수법. 이 내부고발은 그것과 비슷한 점이 많았다.

"이 일에는 반드시 책임을 지겠습니다. 내일 시합은 경비를 강화해서 두 번 다시 그런 일이 일어나지 않도록 주의를 기울이겠습니다. 그러니 사태를 크게 만드는 건 잠시만 참아주십시오. 적어도 이번 수뇌회담이 끝날 때까지는…… 그 후에는 어떤 불이익도 제가 감내하겠습니다."

"그건 안심해. 우리 폐하께서도 같은 생각이시니까. 이쪽에도 복잡한 사정이 있어서 시합을 사퇴할 생각은 없어. 하지만 한 가지만 같이 고민해줬으면 좋겠군."

"고민?"

"……화평 반대파인 아치볼트의 목적."

글렌이 그렇게 말한 순간 파이스의 눈이 약간 커졌다.

"아치볼트가 어떤 수단을 동원해서 라스트 크루세이더스의 고삐를 쥐고 제국 대표단의 시합을 방해한 건…… 뭐, 이해해. 확실히 이건 이번 회담에서 화평 조약을 맺기 바라는 제국에 대한 경고가 될 수 있을 테니까. 하지만 아무래도 이유치곤 좀 부족하지 않아?"

"……."

"이건 협박치곤 지나치게 번거로운 방식이야. 진심으로 『이번 회담에서 손을 떼라』고…… 제국에 경고할 생각이라면 훨씬 더 효과적인 방법이 얼마든지 있어. 예를 들면 인질을 잡는다든가…… 안 그래?"

"……."

"이봐, 파이스 추기경. 댁은…… 아치볼트의 구체적인 목적까지는 모른다고 쳐도…… 뭔가 짚이는 데가 있는 거 아니야?"

그러자—.

"……아니요, 솔직히 저도 그의 속은 전혀 모르겠습니다. 이제 와서 왜 이런, 자칫하면 자기 목을 죄게 될지도 모르는 위험한 짓을 벌인 건지……."

파이스는 신중하게 고민하는 척을 하다가 한숨을 내쉬며 대답했다.

'이건…… 아마 거짓말이군. 이 녀석, 분명 뭔가를 알고 있어. ……정확하게는 몰라도 뭔가 짚이는 곳은 있는…… 그런 느낌이야.'

증거는 없지만 마도사의 직감이 그렇게 말하고 있었다.

덜컹!

그때, 갑자기 뒤에서 뭔가 소리가 들렸다.

"누구야!"

신경이 지나치게 날카로워져있던 글렌은 반사적으로 등을 돌리며 소리가 들린 곳을 향해 총구를 겨누었다.

"히이이이이이이이익~?! 죄송해요오오오오!"

그러자 바로 비명을 지르고 양손을 번쩍 든 인물의 정체는…… 마리아였다.

어느새 담화실을 빠져나와서 안뜰을 통해 이쪽으로 접근한 모양이었다.

"너였냐!"

글렌은 황급히 권총을 뒤로 물렀다.

"이 멍청아! 사람 놀라게 좀 하지 말라고!"

"그건 제가 할 말이거든요오?! 선생님이랑 파이스 님이 대체 무슨 이야기를 나누실지 좀 궁금했던 것뿐인데~!"

"……아, 그건 미안."

"그래서요? 무슨 말씀을 나누신 건데요?"

마리아는 벌써 싱글벙글 웃고 있었다. 참 터프한 소녀였다.

"……딱히 별거 없었어. 내일 시합에 관해서 좀…….."

"예, 그 말씀대롭니다. 전 마술제전의 운영에도 관여하고 있다 보니…… 글렌 선생님께 조속히 전해드려야 할 사정이 있어서 방문한 거지요."

파이스도 부드럽게 웃으면서 마리아에게 말했다.

"하지만 선수분들은 신경 쓰실 필요 없는 일이니 안심해 주십시오."

"그런가요……. 추기경님이신데도 마술제전의 운영까지 맡으셨다니…… 힘드시겠네요. 힘내세요, 파이스 님!"

"예, 물론이지요. 마리아 양."

하지만 그 대답을 듣고 나서 마리아는 의아한 표정을 지을 수밖에 없었다.

"……어, 어라? 파이스 님께서 어떻게 제 이름을……?"

"하하하, 전 마술제전의 운영에 관여하고 있다고 말씀드리지 않았습니까."

그러자 파이스는 다시 온화하게 미소 지었다.

"그래서 마술제전에 참가하는 선수분들의 얼굴과 이름은 당연히 기억해두고 있지요."

"오, 오오오~ 역시 추기경님……."

"특히 당신처럼 눈에 띄게 활약한 선수의 이름이라면 더더욱 잊을 수가 없지요."

"예?"

마리아는 어안이 벙벙한 얼굴로 당황하기 시작했다.

"……아. 하, 하지만…… 전 선배들의 발목만 잡았는데……."

하지만 파이스는 그런 마리아의 어깨에 손을 얹고 이렇게 말했다.

"그렇지 않습니다. 확실히 제국 대표 중에서는 시스티나 양의 활약이 두드러졌지요. 하지만 팀을 위해 크게 공헌한 건 당신도 마찬가지입니다. 역시 당신이 없었다면 제국의 승리도 없었겠지요."

"파이스 님……."

그리고 파이스는 마리아의 어깨에서 손을 떼고 등을 돌렸다.

"벌써 시간이 이렇게 됐군요. 그럼 글렌 선생님, 그리고 마리아 양. 아무쪼록 내일 시합도 힘내주십시오. 당신의 앞날과 미래에 축복이 있기를…… 파란."

마지막으로 십자가를 두 번 긋고 그 자리에서 떠나려 한 순간—.

"자, 잠깐만요! 파이스 님!"

어째선지 마리아가 뭔가를 결심한 눈으로 그를 불러 세웠다.

"……아직 하실 말씀이?"

"예?! 어?! 으, 으음…… 그게…… 저기……."

"야, 인마. 용건이 없으면 불러 세우지 마. 저래 봬도 바쁜 사람이라고?"

글렌이 어이가 없는 목소리로 핀잔을 주었으나, 마리아는 잠시 어쩔 줄 몰라 하다가 심호흡을 한 번 하고 파이스에게 진지한 표정으로 이렇게 물었다.

"저 파이스 추기경님…… 이런 질문을 드리는 건 좀 실례일지도 모르겠지만……."

"뭐지요?"

"아뇨, 정말…… 정말 별것 아닌 질문이라…… 제 착각이라면 정말 죄송스러울 뿐이지만…… 저희는 전에 **어딘가에서 만난 적이 있었나요?**"

"……."

파이스는 입을 다물었다.

"……추기경을 역헌팅이라니…… 용기 한 번 가상하구만."

글렌은 기가 막힌 얼굴이었다.

하지만 마리아는 개의치 않고 파이스를 향해 한 걸음 다가갔다.

"……아니, 만난 적이 있다기보다…… 좀 더…… 그게……
정말로…… 그런 느낌이…… 그냥 어쩐지…… 그런 느낌이
드는 것뿐이지만! 혹시 파이스 님은 저의……."

마리아가 거기까지 말했을 때—.

"전 모든 것을 주님께 바친 몸이라 가족은 없습니다."

파이스는 마치 기선을 제압하듯 말허리를 끊었다.

"……?!"

"그리고 전 큰 죄를 지은 남자입니다. 가족을 가질 자격이
없는……. 당신이 제게 어떤 대답을 기대했는지는 모르겠으
나…… 이런 대답밖에 드릴 수 없어서 죄송합니다."

그리고 거기까지 말한 그때—.

키잉!

귀를 찌를 듯한 이명과 동시에 세계가 돌변했다.

"뭐지……?!"

글렌은 반사적으로 귀를 가렸다.

노래가, 노랫소리가 들렸다.

어디선가에서 노래가 들리고 있었다.

—La, …LaLaLa, Lala… Ah, LaLaLa, Laha…♪

뜻을 전혀 알 수 없는 생소한 언어로 된 노래였다.

그런데도 왠지 모르게 알 수 있었다. 이 노래가 무슨 노래인지 자연스럽게 이해할 수 있었다.

—ALa, …EleEleLaLaLa. Lala… AhAa, LaLaLa, LaLa…♪

잠들라. 잠들라. 편안히, 아늑하게 잠들라.

잠들라. 잠들라. 편안히, 요람 속에서 잠들라.

노래는 그렇게 글렌에게 상냥히 말을 걸고 있었다.

귀를 틀어막아도, 무시하려고 해도 물리적인 장애물과 거리를 뛰어넘어서 영혼에 직접 침투하고 있었다.

—LaLa, …AaLaLa, LaLuLu… Ah, LaLaLa, Aaha… LaLaLah…♪

그리고 동시에 너무나도 폭력적인 수마(睡魔)가 글렌을 엄습했다.

저항할 수 없었다. 그 부자연스러운 잠기운에 도저히 저항할 수가 없었다.

더 무서운 점은 그 현상에 아무런 저항감도, 공포도 느껴지지 않는다는 사실이었다.

마치 어머니의 품에 안겨서 부드럽게 흔들리고 있는 것 같은 안도감마저 느끼며 저항할 기력을 잃고 말았다.

그래서 의식이 점점 어두워졌다.

마치 절벽 끝에서 누군가가 가볍게 떠민 것처럼…….

그대로 저항할 도리도 없이 편안한 나락으로 떨어지는 것처럼.

글렌의 의식이 추락―.

―La, …ALaLaLa, Lala…『이 바보! 내 주인 되는 자가 그렇게 쉽게 내가 아닌 다른 신성(神性)에 마음을 빼앗기지 말란 말야! 이 바람둥이!』

"……헉?!"

갑자기 영혼을 직접 후려치는 듯한 질책에 의식이 각성했다.

어느새 바닥에 쓰러졌던 건지 글렌은 몸을 벌떡 일으키며 주위를 살폈다.

'남루스?! 방금 그 녀석의 목소리가……!'

하지만 그 수수께끼의 유령 소녀는 어디에도 보이지 않았다.

―LaLuLa…A, LaLaLa, Lala… Ah, LaLaLa, Laha…♪

이제 더는 부자연스러운 졸음이 오지 않았지만 영혼에 직접 울려 퍼지는 기묘한 노랫소리는 아직도 어딘가에서 계속 들려오고 있었다.

글렌이 마치 여우에게 홀린 듯한 기분을 느낀 순간—.

"괜찮으십니까?! 글렌 선생님!"

"저, 정신 차리세요! 선생님!"

바로 눈앞에 파이스와 마리아의 얼굴이 불쑥 나타났다.

두 사람은 아직도 정신이 몽롱한 글렌의 얼굴을 걱정스러운 눈으로 살피고 있었다.

"……대, 대체 뭐지? 이 노래는……?"

글렌은 그저 당황할 수밖에 없었다.

"서, 선생님!"

"글렌, 당신, 무사해?!"

그러자 곧 루미아와 이브가 안색을 바꾸고 다가왔다.

"큰일이에요! 다른 애들이……!"

"뭐……?"

"이게 대체 무슨……?"

루미아와 이브를 따라 담화실로 돌아온 글렌은 아연실색할 수밖에 없었다.

시스티나, 엘렌, 리제, 자일, 기블, 콜레트, 프랑신, 지니, 레빈, 하인켈, 그리고 카슈, 웬디, 테레사, 세실, 린.

이 자리에 모인 학생 모두가 갑자기 실이 끊어진 인형처럼 부자연스럽게 잠들어 있었기 때문이다.

"야! 하얀 고양이! 정신 차려! 일어나! 인마!"

아무리 몸을 흔들고 뺨을 때려도 전혀 일어날 낌새가 없었다.

"소용없습니다. 한 번 **그렇게** 된 이상 현실로 복귀하는 건 무리니까요."

모두가 당혹스러움을 감추지 못하는 가운데, 파이스가 혼자서 냉정한 목소리로 말했다.

—La, ···LaLaLa, Lala······ Ah, ALaLaLa, Laha···LuLaLa···♪

그리고 이 와중에도 그 노래는 여전히 계속 들리고 있었다.

"······이봐, 파이스 씨. 대체 무슨 일이 일어난 거야? 머리에 직접 흘러들어오는 이 이상한 노래는 또 뭐고?"

"이건 천사언어 마법【자장가】······ 그녀······ 루나 프레아의 마술입니다."

"······뭐?! 이게 그 천사언어라는 거야?!"

글렌은 숨을 삼킬 수밖에 없었다.

엘레리시는 용언어와 마찬가지로 인간이 쓸 수 없는 마술언어다.

'······4년 전에 전사한 루나와 체이스······ 한 명은 흡혈귀에 다른 한 명은 인간이 쓸 수 없는 엔젤리시 사용자라……
아하~ 이제야 대충 짐작이 가는군…….'

"엔젤리시는 전우주에서 최초로 탄생한 존재『원초의 영혼』이 낸 소리인…… 원초의 소리에 가까운 소리입니다. 그래서 저희나 당신들이 쓰는 마술보다 근본적으로 강력할 수밖에 없지요. 따라서 그 엔젤리시로 부른 엔젤릭 오라클은 무서울 정도로 적용 범위가 넓은 데다 그 효과도 강력하기 이를 데가 없습니다. 표적을 핀포인트로 제압하는 것도, 넓은 범위를 무차별적으로 제압하는 것도 가능…… 그리고 한 번 노래에 사로잡히면 술자를 어떻게 하지 않는 한, 절대로 효과를 해제할 수 없습니다."

확실히 지금도 계속 들리는 이 노래는 누군가가 부르고 있다기보다 마치 마음속에 남는 메아리처럼 영혼 속에서 자동적으로 재생되고 있는 것만 같았다.

아마 잠들어 있는 학생들도 지금쯤 꿈속에서 계속 듣고 있으리라.

"이【자장가】는 걸린 시간이 길면 길수록 깊은 잠에 빠집니다. 한시라도 빨리 술자를 쳐서 해제하지 않으면 눈을 뜨는 건 일주일 후가 될지도 모르지요."

"제길…… 즉, 일각을 다투는 상황이라는 거군."

그리고 파이스는 글렌 일행을 돌아보았다.

"그건 그렇고 과연 그 마도대국 알자노 제국 분들답군요.

설마 그녀의 【자장가】에 저항할 수 있는 분이 이렇게 많으실 줄이야……."

"으, 으음. 뭐…… 이 정도의 정신 방어는 기초 중의 기초니까 말이지. ……으하하!"

글렌은 실제로는 거의 걸릴 뻔했다는 걸 전력으로 얼버무렸다.

하지만 한 가지 신경 쓰이는 점이 있었다.

'이브가 저항에 성공한 건…… 뭐, 당연하겠지. 루미아도 타당해. 정신 방어력이 엄청난 녀석이니까. 파이스도 추기경쯤 되는 인물이니 여간내기가 아닐 테고. 하지만…….'

글렌은 마리아를 돌아보았다.

'이 녀석은 어떻게 저항에 성공한 거지?'

그 점이 의문스러웠지만 지금은 그런 걸 묻고 있을 때가 아니리라.

"이거 참…… 댁네 말괄량이는 하는 짓이 참 대담하구만."

글렌은 어깨를 으쓱하고 주위를 둘러보았다.

"……루나가 나한테 전에 이러더군. 『사퇴』하라고. 요컨대, 제국 대표 선수단을 계속 재울 셈이겠지. ……적어도 내일 시합이 시작되기 전까지는."

"아마 그렇겠지요."

그러자 파이스가 유감스러운 얼굴로 대답했다.

"시합의 성립 조건은 반드시 메인 위저드가 참전할 것……

시스티나 양이 이대로 시합 시각까지 눈을 뜨지 못한다면 제국 대표는 자동적으로 부전패를 당해서 탈락할 겁니다. 그리고 엔젤릭 오라클은 마술적인 해석으로는 그 정체를 파악할 수 없지요."

"아무튼 이걸로 아치볼트의 목적을 더더욱 알 수 없게 됐군. 이래서야 수뇌회담에 압력을 가한다기보다 제국 대표 선수단의 출전 그 자체를 방해하려는 것 같아."

"어찌됐든 이대로 가만히 있을 수는 없어. 어쩔 거야, 글렌?"

이브의 물음에 글렌은 주먹으로 손바닥을 치고 대답했다.

"당연히! 놈들을 때려눕혀야지! 이 시시하기 짝이 없는 바보 같은 소동에 막을 내려주겠어!"

"흥, 여전히 지긋지긋할 정도로 단세포 같은 사고방식이네. ……하지만 이번만은 동의해. 어디 한 번 본때를 보여주자구."

그러자 이브도 머리카락을 쓸어 올리며 자신만만하게 웃었다.

"선생님! 저도 도와드릴게요!"

루미아도 각오를 다진 눈으로 글렌을 올려다보았다.

"그래, 부탁하마. 이브, 루미아. 솔직히 라스트 크루세이더스를 상대하는 건 나 혼자로는 무리야. 너희의 힘이 필요해."

"저, 저기요……! 그, 그럼 저도……!"

마리아도 결심을 굳힌 듯 외쳤다.

"안 됩니다, 마리아 양. 당신은 여기 남으십시오."

하지만 파이스는 고개를 저으며 제지했다.

"하, 하지만 루미아 선배랑 선생님들이 싸우시는데……!"

"용기와 만용은 다릅니다. 당신은 확실히 우수하지만, 아직 그 영역에는 도달하지 못했어요."

파이스는 마리아를 다독이고 글렌을 돌아보았다.

"그리고…… 저도 여기 남겠습니다."

"파이스 씨?"

"실은…… 루나 프레아의 엔젤릭 오라클에는【자장가】외에도【장송가】라는…… 들은 상대를 직접적으로 죽음에 이르게 하는 위험한 노래가 있습니다."

"뭐……라고?!"

"그 위력은 상황에 따라선 단독으로 전장을 제압할 정도…… 강력한 정신방어 술식을 건 상태가 아니면 막을 수 없는 말 그대로의 필살기입니다. 잠든 학생들이 그것에 저항하는 건 무리겠지요. 루나가 설마 그런 정신 나간 짓을 저지를 거란 생각은 들지 않습니다만, 만에 하나의 사태를 대비해서 제가 여기서 수호 결계를 펼치고 당신의 학생들을 지키고 있겠습니다."

"……어쩔 거야, 글렌?"

이브가 물었지만 글렌은 입을 다물었다.

요컨대, 이건 파이스를 전폭적으로 믿을 수 있느냐의 문제였다.

파이스의 이야기가 전부 진실이라면 이건 오히려 이쪽에

서 고개를 숙여서라도 부탁할 일이다.

하지만 만약 이 제안이 함정이라면 어떤 악의가 숨겨져 있다면……

그것은 확실히 자신들의 목을 죄는 결과가 되리라.

글렌이 파이스를 가만히 노려본 그때—

"저, 저기…… 선생님!"

마리아가 황급히 그 사이에 끼어들었다.

"그, 그게…… 아마 파이스 님은 믿어도 될 거예요!"

"…………."

"저, 전…… 왠지 모르게 알 수 있어요! 파이스 님이 정말로 다정하고 올바른 신념을 가진 분이시라는걸……. 저기…… 아무런 근거도 없지만…… 그래도 전……."

그러자 글렌은 가볍게 웃음을 터트렸다.

"걱정하지 마. 나도 그렇게 생각하니까. 애초에 이게 파이스 씨의 함정이었다면 우리에게 정보를 알려줄 필요도 없고, 우리 앞에 일부러 모습을 드러낼 필요도 없잖아?"

"서, 선생님!"

"알았어, 파이스 씨. 난 당신을 믿어보도록 할게. 내 학생들을…… 부탁한다."

"예, 이 몸과 목숨을 걸고서라도. ……믿어주셔서 감사합니다, 글렌 선생님."

그렇게 해서 파이스와 함께 호텔 안에 결계를 펼친 글렌 일행은 수호 결계의 유지와 뒷일은 파이스와 마리아에게 맡기고 밤거리를 향해 뛰쳐나왔다.

이 소동의 원흉, 최강의 라스트 크루세이더스와 결판을 내기 위해.

"선생님…… 루미아 선배…… 이브 교관님……! 아무쪼록 무운을……!"

마리아는 그런 세 사람의 등을 눈으로 배웅하며 무사를 기원하는 성구를 읊고 십자가를 그었다.

"……지금은 그저 기도합시다."

그러자 파이스는 그런 그녀의 곁에 다가가 격려의 말을 전해주었다.

달린다, 달린다, 달린다.

글렌, 루미아, 이브는 한산해진 밤의 밀라노를 질주했다.

【자장가】를 따라서 오로지 앞만 보고.

"그건 그렇고…… 사정거리가 뭐 이따위지?! 미친 거 아냐?!"

글렌은 달리면서 주위를 훑었다.

밤이라고 해도 아직 심야는 아니었다.

그런데도 한창 축제 분위기에 잠긴 대도시치곤 이상할 정도로 고요한 것은 길바닥 여기저기에 누워서 잠든 사람들만 봐도 대충 미루어 짐작할 수 있었다.

"방해꾼이 개입하는 걸 막으려는 건가? 저쪽도 우리를 대충 예상하고 있나 본데."

"응, 서두르자."

이윽고 계속 달린 일행의 앞에 나타난 것은 거대한 건축물이었다.

"……세리카 엘리에테 대경기장!"

틀림없었다. 지금도 머릿속에서 반복되는 지긋지긋한 노래의 출처는 바로 이곳이었다.

"흐응…… 여기가 놈들이 고른 결전장이라는 거네. 확실히 여기라면 피차 사양할 것 없이 전력으로 싸울 수 있겠어."

"적들도 진심이라는 거지."

그리고 중력 조작 마술을 쓴 세 사람은 대경기장의 벽을 타고 올랐다.

관객석 끝에 착지한 글렌 일행은 중앙에 있는 경기장을 내려다보았다.

그러자 곳곳에 배치된 가스등과 제단의 성화가 주위를 어느 정도 밝히고 있었고, 조명이 걷어낸 어둠의 장막 너머에는 루나와 체이스가 있었다.

둘은 경기장 한복판에 나란히 서 있었다.

체이스는 팔짱을 낀 채 눈을 감은 상태였고 루나는 노래를 부르는 중이었다.

조용히 눈을 감고, 왼손을 가슴에 대고, 오른손을 앞으로 내밀고, 조용하고, 진지하게……

가련한 입술이 언령으로 이루어진 노래를 자아내고 있었다.

마치 보이지 않는 관객들에게 들으라는 것처럼.

—La, …ALaLaLa, Lala… Ah, LaLaLa, Laha…♪

그런 루나의 모습은, 아름다운 선율에 무시무시한 힘을 숨긴 배덕의 주가(呪哥)를 싣고 있다는 사실을 무심코 잊어 버릴 정도로 한없이 신성하게 보였다.

하지만 그녀는 곧 노래를 중지했다. 그래도 【자장가】는 영혼 속에서 계속 들리고 있었지만 노래를 부르는 행위 자체는 그만두었다.

글렌 일행이 도착한 걸 알아차렸기 때문이다.

세 사람은 서로를 마주보며 고개를 끄덕인 후 관객석의 계단을 내려갔다.

이윽고 끝까지 내려오자, 대경기장의 관객석과 경기장을 나누는 단절 결계가 사라진 상태라는 걸 알 수 있었다.

글렌 일행은 방책을 뛰어넘어서 경기장에 착지한 후 망설임 없이 적들을 향해 다가갔다.

천천히, 그저 천천히.

서서히 명료해지는 루나와 체이스의 모습.

서로의 표정과 자세까지 구체적으로 파악할 수 있는 거

리, 약 15미트라 지점에서 걸음을 멈추었다.

"……왔구나."

루나가 먼저 감정을 읽을 수 없는 목소리로 말을 꺼냈다.

"이제 와서 할 말은 아니겠지만…… 우린 처음부터 당신들을 크게 다치게 할 생각이 없었어."

"…………."

"그 비룡도…… 실은 은발 소녀를 죽이거나 다치게 하려는 건 아니었어. 적당히 지치게 해서 항복을 받아내면…… 당신들을 탈락시키기만 하면 충분했거든."

"……그래, 알아."

글렌은 조용하지만 자신만만한 목소리로 대답했다.

"……【장송가】라고 했던가? 그런 필살의 엔젤릭 오라클도 있다며?"

"……!"

루나는 정곡을 찔린 듯 놀란 얼굴로 굳어버렸다.

"아니…… 애초에 너희 같은 강자라면 우리를 죽이거나 다치게 할 방법은 얼마든지 있었을 테니까 말야."

글렌은 어깨를 으쓱이고 장난스러운 목소리로 말했다.

"딱히 경계를 풀 생각은 눈곱만큼도 없고 너희를 용서할 생각은 더더욱 없지만…… 너희가 그렇게 나쁜 놈들이 아니라는 건 대충 알겠어. 뭔가 피치 못할 사정이 있을 거라는 것쯤은."

그러자 루나는 표정에 고뇌를 가득 드러내면서 글렌을 날카롭게 노려보았다.

"그래도…… 물러나주진 않을 거지?"

"그건 피차 마찬가지야. 분명 네가 무슨 일이 일어도 물러설 수 없고 양보할 수 없는 것처럼…… 우리에게도 물러설 수 없고 양보할 수 없는 이유가 있어. 난 그런 걸 짊어지고 이 자리에 서 있는 거야. 이제 와서 내팽개칠 수는 없어. 이건 어느 쪽의 짐이 더 무거운가 중요한가의 문제가 아니야. 그저 짊어진 책임의 문제일 뿐이지. 참 성가시기 짝이 없지만 말야."

"……그래. 결국…… 이럴 수밖에 없는 거네."

루나는 검을 뽑아들었다.

현란하게 장식된 스웹트 힐트와 크로스 가드, 가늘고 올곧게 뻗은 칼날.

흐릿한 조명을 반사하며 푸르스름하게 빛나는 성검이었다.

그리고 다음 순간, 빛이 갑자기 하늘에서 쏟아지기 시작했다.

루나의 뒤에서 빛이 눈부시게 퍼져나간 것이다.

"그럼…… 난 당신들을 쓰러트릴 수밖에!"

루나의 등에서 세 쌍의 눈부신 날개가 펼쳐지는 동시에 수많은 흰 깃털이 대량으로 흩날리자, 그녀의 존재감과 법력이 압도적으로 팽창하기 시작했다.

빛의 날개가 그렇게 펄럭일 때마다 마치 폭풍 같은 세찬 바람이 정면에서 글렌 일행을 몰아쳤다.

그야말로 인간에게 허락된 영역을 아득히, 한없이 초월한 모습.

과거에 글렌이 대치했던 《절제》 같은 가짜가 아니었다.

그녀야말로 진정한 천사.

"……《전천사(戰天使)》?!"

그런 루나의 신비하고 강대한 모습을 목격한 이브는 전율을 금치 못하는 목소리로 외쳤다.

"전설로는 알고 있었지만…… 그래도 설마…… 설마!"

"그래, 나도 대충 눈치채고는 있었는데 말이지……."

《전천사》 이셀.

그것은 엘리사레스 성서의 구약 신담록에 나오는 인간과 천사와 악마의 최종전쟁 『불꽃의 7일간』에서 6마왕 《흑검의 마왕》 메이베스와 《장희(葬姬)》 알리샤르를 상대로 싸웠던 최강의 천사인 동시에 강대한 개념 존재의 이름이었다.

성 엘리사레스 교회에는 한 번 사망한 인간의 영혼을 그런 강대한 개념 존재인 《전천사》로 전생 및 부활시키는 외법(外法)에 가까운 비술의식이 계승되고 있다고 한다.

그것이 바로 【천사 전생】.

성 엘리사레스 교황청에 전해지는 비술 중의 비술이자, 가장 어두운 부분.

성공률 자체가 극단적으로 낮은 데다 희귀한 네임드 천사인《전천사》로 부활할 수 있는 것은 당대에 단 한 명뿐.

하지만 만에 하나라도 전생에 성공한다면 일기당만(万)의 최강 전사가 탄생하는 셈이다.

"분명 2백 년 전의 마도대전에서 활약한 6영웅 중에도 있었지! 신화의 천사와 같은 이름을 썼던…… 《전천사》이셸 크로이스!"

"그럼 루나 프레아…… 저 여자가 당대의 《전천사》라는 거군!"

"……그럴 수가! 설마 그런 일이 정말로……!"

글렌과 이브와 루미아도 미처 당혹스러움을 감추지 못한 채 식은땀을 흘리고 있었다.

"알고 있다면 이야기가 빠르겠네. 그래, 그 말대로야. 이것이 나의 힘…… 인간을 초월한 최강의 힘."

루나는 이미 승부가 난 것 같은 자신만만한 목소리로 선언했다.

"나는 《전천사》. 그리고 체이스는 진조의 흡혈귀. 둘 다 인간의 규격을 크게 벗어난 괴물이야."

시선을 돌리자 체이스도 온몸에서 압도적인 암흑의 마력을 발산하며 서 있었다.

빛의 루나와는 대조적인 모습이었지만 그 절망감과 존재감은 거의 비등했다.

"다시 한 번 경고할게. 이 자리에서 물러나! 당신들 같은 평범한 인간에게 승산 따윈 만에 하나라도 없으니까!"

"하! 웃기지 말라고, 이 멍청아!"

하지만 글렌은 두 사람의 압력을 흘려 넘기고 당당하게 말했다.

"왜 너희처럼 인간을 그만뒀다는 녀석들은 남한테 빌린 힘으로 그렇게 건방을 떨어대는 거지?! 기껏해야 인간을 그만둔 녀석들쯤은…… 이미 질릴 정도로 봐 왔거든?!"

그리고 옆에 서 있는 루미아를 슬쩍 쳐다보고 외쳤다.

"부탁해! 루미아!"

"예! 《아르스 마그나》를 발동할게요! 제 힘을 받아주세요, 선생님!"

루미아가 양손을 내밀자 곧 눈부신 황금색 빛이 흘러넘치며 공간을 채우더니 글렌과 이브에게 깃들기 시작했다.

그 순간, 글렌과 이브의 몸이 크게 뛰었다.

어마어마한 마력이 활성화되는 동시에 압도적인 만능감이 두 사람을 지배하기 시작했다.

루미아의 이능력 《아르스 마그나》의 원격 부여. 과거에 철기강장 아세로 이엘로와의 싸움에서 그녀가 각성한, 불합리함에 저항하는 초상(超常)의 힘이었다.

"뭐……뭐야! 그 힘은! 인간이 어떻게 그런 힘을……!"

글렌과 이브의 존재감이 팽창하자 루나뿐만 아니라 체이스도 경악했다.

"홋! 어떠냐! 놀랐지? 바보~!"

"참 나…… 자기도 남의 힘을 빌린 주제에……."

글렌은 거만하게 중지를 세웠고 이브는 한숨을 내쉬며 태클을 걸었다.

"우린 괜찮아! 우리는 정의의 편이니까!"

"그거 완전히 내로남불…… 하지만 뭐……."

이브는 주먹을 강하게 쥐며 체이스를 응시했다.

"확실히 굉장한 힘이네. 이거라면……."

그러자 체이스는 암흑의 마력을 발산하면서 조용히 시선을 마주쳤다.

"그래, 우리는 마술사. 『그대, 바라는 것이 있다면 타인의 소망을 화로에 지펴라』……라는 격언대로 마술사답게 가보자고. 방해 되는 놈들은 모조리 짓밟아버리면서!"

그리고 글렌과 루나도 시선만으로 불꽃을 흩뿌리기 시작했다.

"체이스, 부탁해. ……난 질 수 없어."

"……그게 네가 바라는 일이라면."

루나가 성검을 들자 체이스도 양손으로 두 자루의 장검을 들었다.

이 아무도 없는 대경기장에서 한밤중의 격전이 시작되려 하고 있었다.

"홋! 비밀 마술제전 개최! 인 셈인가. 관객이 없는 건 아쉽지만……."

"헛소리는 거기까지 해! 온다!"

이브가 그렇게 경고한 순간—.

"하아아아아아아아아아아아아아아아아아아앗!"

등의 날개를 펄럭여서 폭발적인 추진력을 얻은 루나가 글렌을 향해 돌진했다.

"우오오오오오오오오오오오오오오!"

그러자 글렌도 주먹을 쥐고 그녀를 요격했다.

"흐읍!"

마치 안개 속으로 사라지는 그림자처럼 체이스가 이브의 품으로 파고들었다.

"어설퍼! 《불꽃 사자여》!"

그러자 이브도 맹렬한 폭염으로 그를 요격했다.

—아쉽게도 아무도 보는 사람이 없는 한밤중의 대경기장에서 최강 결전은 그렇게 시작되었다.

이브는 경기장 벽을 타고 질주했다.

어깨로 바람을 가르고 가볍게 스텝을 밟으며 주문을 영창했다.

"《울부짖어라 불꽃 사자여》!"

흑마 【블레이즈 버스트】.

초고열의 화염구가 호선을 그리며 잔상이 남을 정도로 빠르게 달려오는 체이스에게 명중했다.

솟구치는 폭염, 대기를 뒤흔드는 굉음.

작열하는 불기둥이 마치 하늘조차 태워버릴 정도로 높이 치솟았지만 곧 정중앙부터 양쪽으로 갈라졌다.

"……?!"

"어설퍼."

체이스가 불꽃을 가르면서 모습을 드러낸 것이다.

놀랍게도 그는 쌍검으로 이브의 불꽃을 가른 듯했다.

체이스는 일렁이는 초고온의 열기를 아랑곳하지도 않고 이브를 향해 달려들었다.

하지만 이브는 바로 뒤로 도약했고 관객석 난간에 착지한 후에도 한 차례 더 도약했다.

"……《하늘에 가득한 분노여》!"

그리고 새로운 주문을 완성했고, 동시에 하늘에서 수많은 화염탄이 마치 스콜처럼 사납게 쏟아지기 시작했다.

흑마 【미티어 플레임】. 광범위 제압을 위한 강력한 군용 어설트 스펠이었다.

이만한 수의 공격이라면 전부 피하는 건 무리일 터.

막을 수밖에 없다. 이동을 멈출 수밖에 없으리라.

"하아아아아아아아아아아아아아앗!"

하지만 체이스는 쌍검을 현란하게 움직이더니 섬전 같은 검격의 난무로 자신을 향해 쏟아지는 화염탄을 모조리 정확하게 튕겨내 버렸다.

체이스의 돌진은 멈추지 않았다. 마치 파리라도 쫓는 것처럼 화염탄을 전부 쳐내며 이브를 향해 일직선으로 내달렸다.

"《진홍의 염제여·겁화의 군기를 들고·붉게 유린하라》!"

이브는 흑마 【인페르노 플레어】를 영창했다.

제국군이 자랑하는 B급 군용 어설트 스펠이다.

그러자 곧 그녀의 등 뒤에서 거대한 작열 겁화가 마치 폭포수처럼 쏟아졌다.

살갗을 태울 듯이 흘러넘치는 열파, 열기, 홍광(紅光).

그것들이 거대한 해일로 변해서 체이스를 정면으로 집어삼켰다.

"쓰읍!"

염열계 어설트 스펠 중에서도 최고 수준의 위력을 자랑하는 마술이었으나 체이스는 그것조차도 단칼에 베어버리고 말았다.

이브의 마술을 파훼한 그 현상은 마술이나 신비가 아니었다.

완력.

너무나도 원시적이고 투박하면서도 낭비가 없기에 빈틈도 없는 순수한 『힘』에 의한 결과였다.

그래도 이브의 초고열 화염을 벤 탓에 검은 빨갛게 달아오른 채 녹아내리고 있었지만 체이스는 그것을 집어던지고 뭔가에 집중하기 시작했다.

그러자 발밑의 그림자가 입체적으로 솟구치더니 두 자루의 강철검으로 변해 체이스의 손에 감겨들었다.

'……뭐 이런 녀석이!'

이브는 이어진 체이스의 공격을 피하며 생각했다.

머릿속에 든 흡혈귀에 관한 지식을 고속으로 검색했다.

흡혈귀와 대치했을 때 경계해야 할 능력은 불사성, 재생능력, 흡혈 행위에 의한 권속화, 그림자를 조종하는 힘, 독을 부리는 힘, 변신 능력, 마안, 절대적인 어둠의 마력, 원소 지배…… 하나 같이 인지를 초월한 규격 외의 힘이었다.

하지만 그런 수많은 능력보다도 가장 경계해야 하는 힘이 있었다.

그것은 바로 흡혈귀의 **신체 능력**.

이브는 이제야 비로소 그 정보가 의미하는 바를 정확히 깨달을 수 있었다.

"하아아아아아아아아아아아아아앗!"

"……?!"

하지만 그 사실을 깨달은 순간, 어느새 체이스가 바로 옆으로 다가와 있었다. 이미 완전히 그의 간격에 들어와 있었다.

'어느새?! 위험……!'

후회할 틈도 없이 내려친 체이스의 쌍검이 이브의 몸을 네 조각으로 갈랐다.

그리고 검압의 여파가 관객석까지 양쪽으로 갈라버렸다.

절로 눈을 감고 싶어지는 끔찍한 광경이었다.

"……?!"

하지만 체이스는 눈을 살짝 부릅떴다.

자신이 해체해버린 이브의 몸이 신기루처럼 일렁이다 불똥을 튀며 사라졌기 때문이다.

다음 순간, 날카로운 파공성과 동시에 붉은 섬광이 세 차례 번뜩였다.

그리고 체이스의 등에는 세 자루의 불꽃으로 이루어진 검이 박혀 있었다.

"【화환술(火幻術)】이야. 내가 그렇게 간단히 당할 리가 없잖아?"

시선을 돌리자 이브는 높은 곳에서 그를 내려다보고 있었다.

"훌륭하군. ……이것이 제국의 마술인가."

하지만 체이스는 거리낌 없이 진홍색 눈으로 이브를 올려다보았다.

"무서울 정도로 치밀하고 강력할 뿐만 아니라 변환자재. 직접 법력을 쏟아 붓는 파워 일변도의 법술로 이런 건 무리겠지. 과연 우리 왕국을 상대로 지금까지 버텼을 만해."

"칭찬 고마워."

이브는 자신만만하게 웃으면서도 속으로는 동요를 금할 수 없었다.

'뭐야…… 저 녀석……!'

방금 이브가 체이스의 등에 꽂은 십자가형 단검들은 부정(不淨)을 정화하는 불꽃을 루미아의 이능력으로 증폭해서 인챈트한 물건이었다.

　이그나이트의 비전【십자성화】. 어지간한 흡혈귀라면 한 자루로 열 번은 소멸시키고도 남을 정화력을 자랑하는 마술이었다.

　하지만 체이스는 그런 단검들을 아무렇지 않게 뽑아서 바닥에 집어던지고 있었다.

　'큭! 전혀 통하지 않았어. ……이건 위험하겠는걸.'

　사실 체이스가 흡혈귀라는 정보를 듣고 나름대로 준비한 비장의 패였다. 하지만 그게 전혀 통하지 않는 것을 본 이브로서는 표정을 씁쓸하게 일그러뜨릴 수밖에 없었다.

　"이래 봬도 진조의 말석에 있는 몸이거든. 평범한 흡혈귀들과는 차원이 달라. 햇빛조차도 좀 거북하기만 하고 큰 영향은 없어. 그런 날 쓰러트리려면『못』 정도는 가져 와야……."

　"……못?"

　"뭐, 평범한 마술사에 불과한 네 힘으론 날 이길 수 없다는 소리야."

　체이스는 이브를 올려다보며 천천히 검을 들었다.

　"그건 그렇고 아깝게 됐네. 그 탁월한 전투기량…… 아마 내가 인간이었다면 이기는 건 너였을 텐데."

　"시끄럽거든?! 닥쳐, 흡혈귀!"

이브는 스톡해둔 주문을 시간차 발동해서 생성한 거대한 화염을 가차 없이 내던졌다.

그러자 관객석 일부를 집어삼킨 불꽃 폭풍이 대폭발을 일으켰다.

하지만 곧 폭염 속에서 검은 안개가 흘러나오더니 이윽고 한 지점에 모여 인간의 형태를 이루었다.

아무런 상처도 입지 않고 멀쩡한 상태의 체이스였다.

"몇 번을 해봤자 소용없어. 너에게 승산은 없어. 그래도 싸울 거야?"

"공교롭게도 우리 총감독님은 포기할 줄 모르는 양반이거든. 그러니 나도 어쩔 수 없어."

이브는 한껏 싫은 티를 내고 말을 내뱉었다.

"그런가. ……그럼 이쪽도 전력으로 상대해줘야겠군."

그러자 체이스의 발밑에 있는 농후한 그림자가 마치 늪처럼 주위를 침식하며 퍼져나갔다.

그리고 거기서 『뭔가』가 계속 튀어나왔다.

늑대, 새, 뱀을 비롯한 온갖 동물의 형상을 한 마수들이었다.

그렇게 실체화된 검은 마수들이 끝없이 출현해서 이브를 포위하기 시작했다.

"…………."

이브는 그런 마수들을 흘겨보고 냉정하게 머릿속으로 이

어서 쓸 주문을 검색했다.

"아직 모자란 몸이지만, 흡혈귀의 싸움이라는 게 어떤 건지 가르쳐줄게. ……간다!"

그렇게 외친 체이스는 다시 쌍검을 번뜩이며 이브를 향해 돌진했다.

그리고 그림자 마수들도 동물의 규격을 벗어난 무시무시한 속도로 일제히 몰려들었다.

"《진홍의 염제여·겁화의 군기를 들고·붉게 유린하라》!"

그와 동시에 이브가 완성한 폭염의 마술이 그림자 마수들을 집어삼켰다.

"우오오오오오오오오오!"

글렌은 능숙한 움직임으로 권총을 뽑고 전탄을 발사했다.

연속 패닝으로 배출된 여섯 발의 총탄.

회색 화약이라 불리는 마술화약의 힘으로 날아가는 그 탄환에는 돌로 된 벽조차 관통할 정도의 파괴력이 담겨 있었다.

하지만 루나는 그것들을 피하지 않고 일직선으로 달려왔다.

여섯 발의 탄환이 루나의 미간, 왼쪽 가슴, 배, 오른손, 두 다리에 명중했지만 전부 다 튕겨나가고 말았다.

"어엇?!"

"하아아아아아아아아아아앗!"

놀라서 굳어버린 글렌과의 간격 10미트라를 한 번의 날갯짓으로 지워버린 루나가 그대로 검을 내리쳤다.

그 검에는 어마어마한 법력이 눈부시게 빛나고 있었다.

"크윽?!"

글렌은 머리 위로 두 주먹을 뻗어서 그것을 막았다.

거기에는 루미아의 이능력으로 증폭된 【웨폰 인챈트】가 부여되어 있었다.

"우오오오오오오오오오오옷?!"

하지만 글렌은 단순한 힘의 차이로 밀려버렸다.

두 발이 소리를 내며 지면 아래로 파고들고 있었다.

지금까지 경험해본 적 없는 무시무시한 검압이었다.

'직격을 허용하면 끝장이야!'

글렌은 순간적인 판단력으로 몸을 비틀어서 검을 흘렸다.

그러자 루나의 검이 그의 오른쪽 옆구리를 스치고 지면에 틀어박혔다.

"흐아아아아아아아아아아아아아아아앗!"

바로 빈틈을 드러낸 루나의 배를 오른쪽 무릎으로 찍어 올렸지만 마치 거대한 바위라도 되는 것처럼 꿈쩍도 하지 않았다.

오히려 공격한 글렌에게 더 큰 대미지가 돌아왔을 정도였다.

"어……."

"흡!"

그 순간, 루나의 몸이 회전했다.

동시에 성검이 십자를 그리면서 글렌의 몸을 무시무시한 속도로 엄습했다.

"치이이이이이이이잇!"

글렌은 간신히 몸을 비틀어 간격을 벌리며 주먹으로 공격을 흘려버렸다.

뒤로 도약한 글렌이 착지했지만 기세를 죽이지 못해서 신발밑창이 미끄러지고 바닥에 긴 선을 그었다.

"……훗."

루나는 검을 휘두른 자세 그대로 여봐란 듯이 비웃었다.

"말해두지만…… 방금 당신의 공격은 전부 일부러 맞아준 거야."

"……그렇겠지."

글렌은 이를 악물었다. 아마 루나의 몸을 감싼 저 초고밀도의 법력이 그녀의 방어력을 무지막지하게 강화해준 것이리라.

"그 정도의 공격쯤은…… 전부 눈에 보이고 피할 수도 있어. 원래대로라면 한 번도 안 맞을 자신이 있었는데 일부러 맞아준 거야. ……이게 무슨 뜻인지 알겠어?"

"격의 차이라는 걸 보여주려고?"

"맞아."

루나는 검끝을 내리며 글렌을 똑바로 돌아보았다.

"이젠 알겠지? 이해했겠지? 당신은 인간, 난 천사. 규격 자체가 달라. 뭔가 묘한 능력으로 강화된 것 같지만, 처음부터 당신에게 승산은 없었어."

"…………."

"당신에겐 날 막을 힘이 없었어. ……단지 그것뿐. 하지만 그건 딱히 부끄러운 일이 아니야. 이 세상에 인간의 힘으로 해결할 수 없는 일은 얼마든지 있는걸. 그러니…… 그만 물러나."

그리고 루나는 이제 승부가 났다는 듯 등을 돌렸다.

"몇 번이나 말하지만, 난 딱히 당신들을 죽이고 싶은 건……."

타다다다당!

하지만 능숙한 손놀림으로 탄창을 재빠르게 교환한 글렌은 그녀의 등을 향해 총탄을 모조리 퍼부었다.

"아야야야야얏?!"

방심한 틈에 등을 맞은 루나의 몸이 앞으로 데굴데굴 굴러갔다.

"갑자기 무슨 짓이야?! 믿을 수가 없어! 아무리 적이라지만 이게 여자한테 할 짓이야?! 바보 아냐?!"

눈물을 글썽이면서 벌떡 일어난 루나가 관자놀이에 퍼런 힘줄을 세우고 분통을 터트렸다.

"말해두지만, 보기에만 멀쩡할 뿐이지 그거 꽤 아프거든?!"

"시꺼. 싸우는 도중에 누가 함부로 등을 보이래?"

"크으으으으으으윽~?! 당신은 역시 진짜 맘에 안 들어!"

루나는 발을 동동 구르며 분개했다.

"이제 됐어! 당신만은 반드시 내가 이 손으로 두들겨 패줄 거야! 각오해!"

글렌은 빈틈없이 그런 그녀에게 시선을 고정한 채 탄창을 교환하면서 물었다.

"그러고 보니 너…… 어째선지 처음부터 나한테 시비를 걸었지? 대체 왜? 나랑 넌 그때 처음 만났을 텐데. 대체 나의 뭐가 그렇게 마음에 안 든 거야?"

"……윽!"

그러자 루나는 이를 악물고 짜증이 난 얼굴로 글렌을 노려보더니 곧 내뱉는 것처럼 말했다.

"인간은…… 약해."

"……?"

뜬금없는 내용에 글렌이 의아해했지만 루나는 담담하게 말을 이었다.

"물론 강한 인간도 있어. 영웅이라 불리는 극히 일부의 인간이. 하지만…… 대다수의 인간은 약해. 아무리 노력해도 벽을 넘지 못해. ……나도 그랬어."

"너……."

"아무리 다른 누군가를 지키고 싶어도 이 세상에서는 힘이 없으면…… 인간인 이상은 어쩔 수 없는 일들이 너무 많아. ……그건 당신도 잘 알잖아?"

"…………."

"처음에는 모든 이를 지키고 싶었어. 하지만 머지않아 하다못해 내 눈이 닿는 범위 안에 있는 사람들만이라도 지켜주고 싶었어. 그런 식으로 조금씩 계속 타협하고…… 포기하다가…… 마지막에는 하다못해 내 소중한 사람만이라도 지키고자 했어. 하지만 난 그것조차……."

그리고 루나는 글렌을 노려보았다.

"그래서 난 인간을 그만둔 거야. ……약한 인간인 채로 살아가는 걸 견딜 수 없었으니까!"

"…………."

"지금의 난 그저 결전 병기일 뿐! 모두가 날 괴물 취급했어! 하지만 많은 것을 잃었어도 후회하진 않아! 오히려 기뻤어! 자랑스러웠어! 아무런 장점도 없었던 나에게 《전천사》로 전생할 자질이 있었다는 게…… 기뻐서 참을 수가 없었어!"

그러다 이번에는 마치 부모의 원수처럼 노려보기 시작했다.

"그런데…… 어째서 당신은 아직 인간으로 있을 수 있는 거야?! 당신은 나랑 똑같은 약한 인간이면서! 어떻게 그 상태로 남들을 계속 구해줄 수 있었던 거지?! 다른 누군가를 위해 계속 싸울 수 있었던 거냐구!"

루나는 어안이 벙벙한 글렌에게 계속 소리쳤다.

"다 봤어! 당신이 군에 있었던 시절의 전적을! 지금까지의 공적을! 뭐야 그게?! 약한 인간에 불과한 당신이 어떻게 그

렇게 많은 사람들을 계속 구해줄 수 있었던 건데?! 난 무리
였는데……! 어째서?! 치사하잖아! 치사해!"

"……너……."

"난 당신 따위 인정 못 해! 그런 당신이 날 방해하는 것도
용납 못 해! 나에겐 지켜야만 하는 사람이 있어! 난 그걸 위
해 인간이길 포기한 거야! 질 수 없어! 당신에게만은 절대로
질 수 없단 말야!"

글렌은 어이가 없어서 한숨을 내쉴 수밖에 없었다.

"하! 무슨 거창한 이유가 있나 싶었는데…… 그냥 샘트집
이었구만."

"그래! 샘트집이야! 문제 있어?! 마음대로 떠들어! 난 그냥
개인적으로 당신이 맘에 들지 않아! 약한 인간인 주제에 날
방해하지 말라구!"

"후~ 너, 그거냐? 내가 그렇게 대단한 인간처럼 보였어?
과대평가도 정도가 있지…… 진짜 바보 아냐?"

"뭐?! 그치만 실제로……!"

"그야 확실히 서류만 보면 내 관련 항목은 참 멋진 말만
줄줄이 휘갈겨져 있겠지. 하지만 그 뒤에서 내가 얼마나 많
은 걸 포기하고 잃어왔는지 알기나 해? 지키고 싶은 걸 지키
지 못했던 게 너뿐이라고, 진심으로 그렇게 생각하는 거냐?"

"……?!"

"네 과거나 사정 따윈 전혀 모르지만, 네 눈에 내가 무슨

특별한 존재처럼 보였다면…… 그건 내가 계속 포기하지 못하고 꼴사납게 발버둥쳤기 때문일 거다."

─나는…… 좋아해. 글렌 군의 꿈.

글렌은 마음속 깊은 곳에서 그리운 누군가가 미소 짓는 것을 느끼며 말했다.

"요컨대, 현실이라는 벽을 앞에 두고 포기할 수 있었던 영리한 인간이 너고…… 포기하지 못했던 바보가 나였던 거지. ……차이는 단지 그것뿐이야."

"포기하지 않았……다고?!"

루나는 이를 악물고 글렌을 증오스러운 눈으로 노려보았다.

"뭐야……. 내가 잘못했다는 거야?!"

"뭐? 아무도 그런 말 안 했거든? 어찌 됐든 네가 인간을 그만둔 덕분에 구원받은 사람도 분명 잔뜩 있지 않을까? 그럼 그걸로 됐잖아. 자랑스러워하라고."

"그래도……! 난…… 역시 당신이 맘에 들지 않아!"

"그래서 뭐, 어쩌라고. 아무튼 내가 지금 여기 있는 건 학생들의 미래를 지키기 위해서야. 그래서 너희들에겐 질 수 없어. ……네가 보기엔 보잘 것 없는 이유일지도 모르겠다만, 그것이 지금의 나에게 전부인 것도 사실이지."

그렇게 말한 글렌은 조용히 전투태세를 취했다.

"네가 무슨 사정을 떠안고 있는지는 모르겠지만…… 난 내가 지켜야 하는 녀석들을 위해 널 때려눕혀주겠어."

그러자 루나는 짜증스럽게 이를 악물었다.

"좋아……. 반드시 굴복시켜주지! 당신을 때려눕혀서…… 내가 그때 내린 결단이 옳았다는 걸 증명하고야 말겠어!"

그녀는 마지막으로 그렇게 외친 후.

―Ya… ALaLaLa, Lala… Ah, YaLaLa, Laha…♪

다시 노래를 부르기 시작했다.

지금까지와는 곡조가 전혀 다를 뿐만 아니라 타인의 마음 속으로 스며드는 노래가 아니었다.

오히려 본인에게 바치는 노래였다.

그리고 곧 노래와 함께 루나를 감싼 법력의 빛이 서서히 강해지기 시작했다.

"서……설마 저건?!"

들어본 적이 있었다.

전승에 따르면 《전천사》는 신의 이름을 찬송하면서 검을 휘둘렀다고 한다.

엔젤릭 오라클【찬미가】. 노래를 부르는 동안에 술자의 능력이 조금씩 계속 상승하는 강력한 자기 강화 마술이다.

노래를 중지하면 그때까지 받은 강화는 전부 한순간에 사라지지만 반대로 말하면 노래가 계속되는 한 끝없이 강해질 수 있었다. 이것이야말로 《전천사》가 신화에서 최강의 천사라 일컬어진 이유였다.

"아차?! 그렇지 않아도 강한 녀석이 더 강해지면 손쓸 방법이 없어지잖아! 한시라도 빨리 노래를 중단시키거나 때려눕히는 수밖에 없어!"

루나는 그런 글렌을 흘겨보며 눈으로 말했다.

'……어때? 절망했지? 지금이라도 포기하고 항복하는 게 어때?'

"……저게?!"

그리고 루나는 노래를 부르면서 검을 위로 세우고 날갯짓을 시작했다. 벌써 【찬미가】의 효과가 적용되기 시작했는지 조금 전보다도 강해진 추진력을 이용해 글렌에게 돌진했다.

"치이이이이이이이이이잇! 루미아! 미안하지만, 부탁해!"

"아, 예!"

루미아는 다시 한 번 《아르스 마그나》의 보조 효과를 보냈다.

힘이 증폭된 걸 느끼며 글렌도 돌진했다.

"우오오오오오오오오!"

"──────흡!"

그렇게 글렌이 휘두른 주먹과 루나가 내리친 검이 정면에서 격돌한 순간, 눈부신 빛과 굉음이 대기를 뒤흔들었고 마치 천지이변 같은 충격이 대투기장 전체로 퍼져 나갔다.

"하앗!"

흩날리는 불똥과 거친 열풍이 주변 일대를 불태우고 있었다.

사방팔방에서 거대한 해일처럼 몰려드는 그림자 마수들.

그것들을 이브의 불꽃이 모조리 불태우고 있었다.

소용돌이치는 불꽃 폭풍, 솟구치는 불기둥, 굉음을 울리는 폭염, 땅을 타고 질주하는 열파.

그런 다양한 불꽃 마술이 이브의 주위에서 사납게 날뛰며 체이스가 부리는 그림자 마수의 접근을 막고 있었다.

"흐읍!"

그런 가운데 체이스가 마치 불꽃 사이를 일렁이는 그림자처럼 이브를 향해 육박했다.

두 번, 세 번 도약해서 열파를 뛰어넘고 머리 위에서부터 날아드는 그의 쌍검이 가차 없이 이브를 향해 떨어졌다.

카앙!

하지만 이브는 【십자성화】를 교차시켜서 그 공격을 막아냈다.

한 자루는 장검이었고, 다른 한 자루는 단검이었다.

근접전투는 이브가 압도적으로 불리한 것처럼 보였다.

"《염제의 명에 따르라》."

"……?!"

하지만 이브가 뭔가 주문을 영창하자 【십자성화】에 깃든 불꽃이 마치 생물처럼 움직이기 시작이더니 맹렬한 속도로 체이스의 검을 타고 그의 팔과 몸을 휘감았다.

"홍! 감히 이그나이트에게 근접전을 시도하다니…… 그야 말로 어리석음의 극치네."

"큭?!"

체이스는 견디지 못하고 뒤로 몸을 날렸다.

지금까지 수많은 불꽃 마술에 삼켜져도 멀쩡해 보였던 체이스가 어째선지 이번에는 당황하는 기색을 보였다.

"쓰읍!"

그러자 이브가 그 틈을 놓치지 않고 온 몸의 반동을 이용해서 【십자성화】를 투척했다.

파공성과 함께 어둠을 가르는 홍련의 은광.

"……치잇!"

체이스가 다시 도약하자 그 자리에 【십자성화】가 틀어박혔다. 하지만 곧 단검에 깃든 불꽃이 무시무시한 속도로 지면을 타고 퍼지며 체이스를 집어삼키려 했다.

체이스는 다시 한 번 뒤로 크게 물러나는 동시에 어둠의 마력을 활성시켜 몸에 붙은 불꽃을 끄기 시작했다.

그리고 그 틈에 이브는 전투에 유리한 높은 장소를 차지하고 체이스를 내려다보았다.

"……역시 그랬군. 뭔가 이상하다 싶었어."

이브는 팔짱을 낀 채 자신만만한 미소를 짓고 있었다.

"일반적인 흡혈귀에 비하면 상당히 튼튼하지만…… 『흡혈귀는 불에 약해』. 그건 당신도 마찬가지지? 견딜 수는 있지만, 멀쩡한 건 아니었던 모양이네."

"……"

"……"

"속임수는 간파했어. 당신은 흡혈귀의 【원소 조작】 능력으로 몸에 불꽃이 닿는 걸 아슬아슬하게 막고 있었던 거야. 그게 바로 당신이 불꽃 앞에서도 무적일 수 있었던 비밀의 정체. ……내 말이 틀려?"

"…………"

체이스는 침묵했다. 하지만 그것은 무언의 긍정이었다.

"그런 섬세한 컨트롤이 가능한 흡혈귀는 아마 당신밖에 없을 거야. 하긴, 평범한 마술사였다면 불꽃을 몇 백발이나 날려도 거의 통하지 않았겠지. 하지만 안타깝게 됐는걸? ……지금 당신과 싸우는 마술사가 누구인지는 알아?"

이브는 손끝에 불꽃을 피우면서 체이스를 가리켰다.

"홍염공^{로드 스칼렛}…… 열과 불에 모든 것을 바치고 극한의 경지에 이른 이그나이트. 불꽃을 조작하는 능력으로 나보다 뛰어난 마술사는 이 세상에 존재하지 않아!"

"……그렇군. 확실히 나에게 넌 최악의 상성을 가진 상대…… 즉, 천적인 셈인가."

체이스는 쓴웃음을 흘리고 불에 탄 팔을 내려다보았다.

눈 깜짝할 사이에 상처를 재생하는 흡혈귀의 능력이 작용하지 않고 있었다.

이브의 【염열 조작】이 체이스의 【원소 조작】을 능가했기 때문이다.

"하지만 난 이래 봬도 진조…… 아무리 네 공격이라도 그리 쉽게 쓰러트릴 수는 없을걸?"

"그런 건 나도 알아."

"그리고…… 들려?"

체이스가 그렇게 말한 순간, 이브의 귀에 노랫소리가 들리기 시작했다.

"……이 노래는…… 설마 엔젤릭 오라클 【찬미가】?"

경기장 한복판으로 슬쩍 시선을 돌리자 무시무시한 속도로 사방팔방에서 글렌을 압박하는 루나의 모습이 시야에 들어왔다.

"저 노래가 끊이지 않는 한 루나의 힘은 끝없이 강화돼."

"……뭐야 그게. 반칙 아니야?"

"아무튼 이제 좀 알겠지? 시간이 흐르면 흐를수록 유리해지는 건 이쪽이야. 즉, 내가 조바심을 느낄 필요는 전혀 없다는 뜻이지. 난 결정적인 전력 차가 될 때까지 계속 시간만 벌고 있으면 돼."

"……칫."

이브는 혀를 찰 수밖에 없었다. 확실히 말 그대로 위험한 상황이었다.

지금의 이브가 체이스를 압도하는 건 충분히 가능했다.

하지만 단숨에 해치울 수단이 없는 이상, 필연적으로 장기전이 될 수밖에 없었다.

그의 말대로라면 시간이 흐를수록 불리해지는 건 자신들이리라.

"……하지만 시간이 흐를수록 불리해지는 건 과연 어느쪽일까?"

이브가 머리카락을 우아하게 쓸어 올리자, 아름다운 불꽃이 머리카락에서 명멸하며 그녀의 옆얼굴을 비추었다.

"뭐, 됐어. 우린 우리끼리 잘해보자구. 자…… 간다!"

이브는 주문을 영창하며 오른손을 들어올렸다.

그러자 불꽃이 소용돌이치면서 그 오른손에 모이기 시작했다.

루미아의 《아르스 마그나》 덕분인지 오늘의 컨디션은 그야말로 최고였다.

'그래, 이 녀석들을 상대로 고전하는 건 처음부터 예상한 일이었어. ……그러니 이번 싸움의 열쇠를 쥐고 있는 건 바로 저 애야.'

이브는 체이스를 빈틈없이 경계하며 후방에서 글렌의 전투를 지켜보는 루미아를 살짝 흘겨보았다.

―조금 전에 대경기장을 향해 달려오던 중.

"뭐어?! 너, 《은 열쇠》를 쓰겠다고?!"

루미아의 제안을 들은 글렌이 비명을 질렀다.

"예. 그 힘이 있으면 반드시 선생님의 도움이 될 거예요."

"아, 아니…… 그건 그렇겠지만…… 그 힘은……."

'……지나치게 위험해.'

그것은 원래 인간이 다뤄선 안 되는 힘이었다.

글렌이 떨떠름해하자 루미아는 늠름한 표정으로 설득했다.

"걱정하지 마세요. 더는 자신을 비하하진 않을 거예요. 선생님과 이브 씨를 돕기 위해…… 모두를 구하기 위해…… 전 제 희망과 의지로 그 힘을 쓰고 싶은 거예요. 의무나 얄팍한 자기희생이 아니라요. 이젠 그 점을 절대로 착각하진 않을 거예요."

"…………."

루미아가 보기 드물게 강한 자기주장을 하자 글렌은 말문이 막힐 수밖에 없었다.

"……그래서? 실제로 그 《은 열쇠》라는 걸 제대로 쓸 수 있긴 한 거니?"

그러자 이브가 차가운 목소리로 끼어들었다.

"글렌에게 들은 건데 꽤 불안정한 힘이라며? 그 《불꽃의 배》 사건이 끝난 뒤로는 쓸 수 없었던 게 아니었어?"

"……솔직히 말씀드리면 아직 제대로 쓸 수 있는 건 아니에요. 제 안에 《은 열쇠》가 있다는 건 분명하게 느껴지지만……
좀처럼 꺼낼 수가 없어서…….”

“…………”

“하지만 이번에야말로 반드시 꺼내 보이겠어요! 제대로 써볼
거예요! 부탁이에요, 선생님! 제가 《은 열쇠》를 쓰는 걸……
부디 허락해주세요!”

이브는 표정을 찡그리고 글렌을 흘겨보았다.

글렌은 잠시 자신을 똑바로 올려다보는 루미아를 가만히
내려다보다가 곧 입을 열었다.

“루미아. 우리는 한시라도 빨리 【자장가】를 해제해야만
해. 놈들을 쓰러트려서 【자장가】를 멈춰도 내일 시합이 시작
되기 전까지 선수들이 눈을 뜨지 못하면 의미가 없어. ……
그 사실은 알고 있겠지?”

“예.”

“네가 《은 열쇠》를 꺼내는 연습에 시간을 쓸 여유는 없어.
요컨대, 벼락치기로 실전에서 써야해. 그것도 알겠지?”

“예.”

“즉, 난. 아니, 우리는 너에게 목숨을 맡기게 되는 셈이야.
상당히 불확실하고 두루뭉술한 소리를 하는 너에게. ……그
것도 알겠어?”

“……예.”

“……넌 그걸 알면서도 널 믿어달라고 할 수 있겠어? 은

열쇠를 제어해내겠다고 맹세할 수 있겠어? 우리의 목숨을 짊어지겠다고 선언할 수 있겠어? 어때?"

글렌은 일부러 압박감을 주듯 말했다.

"예! 반드시 전《은 열쇠》를 제어해내고 말 거예요! 선생님, 제발 절 믿어주세요! 저도…… 선생님의 힘이 되어드리고 싶다구요!"

"…………."

글렌은 망설임 없이 단호한 그 대답을 듣고 잠시 입을 다문 후—.

"그래, 알았다! 나도 널 믿어보마!"

씨익 웃으며 그렇게 대답해주었다.

"하아아아아아아아아아아아아아아아아앗!"

"흡!"

체이스의 섬전 같은 파고들기와 유성 같은 강습 검격을 이브는 옆으로 뛰어서 피했다. 그녀는 동시에 바닥에 손을 짚고 뒤로 공중제비를 돈 후—.

"《폭(爆)》!"

체이스의 머리 위로 폭염을 집어던졌다.

붉게 타오르는 시야와 사납게 휘몰아치는 폭압과 열파.

이브는 로브와 머리카락을 나부끼면서 생각에 잠겼다.

'설마 이그나이트인 내가 그런 불확실하고 책략이라 부를

수도 없는 수단에 의지하게 되다니…… 세상도 참 말세야! 내가 무슨 글렌도 아니고!'

동시에 폭풍을 가르고 달려드는 체이스를 응시하며 새로운 주문을 영창했다.

'하지만……'

아아, 아무래도 벌써 그 바보와 그 학교에 나쁜 영향을 받은 모양이었다.

'……정말 영문을 알 수가 없네. 루미아…… 그 애의 눈. 응. 마음속 한구석에서는 분명 가능할 거라고, 믿을 수 있다고…… 확신하는 내가 있다니!'

작렬하는 불꽃이 하늘을 울리고 고막을 찌를 것 같은 굉음을 터트렸다.

그리고 이브의 불꽃과 체이스의 검이 다시 연속으로 격돌하기 시작했다.

"우오오오오오오오오오오!"

"————흡!"

격돌, 격돌, 격돌.

글렌의 주먹과 루나의 검이 눈에 보이지도 않는 속도로 격돌했다.

찰나의 순간에 주고받는 무한의 공방전.

검과 주먹이 맞부딪힐 때마다 무시무시한 충격파가 대기

를 뒤흔들었다.

"크으으으으으으으으으으으윽?!"

하지만 명백히 밀리고 있는 건 다름 아닌 글렌이었다.

일격을 주고받을 때마다 균형을 잃고 뒤로 물러나고 있었다.

루나의 【찬미가】는 여전히 발동 중이다.

이런 격렬한 전투를 벌이고 있음에도 조금도 끊어질 낌새가 보이지 않았다.

그래서 루나의 힘은 시시각각 강대해지고 있었다.

그녀의 몸에서 뿜어져 나오는 법력은 이미 글렌을 통째로 집어삼킬 듯한 거대한 해일로 변모해있었다.

'이겼어! 틀림없이 이겼어! 내 사전에 패배는 존재하지 않아!'

루나는 확신을 가지고 검을 휘둘렀다.

글렌이 뒤로 도약하며 피했으나 그녀의 눈에는 전부 보였다.

그대로 뒤돌아 차기를 먹이자 글렌의 몸이 세차게 바닥을 튕기며 굴러갔다.

루나는 즉시 날개를 펼치고 마치 활공하는 것처럼 그를 추격했다.

그 속도는 이미 신의 속도를 뛰어넘은 마(魔)의 속도라 부를 수 있으리라.

'어때?! 이게 바로 내 힘이야! 약한 인간인 당신이 아무리 잔재주를 부려봤자 절대로 당해낼 수 없는 힘! 엄연히 존재하는 절대적인 힘의 차이!'

아슬아슬하게 균형을 잡은 글렌은 그대로 바닥을 굴러서 루나의 검을 피했다.

하지만 루나는 즉각적으로 반전하고 상중하단으로 검을 계속 휘둘렀다.

글렌은 그것들을 피하고, 튕겨내고, 흘려 넘겼지만 충격음과 동시에 다시 멀리 날아가면서 바닥을 굴렀다.

'절망적이지?! 왜 이렇게 애쓰는데도 승산이 보이지 않느냐고 한탄하고 싶지?! 때려치우고 싶지?! 그런데…… 어째서……!'

하지만 곧 바닥을 구르는 기세를 이용하여 재빨리 일어섰다.

온몸이 만신창이였다.

그러나 글렌은 다시 주먹을 들었다. 그의 눈은 아직도 형형하게 불타며 존재감을 주장했다.

'어째서! 어째서 그렇게까지 싸울 수 있는 거냐구우우우우!'

루나는 그 영혼의 절규까지 노랫소리로 바꾸며 글렌을 향해 날아갔다.

'왜 마음이 꺾이지 않는 건데?! 포기하면 되잖아! 보통은 포기하는 게 당연하잖아?! 그런데 왜! 감당할 수 없는 상대에게 지는 건 딱히 부끄러워할 필요도 없는 지극히 당연한 일이잖아?! 그런데 왜……!'

그 격렬한 감정을 전부 검에 담아 휘두르고, 휘두르고, 또 휘둘렀다.

하지만 그래도 글렌은 계속 맞서 싸웠다.

누가 봐도 승산이 없는 절망적인 상황임에도 싸우는 걸 멈추지 않았다.

'대체 왜……!'

글렌의 주먹과 루나의 검이 충돌하고 지근거리에서 서로를 노려본 순간, 그가 갑자기 입을 열었다.

"혼자가 아니라서야."

'……?!'

마치 루나의 마음속을 꿰뚫어본 것처럼 자신만만하게 말했다.

"그야 이런 상황에서 나 혼자였다면 벌써 마음이 꺾였을걸? 하지만 지금 난…… 혼자가 아니거든."

'뭐?! 혼자가, 아니라서?!'

그 순간, 루나의 머릿속에 누군가의 목소리가 되살아났다.

―루나 프레아. 당신이 모두를 지키지 못한 건 약했기 때문입니다.

―큰 힘을, 뭔가를 이뤄낼 힘을 얻으려면 대가가 필요합니다.

―지키고 싶다면…… 각오를 다지고 고독한 괴물이 되십시오.

―그렇지 않으면 진정한 강함을 손에 넣을 수 없을 겁니다.

―당신에게는 인간을 그만두면서까지 힘을 얻을 각오가 있습니까?

'웃기지 마! 그런 건 절대로 인정 못 해애애애애애애애애!'

루나의 가로베기가 양팔을 교차해서 막은 글렌의 몸을 날려버렸다.

글렌은 그대로 십수 미트라를 밀려날 수밖에 없었다.

하지만 루나는 단 한 달음만에 그런 그와의 간격을 지우고 검을 내리쳤다.

'그런 걸로…… 고작 그런 걸로 뭔가를 이뤄낼 수 있다면! 모두가 날 두고 죽었을 리가 없다구!'

혼신의 힘을 담아 휘두른 검에선 오늘 최대급의 법력이 흘러넘치고 있었다. 세상을 새하얗게 태우는 듯한 그 눈부신 법력의 빛 때문에 칼날은 이미 형태조차 보이지 않았다.

'똑똑히 봐! 이게 바로 천사의 힘이야! 당신들, 인간은 죽었다 깨도 이길 수 없는 절대적이고 압도적인 힘…… 그런 내 힘 앞에서 굴복하란 말야아아아아아아!'

"우오오오오오오오오오오오오오오오오오!"

하지만 글렌은 마치 영혼을 불태우는 듯한 절규를 내지르고 머리 위로 교차한 양팔로 그 검격을 막았다.

충격음.

처절한 검압이 글렌을 짓누르자 육체가 비명을 질렀다.

뼈 몇 개에 금이 가며 부러졌고 심각한 대미지가 내장을 관통했다.

'……어때?! 봤지?! 이게 바로 내 힘이야! 내가 죽음을 극복하며 손에 넘은 힘! ……아직도 인간에 불과한 당신의 힘으로는 절대로……'

그 순간, 루나는 깨달았다.

팔은 확실히 부러졌다.

하지만 교차한 검과 팔 너머에서 이쪽을 직시하는 글렌의 눈은―

'이 녀석…… 아직도 마음이 꺾이지 않았잖아?! 어째서?!'

아직도 생생하게 살아있었다.

이 상황만 넘기면 반드시 이길 수 있다고 믿는 눈이었다.

그 어떤 역경과 고난 앞에서도 마지막까지 포기하지 않는 불굴의 신념이 담긴 눈이었다.

'예전에 잃어버린…… 내 눈.'

어째서 이런 절망적인 상황 속에서도 저런 눈을 할 수 있는 것일까.

한순간 위축된 루나가 망설인 순간이었다.

글렌은 고개를 뒤로 한껏 젖힌 후―

"으라아아아아아아아아아아아아아아아앗!"

루나에게 맹렬한 박치기를 날렸다.

"큭?!"

그 충격으로 뒤로 몸이 날아갔다.

한순간 노래가 중단될 뻔했으나 황급히 의식을 붙들고 노래를 재개했다.

'이, 이게~?!'

"훗! 승부는 이제부터 시작이라고!"

글렌은 그런 루나를 향해 자신만만하게 입가를 끌어올리고 맹렬히 돌진했다.

"선생님······."

루미아는 그런 글렌의 싸움을 가만히 지켜보고 있었다.

온몸이 너덜너덜해질 정도로 다친 글렌이 안쓰러웠다. 죄책감을 느꼈다. 어느 순간, 글렌이 크게 다치지 않을까 불안해서 견딜 수가 없었다.

하지만 그 이상으로⋯⋯ 행복했다.

'선생님께선 날 믿어주고 계셔⋯⋯. 날 믿고 저렇게까지 싸우시는 거야⋯⋯.'

사랑하는 사람이 이토록 자신을 믿어주는 모습을 보는 것보다 더 행복한 일이 과연 존재할 수 있을까?

"고마워요⋯⋯ 선생님. 역시 전⋯⋯ 선생님을⋯⋯."

루미아는 흘러넘치는 마음을 억누르며 자신의 마음을 마주보았다.

─난 『착한 아이』가 되고 싶었다.

루미아가 짊어진 많은 것들이 그렇게 만들었다.

『착한 아이』가 되어야만 했다. 자신을 희생하고 타인을 위하는, 누구나가 인정하는『착한 아이』가 되어야만 했다.

하지만 글렌은 그랬던 자신에게 이렇게 말해주었다.

이제 더는『착한 아이』가 되려고 애쓸 필요는 없다고.

좀 더 욕심을 가져도 된다고……

'그 말 덕분에 전…… 진정한 의미로 구원을 받았답니다.'

같이 돌아가자고.

같이 고민하자고.

글렌은 늘 그렇게 말하며 루미아에게 손을 내밀어주었다.

'전 줄곧 고민했어요. 제가 행복해질 방법을…… 제가 살아갈 길을……'

누군가를 위해서 살아간다는 건 정말 멋진 일이라는 것을 모두가 가르쳐주었기에…….

그래서 생각했다. 자신도 누군가를 위해 살아가자고…….

'……아직 구체적인 길은 모르겠어요. 하지만……'

루미아는 학생들을 위해 모든 것을 바쳐서 싸우는 글렌의 모습을 다시 바라보았다. 누군가를 위해 싸움을 포기하지 않는 은사의 등을 계속 바라보았다.

아아, 이 얼마나 숭고한 모습인가.

내가 사랑하는 사람은 저토록 진흙을 뒤집어쓴, 변변찮은 모습이지만—

그래도 그 누구보다 긍지 높고 눈부시게 빛나는 인간이었다.

저 사람의 힘이…… 되어주고 싶었다.

그런 절실한 소망과 마음이 글렌의 등을 볼 때마다 루미아의 안에 모이고 있었다.

'누군가를 위해 살아가는 삶…… 아직 구체적인 길은 아무것도 보이지 않지만…….'

그야말로 인생을 걸어야할 명제일지도 몰랐다.

그래도 지금 이 순간, 확실해진 것은 있었다.

그것은 거짓 없는 진실한 마음.

'하지만 지금은 그저…… 선생님을 위해 살아가고 싶어!'

자신의 마음속을 들여다보듯, 끄집어내듯 강하게 소망했다.

'지금은…… 모두를 위해 싸우는 선생님을 위해, 선생님이 나아가실 길을 지키기 위해…… 난 살고 싶어! 그것이야말로 내가 나를 위해 살아가는 길이야!'

그렇게 강하게 소망한 그때였다.

솔직히 어느 정도 예감은 있었다.

근거는 전혀 없지만 처음부터 이상할 정도로 확신하고 있었다.

예전에 남루스는 이렇게 말했다.

그『열쇠』는 마술보다 오래된 힘.

마술이 순수하게 인간의 소망을 이루어주기 위해서만 존재했던 시절의『원초의 힘』. 마술처럼 이성과 논리가 아닌 소망과 본능으로만 다룰 수 있는 『마법』.

그래서 마음속 한구석에서는 확신하고 있었다.

지금의 자신이라면 가능하다고.

붙잡을 수 있을 거라고.

그래서 루미아는 자신의 마음속 가장 깊은 곳에서 그것을 움켜잡았다.

"……!"

가슴에 댄 루미아의 손에서 눈부신 은색 빛이 흘러넘쳤다.

한없이, 하염없이.

모든 것을 하얗게, 루미아의 세계를 새하얗게 물들여갔다.

그 순간, 루미아는 자신의 내면세계를 들여다볼 수 있었다.

언제 어디선가 본 광경.

아무것도 없는 공(空)의 세계.

눈앞에서 수많은 사슬로 온몸이 칭칭 감긴 채 매달린 소녀.

또 다른 자신이었다.

『저기…… 왜 그런 소망을 가진 거야?』

그녀는 슬픈 얼굴로 말했다.

『우리의 소망은…… 그런 게 아니었잖아……?』

『다시 생각해봐. 우린 「그 사람」을 위해 존재하잖아? 우린 자신을 희생해서 「그 사람」에게 헌신해야 하는데…… 그런 존재인데도…… 넌 「그 사람」을 버리려는 거야?』

『그런 건…… 안 돼. ……용납될 수 없어.』

말없이 가만히 듣고만 있는 루미아에게 호소했다.

『저기, 만약 내가 하라는 대로 해준다면…… 내가 훨씬 더 큰 힘을 너에게 빌려줄 테니까…… 그러니 넌 지금까지처럼…….』

또 다른 자신이 무슨 말을 하는지 전혀 이해할 수 없었지만 지금 이 순간이 중요한 분기점이라는 건 알 수 있었다.

그리고 그것은 루미아라는 존재에게 있어서 무엇보다 가장 중요한 일이라는 것도 이치가 아닌 영혼으로 이해할 수 있었다.

하지만 루미아는 그런 또 다른 자신에게 등을 돌리고 말했다.

"미안. 난…… 나를 위해 살아갈 거야!"

—그런 욕망을 강한 의지로 관철했다.

"……?!"

잠시 내면세계를 헤매던 루미아의 의식이 현실세계로 돌아왔다.

그리고 손바닥 위에는 어느새 한 자루의 은색 『열쇠』가 둥둥 떠 있었다.

"이게 바로…… 내 『열쇠』!"

작았다.

무척 작았다.

예전에 본 검처럼 커다란 『은 열쇠』와는 전혀 달랐다.

단순한 힘도 훨씬 약했다. 그 『은 열쇠』보다 훨씬 못하다는 걸 알 수 있었다.

하지만 충분했다.

분명 이것이야말로 루미아가 자신의 길을 개척하기 위한 최강의 힘일 테니까.

이것이 바로 루미아의 힘인 것이다.

"선생님!"

루미아가 왼손을 앞으로 내밀자 《루미아의 열쇠》도 그 방향을 따라 가리켰다.

"……갈게요! 지금 도와드릴게요!"

그리고 다음 순간, 열쇠가 철컥 소리를 내며 옆으로 살짝 회전했다.

키잉!

공간에 금속음이 날카롭게 울려 퍼진 순간—.

'앗?!'

뒤로 날아가는 글렌에게 최후의 일격을 날리려고 날개를 펼친 루나는 아연실색할 수밖에 없었다.

'모, 몸이…… 안 움직여?!'

그녀를 포함한 공간이 마치 단숨에 얼어붙은 것처럼 고정되고 만 것이다.

'대, 대체 무슨 짓을 한 거지?!'

그러자 꿈적도 하지 않는 시야 한구석에 한 소녀의 모습이 들어왔다.

소녀는 손바닥 앞에 작은 열쇠 하나를 겨누고 있었다.

'서, 설마 공간 동결?! 말도 안 돼! 시간과 공간을 다루는 마술은 어느 나라에서든 최고등급 마술일 텐데! 그걸 저런 애가 썼다고?!'

"……하지만 어설퍼! 이 정도의 공간 지배쯤으으으으은!"

루나는 법력을 전개해서 억지로 날개를 폈다.

온몸에 흘러넘치는 법력을 아낌없이 전부 해방해서 폭발적으로 방출하자, 사방팔방으로 퍼져나간 강대한 법력이 고정화된 공간을 파괴했다.

챙그랑!

그와 동시에 유리가 깨지는 듯한 소리를 내며 공간 동결이 캔슬되었다.

"으윽?!"

그러자 마술이 깨진 반동으로 루미아의 몸이 크게 뒤로 젖혀졌다.

"아쉽게 됐네! 난 천사라구! 그런 내가 인간 따위의 힘에……!"

루나가 그렇게 자랑스럽게 승리 선언을 하려고 한 순간—.

"……훗! 【찬미가】가 풀렸구만?"

글렌이 의기양양하게 웃으면서 맹렬한 속도로 돌진해왔다.

'아차! 목적은 이거였나?!'

그렇다.

루미아의 공간 동결에 신체의 자유를 빼앗겼을 때 루나의 노래는 완전히 멈추고 말았다.

그야 당연하다. 입도 움직일 수 없었으니까.

엔젤릭 오라클【찬미가】는 노래가 계속되는 한 자기 강화 효과가 끊이지 않는다.

하지만 반대로 노래를 멈추면 효과도 사라진다.

지금까지 중첩된 힘도 전부 사라졌다. 초기 상태로 되돌아왔다.

심지어 조금 전에는 루미아의 공간 동결을 깨트리기 위해 법력을 전부 방출해버리고 말았다. 따라서 지금 이 순간, 그녀의 몸을 지키는 법력은 **완전히 고갈**된 상태였다.

"큭?! Ya, …ALaLaLa, Lala….

루나가 다시 황급히 엔젤릭 오라클【찬미가】를 부르려 한 그때—

"……늦었어."

글렌이 한 발 먼저 한 장의 아르카나를 뽑아 들었다.

그것은 광대의 아르카나였다.

고유마술【광대의 세계】발동.

'어째서?! 부르기만 하면 바로 효과를 발동하는 엔젤릭 오

라클이 대체 왜 발동하지 않는 거지?!'

"우오오오오오오오오오오오오오오오!"

루나가 동요하고 망설이는 틈을 노리고 글렌이 간격을 파고들었다.

"크윽?!"

루나는 이를 악물고 요격했다.

"질 수 없어……. 질수없어질수없어질수없어! 천사인 내가 인간인 당신에게 질 수는 없단 말야!"

"시끄러!"

"으아아아아아아아아아아아아아아아아아앗!"

루나는 혼신의 힘을 담아서 검을 내리쳤다.

"우오오오오오오오오오오오오오오오!"

마찬가지로 글렌도 모든 것을 하늘에 맡긴 채 주먹을 휘둘렀다.

"하아아아아아아아아아아아아아아아아아앗!"

루나의 검은 글렌의 몸을 스쳤지만 글렌의 주먹은 그녀의 뺨을 정통으로 가격하는 카운터가 되었다.

그리고 글렌이 그대로 온 힘을 다해 팔을 끝까지 휘두르자―.

"커헉!"

루나의 몸이 공처럼 수평으로 날아갔다.

도중에 성검을 놓친 루나는 몇 번이나 바닥을 튕기면서도 멈추지 않고 계속 날아갔다.

'모……몸이…… 안 움직여……!'

머리가 어지럽고 의식이 새하얗게 물들었다.

저항할 수가 없었다. 숨을 쉴 수가 없었다. 낙법도 취할 수 없었다. 손가락 하나 까딱할 수 없었다.

루나는 그저 자신을 지배하는 압도적인 물리 에너지에 농락당하며 경기장 바닥을 비참하게 구를 수밖에 없었다.

터억!

그런 루나의 몸을 받아든 건 다름 아닌 체이스였다.

"……"

그는 온몸이 불에 탄 처참한 몰골이었지만 넝마가 된 루나의 몸을 옆으로 안아들고 글렌을 똑바로 바라보았다.

"칫! 드디어 납셨구만, 흡혈귀!"

글렌은 빈틈없이 전투태세를 취했다.

"잽싸기는…… 흡혈귀라는 건 정말 터프하네. 진짜 지긋지긋할 정도야."

그러자 손에 불꽃을 일렁이는 이브가 글렌의 오른쪽 옆에 착지했다.

마치 지금까지의 격렬한 싸움을 증명하는 것처럼 그녀의 몸 여기저기에서는 아직도 불똥이 튀고 있었다.

"……선생님!"

그리고 이번에는 은색으로 빛나는 열쇠를 든 루미아가 왼쪽 옆에 나란히 섰다.

"…………."

체이스는 그런 세 사람을 빈틈없이 바라보고 있었다.

"……체……이스…… 내, 내 검을……."

이윽고 의식이 몽롱해진 루나가 간신히 입을 열어 중얼거렸다.

"……루나."

"난…… 아직…… 싸울 수 있어……. 싸우지…… 않으면…… 난…… 대체 뭘…… 뭘 위해…… 천사가 된…… 건지……!"

루나는 체이스의 품에서 벗어나려 했지만 힘이 없어서 미수에 그치고 말았다.

체이스는 그런 그녀를 설득했다.

"이제 됐어. 이제 그만하자, 루나."

"으, 으……."

"사실은 너도 알고 있잖아? 우리가 졌어. 그러니 이제 그만하자. 루나……."

"안 돼……. 싫어. 진 거 아냐……. 그, 치만…… 지면…… 당신이…… 그런 건 싫어……."

"……이제, 됐어."

체이스가 그렇게 말한 순간, 루나는 뭔가를 체념한 것처럼 힘없이 고개를 떨구었다.

하지만 곧 증오스러운 눈으로 글렌을 노려보았다.

"치사해…… 치사하잖아, 당신! 대체 뭐야……! 그 붉은 마술사랑 그 이상한 열쇠를 가진 애는……! 결국 당신의 힘이 아니었잖아……! 당신은 결국 도움만 받았을 뿐이야! 주위의 도움을 받고 승리를 거저먹은 것뿐이잖아! 어째서…… 어째서냐구. ……왜 내가 저런 인간에게……!"

그리고 울먹이면서 생트집을 잡았다.

"……그게 뭐가 잘못인데?"

하지만 글렌은 어이가 없는 얼굴로 대답했다.

"……뭐?"

"아니, 주위의 도움을 받는 게 대체 뭐가 문제라는 거야? 혼자 힘으로 해결하는 게 그렇게 중요해? 진부한 말이지만, 인간은 모두가 서로 도와가면서 살아가는 생물이잖아."

"모두……가……?"

루나는 넋을 잃은 표정으로 그 단어를 되물었다.

"……모두……가……아……."

그리고 눈물을 뚝뚝 흘리기 시작했다.

"……아, 으아아아아아아아아아아아아아아아아아앙!"

이윽고 마치 울부짖는 듯한 루나의 통곡이 경기장 안에 울려 퍼졌다.

"뭐, 뭐지……?"

"……."

글렌과 이브는 그 반응에 그저 당혹스러울 수밖에 없었다.

"……진심으로 미안했다. 너희들에겐 폐를 끼치게 돼서."

그러자 체이스가 담담한 목소리로 사과했다.

"루나는 신경 쓰지 마. 이쪽 사정이니까. 너희들과는 아무런 관계도 없어."

그리고 자신의 품에 매달린 채 흐느껴 우는 루나를 내려다보았다.

"우리의 완패야. 우린 이번 일에서 손을 뗄 게. 이젠 두 번 다시 너희들을 방해하지 않겠다고 약속할게. ……그러니 염치없는 소리 같겠지만, 이대로 우릴 보내주지 않겠어?"

체이스는 눈을 가늘게 뜨고 말했다.

"……뭐, 보내주지 못하겠다면 그야말로 잿더미가 될 때까지 저항하겠지만 말야."

"글렌, 치명상을 입었다곤 해도 상대는 흡혈귀야. 그냥 이대로 보내주는 편이 나아."

"나도 알거든?"

이브가 조언하자 글렌도 짜증스러운 표정으로 고개를 끄덕였다.

저런 각오를 다진 적을 상대하는 건 좋은 생각이 아니리라.

"그리고…… 목적은 달성했고."

루나를 전투불능 상태까지 몰아넣은 덕분인지 머릿속에서 계속 재생되던 【자장가】는 어느새 완전히 그친 상태였다.

"……고맙다. 아직 【자장가】가 그리 깊게 걸리지는 않았을 거야. 아마 선수들은 내일 시합 개시 전에는 정신을 차리겠지. 나도 너희의 영광과 무운을 빌어줄게."

마지막으로 그런 말을 남긴 체이스는 루나를 안은 채 하늘 높이 도약했다.

그리고 곧장 무시무시한 기세로 하늘을 날아가 순식간에 모습을 감추었다.

"훌쩍…… 히끅…… 체이스…… 체이스으……!"

"……그래, 그냥 실컷 울어……."

깊은 밤하늘 위에서 체이스는 품에 안긴 루나를 다독이고 있었다.

그녀는 하염없이 눈물을 흘리며 마음속에 쌓인 것을 전부 쏟아내고 있었다.

그런 루나의 머릿속에 마치 주마등처럼 떠오른 것은…….

—아버지나 다름없던 검성(劍聖) 요하네스.

—성당기사단 최고의 스피드를 자랑했던 시르딘.

—괴력 무쌍의 오빠 같았던 길더.

—아름답고 상냥한 언니 같은 사람이었던 셰릴.

—친남매처럼 자란 소꿉친구…… 체이스.

그리운 성당기사단의 동료들이었다.

고아였던 루나에게는 가족이나 다름없던 사람들이자 지

키고 싶은 소중한 사람들이었다.

"그런데 모두…… 왜…… **대체 왜 죽어버린 거냐구**……!"

"……!"

루나의 통곡에 체이스는 표정을 괴롭게 일그러뜨렸다.

"모두…… 왜 날 두고 죽어버린 건데……. 왜…… 대체 왜……!
아니, 나도 알아! 내가…… 전부 내가 약했기 때문이야……!"

"……루나."

"그래서 난 천사가 된 건데……! 약한 난 인간이기를 포기하
지 않으면 아무도 지킬 수 없으니까…… 그래서…… 된 건데,
왜…… 그 녀석은…… 글렌은…… 나랑…… 같으……면서……
왜, 이토록, 나랑 그 녀석은…… 모든 게 다른 거냐구……!"

"…………."

"난 외톨이인데……! 이젠 아무도 없는데……! 괴물이니까,
병기니까, 이젠 아무도 날 인정해주지 않는데……! 하지만
그 녀석은…… 늘 주위에 사람이 넘쳐서 행복하고, 즐거워
보였어……! 너무해…… 치사해……! 이런 건…… 정말 너무
하잖아……!"

"루나…… 괜찮아. ……신경 쓰지 마. 너에겐 내가 있잖아.
……**가짜**지만…… 내가 있으니까……."

흐느껴 우는 루나와 그런 그녀를 다독이는 체이스.

남모르는 곳에서 울려 퍼지는 루나의 통곡은 어두운 밤
하늘에 빛나는 달을 향해 흩어지고 있었다.

종장 아직 끝나지 않은 혼돈

"후우…… 끝났군."

루미아와 나란히 밀라노의 밤거리를 걷던 글렌이 안도의
한숨을 내쉬었다.

그리고 약간 떨어진 뒤에서는 이브가 새침한 얼굴로 따라
오고 있었다.

"그건 그렇고 우리는 왜 늘 이렇게 아슬아슬하게 이기는
건지……."

"아하하하……."

글렌이 지긋지긋한 얼굴로 투덜거리자 루미아는 쓴웃음
을 흘릴 수밖에 없었다.

"아무튼 그런 괴물 같은 녀석들에게 이긴 건 네 덕분이야.
고맙다."

"아니에요……. 제가 무슨……."

그리고 글렌은 수줍은 얼굴로 겸손해하는 루미아에게 계
속 말을 건넸다.

"그건 그렇고 네 힘…… 『은 열쇠』라고 했던가? 왠지 전에
봤던 거랑 많이 다르던데?"

"예. 유감스럽게도 전의 『은 열쇠』에 비하면 힘 자체는 상당히 약해졌어요. 하지만 제 열쇠는 제 의지로 자유롭게 다룰 수 있답니다."

"네 의지로 자유롭게라……."

글렌의 목소리에 아주 약간 불안감이 섞인 것을 눈치챈 루미아는 안심시키려는 듯 밝게 웃었다.

"걱정하지 마세요, 선생님."

하지만 그건 얼마 전까지 느꼈던 어딘가 위태로운 미소가 아니었다.

뭔가를 체념한 끝에 깨달음을 얻은 미소와도 달랐다.

이 아이는 이제 괜찮다고—.

성장을 거듭해서 이젠 자신의 손을 벗어나 자립하기 시작했다는 확신을 갖게 하는 미소였다.

"선생님, 전 선생님을 믿어요."

루미아는 그런 글렌에게 말했다.

"선생님은 부디, 선생님께서 믿는 길을, 걷고 싶은 길을 망설임 없이 나아가주세요. 제가…… 선생님의 힘이 되어드릴 테니까요. 선생님을 도와드릴 테니까요. 그러니……."

"……그래, 고맙다."

글렌은 루미아의 머리에 손을 얹고 부드럽게 미소 지었다.

"뭐, 그리고."

이어서 딴 곳을 바라보고 뺨을 긁적이며 중얼거렸다.

"……너도 일단은 고마웠다, 이브."

"……!"

글렌이 갑작스럽게 그런 말을 꺼낸 순간, 누가 봐도 「뭐야 쟤들. 사람 보는 앞에서 꽁냥거리기는. 나도 여기 있거든?」이라고 말하고 싶은 듯한 불만스러운 얼굴이었던 이브가 눈을 깜빡였다.

"루미아의 힘도 있었지만, 역시 이번 싸움에서 네가 없었으면 처음부터 손쓸 방법도 없었다……고 할까? 뭐, 그 점은 감사한다고 할까~? 일단은?"

"…………."

"뭐랄까…… 새삼스럽지만, 역시 넌 대단한 녀석이라는 생각이 들더군."

그 말을 들은 이브의 뺨이 아주 살짝 붉게 물들었다.

"흥. 뭐, 됐어. 부하의 뒤치다꺼리를 하는 건 상사의 의무잖아?"

"……칫. 역시 귀엽지 않은 녀석일세."

"뭐라고?"

하지만 곧 여느 때처럼 말다툼을 시작하는 두 사람을 루미아는 어딘지 모를 흐뭇한 눈으로 지켜보고 있었다.

촤악!

체이스의 얼굴에 와인이 세차게 뿌려졌다.

"이 멍청한 놈이! 내가 분명 제국 대표 선수단을 탈락시키라고 명령했을 터!"

텅 빈 와인 잔을 바닥에 내팽개치며 불처럼 화를 내는 인물은 다름 아닌 아치볼트 추기경이었다.

너무나도 화가 났기 때문인지 안색도 매우 나빠 보였다.

"……정말 면목이 없습니다."

체이스는 회색 머리카락이 붉게 물드는 것도 개의치 않고 담담한 목소리로 사죄했다.

"너……! 대체 뭘 위해 너 같은 더러운 흡혈귀를 살려두고 있는지 알기나 해?! 이 쓸모없는 놈이……!"

그 순간―.

"……큭?! 으윽……!?"

갑자기 체이스가 왼쪽 가슴을 움켜쥐고 몸부림치기 시작했다.

"체, 체이스?!"

그러자 루나가 심장을 부여잡은 채 몸을 웅크린 체이스에게 안색이 창백해진 얼굴로 달려갔다.

"괴롭나? 괴롭겠지? 어떠냐. 네 심장에 꽂은, 이젠 결코 빼낼 수 없는 『요토의 못』을 통해 느껴지는 신위(神威)의 맛이……."

아치볼트는 손에 쇠망치를 들고 있었다. 표면에 어떤 성구가 새겨져 있는 그 쇠망치에서는 신성한 빛이 발산되고 있었다.

"……크, 으, 아아아아아아아아아아아아아아아아아악!"

마치 그 쇠망치의 빛에 호응하는 것처럼 체이스의 괴로움
도 가중되었다. 그리고 몸도 타들어가며 연기가 피어올랐다.

"무능한 널 이대로…… 새하얀 재로 만들어서 소멸시켜줄
까? 응?"

"자, 잠깐만요! 아치볼트 추기경!"

그러자 루나가 눈물을 글썽이며 아치볼트의 발밑에 넙죽
엎드렸다.

"제, 제 잘못이에요! 제가 그 남자를…… 글렌 레이더스의
역량을 잘못 파악해서! 실패는 전부 제 책임이에요! 전 어떻
게 해도 상관없으니까! 뭐든지 할 테니까! 그, 그러니……
제발! 체이스를 죽이지 말아주세요! 제 마지막 남은 가족을
죽이지 말아주세요! 이렇게 부탁드릴 테니 제발!"

"루, 루……나…… 으, 으으으으으으윽?!"

몇 번이나 필사적으로 애원하는 루나를 막고 싶었으나 체
이스는 손가락을 움직이기는커녕 목소리조차 나오지 않는
상태였다.

아치볼트 추기경이 그런 둘을 잔혹한 표정으로 내려다본
그때였다.

"……그쯤 해둬, 아치볼트."

방 한구석에서 왠지 이상할 정도로 거리낌 없는 목소리가

들려왔다.

"그 두 사람에게는 아직 시킬 일이 있어. ……여기서 처분해버리는 건 좀 아깝잖아?"

그곳에는 중절모를 깊이 눌러쓰고 프록코트를 입은 청년이 고급 와인 병과 잔이 놓인 테이블 앞에 앉아 있었다.

하지만 청년이 지금 마시고 있는 건 와인이 아니라 옆에 있는 피처에서 따른 포도 주스였다.

그리고 주위에는 짙은 어둠이 드리워져 있어서 청년의 구체적인 외모는 확인할 수 없었다.

"오오, 나의 벗이여!"

청년을 본 아치볼트가 두 팔을 활짝 벌리자 쇠망치에 새겨진 성구의 빛도 바로 사라졌다.

"커, 헉……! 하아, 하아, 하아……!"

"체, 체이스…… 정신……정신 차려!"

그러자 체이스의 몸을 침식하던 소멸의 고통도 자취를 감추었다.

"그건 그렇고…… 벗이여. 괜찮겠는가? 이대로 가면 계획에 지장이……."

"안심해. 이 정도는 『계산 밖』이긴 해도 『예상했던 바』에 속하니까. 하물며…… 그 남자도 무대로 나왔으니 말이지."

청년은 어둠의 커튼 너머에서 큭큭큭 하고 웃음을 흘렸다.

"확실히 우리가 결행할 타이밍의 조건은 엄격해. 마술제전 결승전과 수뇌회담이 시작되는 시각은 거의 동일…… 타국 입회인들의 사정도 있으니까 이제 와서 변경하는 건 불가능하지. 우리의 목적을 이루려면 회담장에서 퓨너럴 성하와 파이스 추기경을 암살하는 동시에 그 소녀를 수중에 넣을 필요가 있어. 그렇다고 수뇌회담이 열리는 것보다 먼저 그 소녀를 확보하면 제아무리 알리시아 7세라도 회담을 단념할 수밖에 없으니 암살하는 건 불가능해져. 하지만 암살한 후에 그 소녀를 확보하려고 하면 그때는 제국군의 경계가 강해질 테니까 유괴를 실행하는 건 무척 어려워지겠지. ……그러니 우리가 노려야 하는 타이밍은 동시야. 암살과 그 소녀의 유괴는 어디까지나 동시에 이루어져야만 해. ……신속하면서도 전격적으로. 아아, 참으로 골치 아픈 상황이지."

"그래……. 그러려면 우리는 수뇌회담이 시작하기 전에 제국 대표 선수단을 탈락시켜야만 했다. 대경기장에는 단절결계가 있어서 시합 중에는 외부에서 선수에게 직접 손을 댈 수가 없기 때문이지."

"응 맞아. 그래서 우리가 그 소녀를 확보하는 계획은 그녀가 시합장 밖에 있어야 하는 것이 전제야. 즉, 제국 대표가 결승전까지 올라가면 암살과 동시에 유괴를 실행하는 건 불가능해지는 셈이지."

"그래서 그 전에 확실하게 제국 선수단을 탈락시켜야 했건만, 이 쓸모없는 놈들이……!"

아치볼트는 다시 화가 났는지 쇠망치를 치켜들었다.

"……그, 그만……!"

루나는 의미가 없다는 걸 알면서도 체이스를 감싸듯 그의 등을 끌어안을 수밖에 없었다.

"……하하, 괜찮아. 안심해."

하지만 그런 둘을 구한 건 수수께끼의 청년이었다.

"너무 그렇게 초조해하지 마, 아치볼트. 실은 내가 만약을 대비해서 제국 대표 선수단이 결승전에 진출해도 그 소녀를 확보할 방법을 고안해뒀거든."

"그, 그게 사실인가?!"

"응, 사실이야."

청년은 놀라서 눈을 부릅뜨는 아치볼트에게 부드럽게 대답했다.

"날 못 믿겠어?"

"설마, 그럴 리가! 난 자네를 전폭적으로 신뢰하고 있네! 자네가 하는 말이라면 절대로 틀림없겠지! 그런가. 그랬던 거군. 과연 대단해! 저 쓸모없는 놈들과는 격이 달라!"

아치볼트의 기분이 급속도로 좋아지기 시작했다.

"그래. 저 사악한 하늘의 지혜연구회 소속 엘레노아의 제안을 받아들이고 이용하기로 결심한 것도 자네의 조언이…… 자네의 존재가 있었던 덕분이니까 말일세! 그러니 나와 자네가 손을 잡고 그 지긋지긋한 연구회를 앞지른 뒤 모든 것을…… 《신앙 병기》를 손에 넣어야만 해! 안 그런가?!"

"응, 물론이지. 그 사악한 연구회 놈들은 모조리 처단해야만 해. ……그것이야말로 정의이니까."

"하하하하하하하하! 자네는 여전하군!"

"……칭찬 고마워."

청년이 어둠 속에서 싸늘하게 웃었고 아치볼트도 유쾌하게 웃음을 터트렸다.

이 순간, 루나는 그저 아연실색할 수밖에 없었다.

아치볼트는 의심이 많고 용의주도한 데다 남을 믿지 않기로 유명한 남자다.

그래서 타인과 관계를 맺을 땐 반드시 인질부터 확보했다. 자신들도 그런 케이스다. 아치볼트의 측근들도 전부 크고 작은 약점이나 인질이 잡힌 이들이었다.

그런 그가 이 청년에게는 그야말로 무한한 신뢰를 보내고 있었다.

우연한 계기로 의기투합했다고 볼 수도 있겠으나, 그런 것치고는 기묘할 정도로 뒤틀린 관계성을 목격한 루나는 정체를 알 수 없는 공포와 혐오감을 느꼈다.

'애초에 저 녀석은…… 대체 정체가 뭐지?'

루나는 어둠 너머에 있는 청년을 날카롭게 노려보았다.

돌이켜 보면 그녀의 급소인 존재 체이스.

그런 체이스의 심장에 꽂힌 『쐐기』, 《요토의 못》.

그것의 제어 권한을 루나에게서 빼앗은 것이 바로 이 청년이었다.

덕분에 루나는 이제 아치볼트의 명령을 맹목적으로 따를 수밖에 없는 처지였다.

'평범한 인간이 어떻게 그런 일이 가능한 거지……?!'

이 청년은 모든 것이 너무나도 비밀스러웠다. 바닥이 전혀 보이지 않았다.

눈동자 속의 심연을 들여다보면 그 안으로 끌려들어갈 것만 같은, 인간이면서 인간의 틀을 벗어난 존재.

'난 한 번 죽고, 힘을 얻는 대신 인간이기를 포기했어. 인외의 괴물이 되는 대가로 인간에게는 있을 수 없는 절대적인 힘을 손에 넣었어. ……그러니 내가 저 녀석보다 더 강해. 생물로서의 규격은 내가 저 녀석보다 위니까.'

그건 틀림없었다. 틀림없을 터였다.

'그런데…… 왜 난 이길 수 있을 거라는 생각이 들지 않는 거지?! 싸워서 이기는 모습이 조금도 떠오르지 않아!'

여기서 《요토의 못》은 관계없었다.

어째서 그런 간단한 상상조차 할 수 없는 건지 자신도 이해가 가지 않았다.

'어째서……! 이 남자도 그렇고, 글렌도 그렇고…… 내가 훨씬 더 압도적으로 강할 텐데 왜……! 그뿐만이 아니야. 왜 이렇게 하는 일마다 내 생각대로 풀리지 않는 거지?! 난 지

키기 위해, 이런 불합리함에 저항하기 위해 이 힘을 손에 넣은 거잖아?!'

"어차피 넌 그냥 괴물에 불과해. 인간이 아니야. 그래서 나나 그 남자를 이길 수 없는 거지."

청년은 마치 루나의 그런 속내를 꿰뚫어보듯 경멸하는 목소리로 말했다.

"그저 강하기만 할 뿐인 넌 약해. 솔직히 난…… 과거의 네가 훨씬 더 강적이었을 거라고 생각하거든. 큭큭큭……."

"……?!"

"아무튼 너희들에게는 좀 더 일을 시키고 싶은데…… 괜찮겠지?"

하지만 청년은 루나의 동요를 개의치 않고 부드럽게 미소 지으며 일어났다.

그러자 어둠속에 가려진 그의 모습이 촛불로 인해 드러나기 시작했다.

"훗…… 움직일 건가? **저티스.**"

"……응. 나한테 맡겨."

아치볼트의 물음에 청년, 저티스 로우판은 서늘하게 미소 지었다.

"내, 내가 계속 얌전히 시키는 대로 따를 것 같아?! 말해두지만, 내가 더 강해! 내가 마음만 먹으면 당신들 따윈……!"

루나는 그런 저티스를 향해 최대한의 저항심을 드러냈다.

"응, 따를걸? 이 상황을 앞으로 몇 만 번 반복해도 넌 내 말을 따를 거야. 넌 무슨 일이 있어도 마음의 보루인 체이스만은 버리지 못할 테니까. ……난 그렇게 『읽고』 있어."

허세와 위협도 통하지 않자 루나는 힘없이 무릎을 꿇을 수밖에 없었다.

절대로 명령을 따라선 안 된다. 이 청년의 말대로 했다간 돌이킬 수 없는 사태가 벌어지리라.

그렇게 확신하면서도…… 루나는 저항할 수 없었다.

"그런 고로 일단 손은 써둘게. ……뭐, 걱정하지 마. 심한 짓은 안 할 테니까. 내 말대로 하면 분명 다 잘 풀릴 거야. 아무렴…… 크크크크……."

저스티스는 그런 루나를 내려다보고 마치 비웃는 것 같은 웃음을 흘렸다.

학생을 위해 싸우는 글렌.

제국의 미래를 걱정하는 알리시아 7세.

호시탐탐 야심을 불태우는 이그나이트 경.

제국과의 화평을 바라는 파이스 주교급 추기경과 교황 퓨너럴.

그런 그들을 노리는 살의와 악의, 아치볼트 추기경.

암약하는 하늘의 지혜연구회의 외도(外道) 마술사 엘레노아.

목줄이 채워져서 자유를 빼앗긴 루나와 체이스.

그리고 저티스.

지금 이 순간도 수많은 의도와 마음이 복잡하게 뒤얽히며 하나의 그림을 형성하려 하고 있었다.

그것이 과연 어떤 그림으로 완성될지. 과연 마지막에 웃는 자는 대체 누구일지.

모든 것은 아마 신만이 알고 있으리라.

■작가 후기

안녕하세요, 히츠지 타로입니다.

『변변찮은 마술강사와 금기교전』 15권이 발매되었습니다.

마침내 15권! 1권을 쓸 때는 설마 여기까지 올 줄 상상도 못 했습니다(실제로 5, 6권쯤에서 마무리할 예정이었습니다).

이건 아마 편집부 여러분과 담당자님, 언제나 멋진 일러스트를 제공해주시는 미시마 쿠로네 님 덕분이겠죠.

그리고 무엇보다도 이 이야기를 늘 지지해주시는 독자 여러분 덕분입니다.

매번 같은 말만 하는 것 같기도 합니다만 상관없습니다! 몇 번이든 말씀드리죠!

여러분, 정말로 늘 감사합니다!

자, 그건 그렇고 이번 15권에 대한 내용입니다만…… 하하 점점 이야기의 규모가 커지고 있네요!

아니, 처음부터 이런 전개로 진행할 생각인 건 맞지만 말입니다.

무대는 마침내 세계로! 글렌 일행은 거대한 시대의 흐름에 말려들고 있습니다.

이번에는 그 전초전이라는 느낌일까요? 저는 이번 권을 쓰면서 지금까지 각 방면으로 퍼져있던 설정과 이야기가 단숨에 한곳으로 모이기 시작했다는 느낌을 받았습니다.

뭐, 아무튼.

역시 세계 대회라는 건 쓰다보면 막 불타오른단 말이죠. 정말 즐겁습니다.

한 번은 라이벌이었던 캐릭터들이 손을 맞잡고 한 랭크 위의 세계를 무대로 싸우는 건 이미 약속된 전개! 몇 번을 재활용해도 가슴이 두근거리는 최강의 왕도 구조라고 생각합니다.

그치만 점○ 만화도 매번 비슷한 걸 하고 있잖아요? 참나…… 캡○ 츠바사도 그렇고 아○이실드 21도 그렇고 질리지도 않습니까?

그야 질릴 리가 없잖아요!

그래서 히츠지는 쓸 겁니다! 어디서 본 적이 있다든가, 베꼈다든가, 이젠 식상하다든가 그런 건 알 바 아닙니다. 그냥 쓰고 싶으니까 쓰는 것뿐이라고오오오오오오오오오오오!

으흠.

그건 그렇고 요즘 이 시리즈를 쓰면서 느끼는 건 역시『변화』겠네요.

각 캐릭터들의 변화와 성장. 이건 처음부터 이 시리즈의 테마 중 하나이기도 해서 시스티나도, 루미아도, 리엘도, 세리카도, 이브도, 알베르트도, 주요 캐릭터들은 이야기가 진행될 때마다 조금씩 변화하고 성장해가는 식으로 묘사하고 있었습니다.

그건 작가의 편애도 있을지도 모르지만 역시 주인공인 글렌이라는 캐릭터의 존재가 있었던 덕분이라고도 생각합니다.

그럼 글렌은 과연 어떨까요? 전에 비해 긍정적이 됐지만, 아직도 과거의 꿈에 매듭을 짓지 못한 글렌은 과연 어떻게 될까요? 어쩌면 그도 뭔가를 마주봐야 할 때가 가까워진 걸지도 모르겠습니다.

종착점이 보이기 시작했습니다. 하지만 이 시리즈는 아직 더 계속될 예정입니다.

여러분 아무쪼록 그때까지 이 변변찮은이라는 이야기를, 글렌 일행의 앞날을 따스한 눈으로 지켜봐주시면 감사하겠습니다.

부디 아무쪼록 잘 부탁드립니다.

히츠지 타로

■역자 후기

　안녕하세요. 신 캐릭터가 대거 등장한 파란의 15권, 아무쪼록 재미있게 읽어주셨을까요?

　개인적으로 이 시리즈가 1부를 마친 후부터 알게 모르게 늘 신경이 쓰였던 점은 작중에서 글렌을 바라보는 주위의 시선이었습니다. 사실 페지테 최악의 사흘간 이전에 휘말렸던 사건들이야 워낙 위험하고 비밀스러운 것들이 많다 보니 어쩔 수 없겠다 싶었지만, 저건 정말 숨기려야 숨길 수 없는 대사건이었으니 말입니다. 그래서 글렌의 과거라든가 그때까지의 행적 같은 게 밝혀진 후에 변화한 주위의 시선 같은 전개를 내심 살짝 기대하고 있었는데, 아무래도 본편은 글렌이나 메인 캐릭터들의 시점으로 굵직한 전개가 주를 이루다 보니 그런 사소한 일상(?)과는 거리가 있는 것 같더군요.

　하지만 그런 와중에 이번 권부터 등장한 마리아와 루나가 이런 부분을 어느 정도 해소해주는 역할을 맡지 않았나 싶습니다. 마리아는 평소에 글렌과 접점이 없었던 일반 학생의 시선을, 그리고 루나는 동종 업계(?)인의 시선을 말이죠.

뭐, 사실 개인적으로는 할리 선생의 인식 변화가 가장 궁금합니다만 그 부분은 본편의 재등장이나 외전을 기대해볼 수밖에 없겠네요.

요즘 세상은 저도 정말 난생처음 경험하는 어마어마한 사태로 매일 같이 변화하는 정보에 귀를 기울이다 보면 눈이 어지러울 정도입니다. 하지만 독자 여러분께선 항상 개인 방역을 유념하시고, 아무쪼록 다음 권에서도 모두 건강한 모습으로 뵐 수 있기를 바라며 이만 짧은 후기를 마치겠습니다.

변변찮은 마술강사와 금기교전 15

1판 1쇄 발행 2020년 4월 10일
1판 3쇄 발행 2023년 3월 2일

지은이_ Taro Hitsuji
일러스트_ Kurone Mishima
옮긴이_ 최승원

발행인_ 신현호
편집장_ 김승신
편집진행_ 권세라 · 최혁수 · 김경민 · 최정민
편집디자인_ 양우연
관리 · 영업_ 김민원

펴낸곳_ (주)디앤씨미디어
등록_ 2002년 4월 25일 제20-260호
주소_ 서울시 구로구 디지털로 26길 111 JnK디지털타워 503호
전화_ 02-333-2513(대표)
팩시밀리_ 02-333-2514
이메일_ lnovellove@naver.com
ㄴ노벨 공식 카페_ http://cafe.naver.com/lnovel11

AKASHIC RECORDS OF BASTARD MAGIC INSTRUCTOR Vol.15
ⓒTaro Hitsuji, Kurone Mishima 2019
First published in Japan in 2019 by KADOKAWA CORPORATION, Tokyo.
Korean translation rights arranged with KADOKAWA CORPORATION, Tokyo.

ISBN 979-11-278-5496-6 04830
ISBN 979-11-86906-46-0 (세트)

값 7,800원

데스마치에서 시작되는 이세계 광상곡 1~17권, EX

아이나나 히로 지음 | shri 일러스트 | 박경용 옮김

한창 데스마치를 치르던 프로그래머 스즈키 이치로(29).
『사토』란 닉네임을 쓰는 그가 잠시 잠들었다 깨어나 보니
듣도 보도 못한 이세계에 방치되어 있었다!
혼란에 빠질 틈도 없이 눈앞에는 처음 보는 괴물의 대군이 다가오고,
하늘에서는 유성우가 쏟아진다.
정신을 차리고 보니, 최강 레벨의 힘과 막대한 부를 손에 넣었는데……?!
이렇게 사토의「유유자적, 가끔 시리어스, 그리고 하렘」인
이세계 모험담이 시작된다!!

**최강 레벨과 막대한 재보를 가지고
시작되는 유유자적 이세계 관광!!**

© Hiroaki Nagashima/AlphaPolis Co., Ltd.
Illustration Kisuke Ichimaru

잘 가거라 용생, 어서 와라 인생 1~8권

나가시마 히로아키 지음 | 이치마루 키스케 일러스트 | 김성래 옮김

밭일에 힘쓰고 음식을 얻기 위해 동물을 사냥한다.
검소하지만 따뜻한 변경의 생활에 청년 드란은 「삶」의 기쁨을 맛보고 있었다.

그러던 어느 날,
부근의 숲에서 마을을 괴멸시킬지도 모르는 위협과 직면하게 된다.

반인반사(半人半蛇)의 미소녀 라미아, 경국의 미인 검사와 협력!
우리 마을을 지키기 위해, 청년 드란은 용종(竜種)의 마력을 해방시킨다!

**삶에 지친 최강최고(最強最古)의 용이,
변경의 청년으로서 「인생」을 산다!**

© 2011 Wataru WATARI / SHOGAKUKAN
Illustrated by PONKAN⑧

역시 내 청춘 러브코메디는 잘못됐다. 1~14/6.5/7.5/10.5권

와타리 와타루 지음 | 풍칸⑧ 일러스트

역시 내 청춘 러브코메디는 틀려먹었다.
고독에 굴하지 않고, 친구도 없이, 애인도 없이.
청춘을 구가하는 동급생들을 보면
「저놈들은 거짓말쟁이다. 기만이다. 뒈져버려라」라고 중얼거리고,
장래희망을 물으면「일하지 않는 것」이라고 천연덕스럽게 대꾸하는―
삐뚤어진 고교생 하치만이 생활 지도 교사에게 붙들려간 곳은
교내 제일의 미소녀 유키노가 소속된「봉사부」
별 볼일 없던 내가 뜻밖에도 이런 미소녀를 만나게 되다니……
이건 아무리 봐도 러브코메디의 시작!? ―인 줄만 알았는데
유키노와 하치만의 유감스러운 성격이 그러한 전개를 용납하지 않는다!
그로 인해 펼쳐지는 문제투성이의 청춘 군상극.

내 청춘이 어쩌다 이 꼴이 됐지!?

오랫동안 기다린 화제의 신간!

라이트노벨의 새로운 빛! L노벨의 신간은 매월 10일에 발매됩니다. http://cafe.naver.com/lnovel11

© 2015 Yomi HIRASAKA / SHOGAKUKAN
Illustrated by KANTOKU

여동생만 있으면 돼. 1~13권

히라사카 요미 지음 | 칸토쿠 일러스트 | 이신 옮김

여동생 바보인 소설가 하시마 이츠키의 주변에는
언제나 개성 넘치는 녀석들이 모여든다.
사랑도 재능도 헤비급이지만 아쉬운 미소녀의 최정상인 카니 나유타.
사랑에 고민하고 우정에 고민하고 미래도 고민하는 청춘 3관왕 시라카와 미야코.
귀축 세금 세이버 오노 애슐리, 천재 일러스트레이터 푸리케츠—.
각자 방황과 고민을 안고 있으면서도 게임을 하거나 여행을 가거나
일을 하며 떠들썩한 하루하루를 보내는 이츠키와 주변 사람들.
그런 그들을 따뜻하게 지켜보는
완벽 초인 남동생 치히로에겐 커다란 비밀이 있는데—.

『나는 친구가 적다』의 히라사카 요미가 펼치는
청춘 러브 코미디의 도달점, 드디어 개막!!
TV 애니메이션 방영 화제작!!!